ADULTÈRE

Du même auteur

L'Alchimiste, éd. Anne Carrière, 1994
*Sur le bord de la rivière Piedra je me suis assise
    et j'ai pleuré*, éd. Anne Carrière, 1995
Le Pèlerin de Compostelle, éd. Anne Carrière, 1996
La Cinquième Montagne, éd. Anne Carrière, 1998
Manuel du guerrier de la lumière, éd. Anne Carrière, 1998
Conversations avec Paulo Coelho, éd. Anne Carrière, 1999
Le Démon et Mademoiselle Prym, éd. Anne Carrière, 2001
Onze Minutes, éd. Anne Carrière, 2003
Maktub, éd. Anne Carrière, 2004
Le Zahir, Flammarion, 2005
Comme le fleuve qui coule, Flammarion, 2006
La Sorcière de Portobello, Flammarion, 2007
La Solitude du vainqueur, Flammarion, 2009
Brida, Flammarion, 2010
Aleph, Flammarion, 2011
Le Manuscrit retrouvé, Flammarion, 2013

Paulo COELHO

ADULTÈRE

Traduit du portugais (Brésil)
par Françoise Marchand Sauvagnargues

Flammarion

Titre original : *Adultério*
Édition publiée en accord avec Sant Jordi Asociados,
Barcelone, Espagne.
© Paulo Coelho, 2014. Tous droits réservés.
www.paulocoelhoblog.com
Pour la traduction française :
© Flammarion, 2014
ISBN : 978-2-0813-3891-3

Ô Marie conçue sans péché,
priez pour nous qui avons recours à vous.

« Avance en eau profonde »

Luc, V, 4

Chaque matin, quand j'ouvre les yeux sur ce que l'on appelle un « nouveau jour », j'ai envie de les refermer et de ne pas me lever. Pourtant il le faut.

J'ai un mari merveilleux, éperdument amoureux de moi, patron d'un respectable fonds d'investissement, qui tous les ans – à son grand déplaisir – figure sur la liste des trois cents personnes les plus riches de Suisse, d'après le magazine *Bilan*.

J'ai deux fils qui sont ma « raison de vivre » (comme disent mes amies). Très tôt je dois leur servir le petit déjeuner et les emmener à l'école – à cinq minutes à pied de la maison – où ils étudient à plein temps, ce qui me permet de travailler et de vaquer à mes occupations le reste de la journée. Après la classe, une nounou philippine les garde jusqu'à ce que mon mari et moi rentrions chez nous.

J'aime bien mon job. Je suis une journaliste réputée dans un journal sérieux que l'on peut trouver à presque tous les coins de rue de Genève, où nous habitons.

Une fois par an, je pars en vacances avec toute la famille, en général dans des endroits paradisiaques avec des plages merveilleuses, dans des villes « exotiques » dont la population pauvre nous fait nous sentir encore plus privilégiés et reconnaissants pour les bénédictions que la vie nous a accordées.

Je ne me suis pas encore présentée. Enchantée, je m'appelle Linda. J'ai 31 ans, mesure 1,75 mètre pour 68 kilos, et je porte les plus beaux vêtements que l'argent puisse acheter (grâce à la générosité sans limites de mon mari). J'éveille le désir des hommes et l'envie des femmes.

Pourtant, chaque matin, quand j'ouvre les yeux sur ce monde idéal dont tout le monde rêve et que peu de gens parviennent à conquérir, je sais que la journée sera un désastre. Jusqu'au début de cette année, je ne me posais aucune question. Ma vie suivait son cours, même si de temps en temps je me sentais coupable d'avoir plus que je ne méritais. Et puis un beau jour, tandis que je préparais le petit déjeuner pour tous (je me souviens que c'était le printemps et que les fleurs commençaient à éclore dans notre jardin), je me suis demandé : « Alors, c'est ça ? »

Je n'aurais pas dû poser cette question. Mais la faute en revenait à un écrivain que j'avais interviewé la veille et qui, à un certain moment, m'avait dit :

« Je m'en moque totalement d'être heureux. Je préfère être toujours amoureux, ce qui est dangereux, parce qu'on ne sait jamais ce qu'on va trouver au-delà. »

Alors j'ai pensé : le pauvre. Il n'est jamais satisfait. Il va mourir triste et amer.

Le lendemain, je me suis rendu compte que je ne prenais jamais aucun risque.

Je sais ce que je vais trouver au-delà : un autre jour exactement semblable au précédent. Amoureuse ? Oui, j'aime mon mari, et comme je ne vis pas avec lui uniquement pour l'argent, pour les enfants ou pour les apparences, je n'ai pas de raison de tomber en dépression.

J'habite dans le pays le plus sûr du monde, tout dans ma vie est en ordre, je suis bonne mère et bonne épouse. J'ai reçu une éducation protestante rigide que j'entreprends de transmettre à mes fils. Je ne fais aucun faux pas, car je sais que je pourrais tout abîmer. J'agis avec le maximum d'efficacité et le minimum d'engagement personnel. Plus jeune, j'ai souffert d'amours non réciproques, comme toute personne normalement constituée.

Mais la vérité, c'est que depuis que je me suis mariée, le temps s'est arrêté.

Jusqu'à ce que je sois confrontée à ce maudit écrivain et à sa réponse. En quoi donc la routine et l'ennui sont-ils un problème ?

Pour être sincère, en rien. Seulement…

… seulement il y a cette terreur secrète que tout change d'une heure à l'autre, qui me laisse complètement démunie.

À partir du moment où j'ai eu cette pensée néfaste un matin merveilleux, j'ai commencé à avoir peur. Aurais-je les moyens d'affronter le monde toute seule si mon mari mourait ? Oui, me suis-je répondu, parce qu'il me laisserait en héritage de quoi subvenir aux besoins de plusieurs générations. Et si je mourais, qui prendrait soin de mes fils ? Mon mari adoré. Mais il finirait par se marier avec une autre, parce qu'il est charmant, riche et intelligent. Mes fils seraient-ils dans de bonnes mains ?

Mon premier pas fut de répondre à tous mes doutes. Et plus je répondais, plus les questions surgissaient. Est-ce qu'il se trouvera une maîtresse quand je serai vieille ? Est-ce qu'il a déjà quelqu'un d'autre, parce que nous ne faisons plus l'amour comme autrefois ? Est-ce qu'il pense que j'ai quelqu'un d'autre, parce qu'il ne m'a pas manifesté beaucoup d'intérêt ces trois dernières années ?

Nous ne nous faisons jamais de scènes de jalousie et je trouvais cela formidable jusqu'à ce fameux matin de printemps où j'ai commencé à soupçonner que ce n'était qu'un manque total d'amour de part et d'autre.

J'ai fait mon possible pour ne plus y penser.

Pendant une semaine, chaque fois que je sortais du travail, j'allais acheter un objet dans la rue du Rhône. Rien qui m'intéressât beaucoup, mais du moins sentais-je que – disons – je changeais quelque chose. En ayant besoin d'un article dont je n'avais nul besoin auparavant. En découvrant un appareil ménager que je ne connaissais pas – bien qu'il soit très difficile de voir apparaître une nouveauté au royaume des appareils ménagers. J'évitais d'entrer dans les boutiques pour enfants, pour ne pas gâter les miens avec des cadeaux quotidiens. Je n'allais pas non plus dans les magasins pour hommes, pour que mon mari ne se mette pas à suspecter mon extrême générosité.

Quand j'arrivais chez moi et entrais dans le royaume enchanté de mon univers personnel, tout semblait merveilleux pendant trois ou quatre heures, et puis tout le monde allait dormir. Alors, peu à peu, le cauchemar s'est installé.

J'imagine que la passion est pour les jeunes et que son absence est sans doute normale à mon âge. Ce n'est pas cela qui m'effrayait.

Quelques mois ont passé et je suis aujourd'hui une femme partagée entre la terreur que tout change et la terreur que tout reste pareil jusqu'à la fin de mes jours. Certains disent que nous commençons, à mesure que l'été approche, à avoir des idées un peu bizarres, que nous nous sentons moins importants parce que nous passons plus de temps à l'air libre et que cela nous donne la dimension du monde. L'horizon est plus lointain, au-delà des nuages et des murs de notre maison.

Peut-être. Mais je n'arrive plus à bien dormir et ce n'est pas à cause de la chaleur. Quand arrive la nuit et que je me retrouve dans le noir, tout me terrifie : la vie, la mort ; l'amour et son absence ; le fait que toutes les nouveautés deviennent des habitudes ; la sensation d'être en train de perdre les meilleures années de ma vie dans une routine qui va se répéter jusqu'à ce que je meure ; et la panique d'affronter l'inconnu, aussi excitante que soit l'aventure.

Naturellement, j'essaie de me consoler avec la souffrance d'autrui.

J'allume la télévision, je regarde un journal. Je vois une infinité d'informations parlant d'accidents, de gens sans abris à cause de phénomènes naturels, de réfugiés. Combien de malades y a-t-il dans le monde en ce moment ? Combien souffrent, en silence ou à grands cris, d'injustices et de trahisons ? Combien de pauvres, de chômeurs et de prisonniers ?

Je change de chaîne. Je vois une série ou un film et je me distrais quelques minutes ou quelques heures. Je crève de peur que mon mari ne se réveille et ne demande : « Que se passe-t-il, mon amour ? » Parce qu'il me faudrait répondre que tout va bien. Le pire serait – comme cela est déjà arrivé deux ou trois fois le mois dernier – qu'à peine au lit, il décide de poser la main sur ma cuisse, la remonte tout doucement et commence à me toucher. Je peux feindre l'orgasme – je l'ai déjà fait très souvent – mais je ne peux pas par ma seule volonté décider de mouiller.

Il me faudrait dire que je suis terriblement fatiguée et lui, sans jamais avouer qu'il est agacé, me donnerait un baiser, se tournerait de l'autre côté, regarderait les dernières nouvelles sur sa tablette et attendrait le lendemain. Et alors je souhaiterais ardemment qu'il soit fatigué, très fatigué.

Mais il n'en est pas toujours ainsi. De temps à autre je dois prendre l'initiative. Je ne peux pas le rejeter deux nuits de suite ou bien il finirait par prendre une maîtresse, et je ne veux absolument pas le perdre. Avec un peu de masturbation, je réussis à mouiller avant, et tout redevient normal.

« Tout redevient normal », cela signifie : rien ne sera comme avant, comme à l'époque où nous étions encore un mystère l'un pour l'autre.

Maintenir le même feu après dix ans de mariage me semble une aberration. Et chaque fois que je feins le plaisir dans le sexe, je meurs un peu à l'intérieur. Un peu ? Je crois que je me vide plus vite que je ne le pense.

Mes amies disent que j'ai de la chance – parce que je leur mens en disant que nous faisons l'amour fréquemment, de même qu'elles me mentent en disant qu'elles ne savent pas comment leurs maris parviennent à garder le même intérêt. Elles affirment que le sexe dans le mariage n'est vraiment intéressant que les cinq premières années et que, par la suite, il faut un peu de « fantasme ». Fermer les yeux et imaginer que votre voisin est au-dessus de vous, faisant des choses que votre mari n'oserait jamais faire. Vous imaginer possédée par lui et votre mari en même temps, toutes les perversions possibles et tous les jeux interdits.

Aujourd'hui, quand je suis sortie pour conduire les enfants au collège, j'ai regardé mon voisin. Jamais je ne l'ai imaginé au-dessus de moi – je préfère penser au jeune reporter qui travaille avec moi et feint un état permanent de souffrance et de solitude. Je ne l'ai jamais vu tenter de séduire qui que ce soit, c'est justement cela qui fait son charme. Toutes les femmes de la rédaction ont déjà affirmé qu'« elles aimeraient bien s'occuper de lui, le pauvre petit ». Je crois qu'il en a conscience et qu'il se contente d'être un simple objet de désir, rien de plus. Peut-être sent-il la même chose que moi : une peur terrible de faire un pas en avant et de tout détruire – son emploi, sa famille, sa vie passée et future.

Mais enfin… En observant mon voisin ce matin, j'ai ressenti une énorme envie de pleurer. Il était en train de laver sa voiture et j'ai pensé : « Un jour nous ferons la même chose. Les enfants auront grandi, ils seront partis pour une autre ville ou un autre pays, nous serons retraités et nous laverons nos voitures – même si nous pouvons payer quelqu'un qui le ferait pour nous. Passé un certain âge, il est important de faire des choses dérisoires pour passer le temps, montrer aux autres que nos corps fonctionnent encore bien, que nous n'avons pas perdu la notion de l'argent et que nous continuons à exécuter certaines tâches avec humilité. »

Une voiture propre ne fera pas une grande différence pour le monde. Mais ce matin c'était la seule chose qui importait à mon voisin. Il m'a souhaité une excellente journée, a souri et est retourné à son travail, comme s'il était en train de soigner une sculpture de Rodin.

Je laisse ma voiture dans un parking – « Prends le transport public jusqu'au centre ! Assez de pollution ! » –, je prends l'autobus habituel et je vois les mêmes choses sur le chemin qui me conduit au travail. Genève semble n'avoir changé en rien depuis mon enfance : les vieilles maisons seigneuriales s'accrochent entre les immeubles construits par un maire fou qui découvrit la « nouvelle architecture » dans les années 1950.

Chaque fois que je pars en voyage, cela me manque. Ce terrible mauvais goût, l'absence de grandes tours de verre et d'acier, l'absence de voies express, les racines des arbres crevant le béton des trottoirs et nous faisant trébucher à tout instant, les jardins publics avec leurs mystérieuses clôtures en bois dans lesquelles poussent toutes sortes d'herbes, parce que « la nature est ainsi »... Une ville différente de toutes les autres qui se sont modernisées et ont perdu leur charme.

Ici nous disons encore « bonjour » quand nous croisons un inconnu en chemin et « au revoir » en sortant d'une boutique où nous avons acheté une bouteille d'eau minérale, même si nous n'avons nulle intention d'y retourner. Nous parlons encore avec des étrangers dans l'autobus, bien que le reste du monde imagine que les Suisses sont discrets et réservés.

Quelle méprise ! Mais c'est bien qu'on pense cela de nous. Nous conserverons ainsi notre style de vie encore cinq ou six siècles, avant que les invasions barbares ne traversent les Alpes avec leurs merveilleux équipements électroniques, leurs appartements aux chambres petites et aux grands salons pour impressionner les invités, leurs femmes excessivement maquillées, leurs hommes qui parlent très fort et dérangent les voisins, et leurs adolescents qui s'habillent en rebelles mais redoutent ce que pensent leur père et mère.

Laissez-les penser que nous ne produisons que du fromage, du chocolat, des vaches et des montres. Croire qu'il y a une banque à chaque coin de rue à Genève. Nous n'avons pas le moindre intérêt à changer cette vision. Nous sommes heureux sans les invasions barbares. Nous sommes armés jusqu'aux dents – le service militaire étant obligatoire, chaque Suisse possède un fusil chez lui –, mais on entend rarement dire qu'une personne a décidé de tirer sur une autre.

Nous sommes heureux sans rien changer depuis des siècles. Nous sommes fiers d'être restés neutres quand l'Europe a envoyé ses fils dans des guerres insensées. Nous nous réjouissons de n'avoir à donner d'explications à personne sur l'apparence peu attirante de Genève, avec ses cafés de la fin du XIXe siècle et ses vieilles dames qui se promènent dans la ville.

« Nous sommes heureux » est peut-être une affirmation mensongère. Ils sont tous heureux, sauf moi, qui en ce moment me rends au travail en pensant à ce qui ne va pas.

Encore une journée où le journal s'efforce de trouver des nouvelles intéressantes en plus de l'habituel accident de voiture, braquage (mais pas à main armée) ou incendie (vers lequel se déplacent des dizaines de voitures avec un personnel hautement qualifié qui inonde un vieil appartement parce que la fumée d'un rôti oublié dans le four a fini par effrayer tout le monde).

Encore un retour à la maison, le plaisir de cuisiner, la table mise et la famille réunie autour, priant Dieu pour la nourriture reçue. Encore une soirée où, après dîner, chacun gagne son coin – le père aidant les enfants à faire leurs devoirs, la mère nettoyant la cuisine, préparant la maison, laissant l'argent pour l'employée de maison, qui arrivera demain très tôt.

Durant ces derniers mois, il y a eu des moments où je me suis sentie très bien. Je pense que ma vie a un sens, que c'est cela le rôle de l'être humain sur Terre. Les enfants comprennent que leur mère est en paix, le mari est plus gentil et attentif, et toute la maison paraît lumineuse. Nous sommes l'exemple du bonheur pour le restant de la rue, de la ville, de la région – qu'ici nous appelons canton –, du pays.

Et soudain, sans aucune explication raisonnable, j'entre sous la douche et je fonds en larmes. Je pleure dans le bain parce que ainsi personne ne peut entendre mes sanglots et poser la question que je déteste le plus : « Tout va bien ? »

Oui, pourquoi cela n'irait-il pas ? Voyez-vous un problème dans ma vie ?

Aucun.

Seulement la nuit qui me fait peur.

Le jour qui ne m'apporte aucun enthousiasme.

Les images heureuses du passé et les choses qui auraient pu être et n'ont pas été.

Le désir d'aventure jamais réalisé.

La terreur de ne pas savoir ce qui arrivera à mes fils.

Et alors la pensée se met à tourner autour de choses négatives, toujours les mêmes, comme si un démon était en embuscade dans un coin de la chambre pour me sauter dessus et dire que ce que j'appelais « bonheur » n'était qu'un état passager, qui ne pouvait durer longtemps. Je l'avais toujours su, non ?

Je veux changer. Je dois changer. Aujourd'hui au travail, j'ai fait preuve d'une irritation anormale, seulement parce qu'un stagiaire a mis du temps à trouver ce que j'avais demandé. Je ne suis pas comme cela, mais je me sépare de moi-même.

C'est une ânerie d'accuser cet écrivain et son interview. C'était il y a des mois. Il a seulement ôté le couvercle de la bouche d'un volcan qui peut entrer en éruption à tout moment, semant la mort et la destruction tout autour. Si ce n'avait été lui, ç'aurait été un film, un livre, quelqu'un avec qui j'aurais échangé deux ou trois mots. J'imagine que certaines personnes passent des années à laisser la pression grandir en elles sans même le remarquer, et un beau jour n'importe quelle bêtise fait qu'elles perdent la tête.

Alors elles disent : « Ça suffit. Je ne veux plus de ça. »

Certaines se tuent. D'autres divorcent. D'autres encore vont dans les zones pauvres de l'Afrique tenter de sauver le monde.

Mais je me connais. Je sais que ma seule réaction sera d'étouffer ce que je ressens, jusqu'à ce qu'un cancer me ronge de l'intérieur. Parce que je suis vraiment convaincue qu'une grande partie des maladies résultent d'émotions réprimées.

Je me réveille à deux heures du matin et je reste là à regarder le plafond, même si je sais que je dois me lever tôt le lendemain – ce que je déteste. Au lieu d'avoir une réflexion fructueuse comme « qu'est-ce qui est en train de m'arriver », je ne parviens pas à contrôler mes idées. Depuis quelques jours – pas long-temps, grâce à Dieu – j'en suis à me demander si je dois aller dans un hôpital psychiatrique pour me faire aider. Ce n'est ni mon travail, ni mon mari qui m'en empêchent mais les enfants. Ils ne peuvent pas com-prendre ce que je ressens, pas du tout.

Tout est plus intense. Je repense à un mariage – le mien – dans lequel la jalousie n'a jamais fait partie d'aucune discussion. Mais nous, les femmes, nous avons un sixième sens. Peut-être que mon mari en a rencontré une autre et que je le sens inconsciemment. Pourtant, il n'y a aucune raison pour que je le soupçonne.

N'est-ce pas absurde ? Serait-ce que, entre tous les hommes du monde, je me suis mariée avec le seul qui soit absolument parfait ? Il ne boit pas, il ne sort pas le soir, il ne passe jamais une journée avec ses amis. Sa vie se résume à la famille.

Ce serait un rêve si ce n'était pas un cauchemar. Parce que répondre à cela est pour moi une responsabilité immense.

Alors je me rends compte que des mots comme « optimisme » ou « espoir », qu'on lit dans tous les livres qui essaient de nous rassurer et de nous préparer pour la vie, ne sont que cela : des mots. Les savants qui les ont prononcés leur cherchaient peut-être un sens et nous ont pris comme cobayes, pour voir comment nous réagirions à ce stimulus.

En réalité, je suis lasse d'avoir une vie heureuse et parfaite. Et cela peut être le signe d'une maladie mentale.

Je m'endors en y pensant. Et si j'avais un problème sérieux ?

J e vais déjeuner avec une amie.

Elle a suggéré que nous nous retrouvions dans un restaurant japonais dont je n'ai jamais entendu parler – ce qui est étrange, car j'adore la cuisine japonaise. Elle m'a assuré que l'endroit était excellent, bien qu'un peu éloigné de mon travail.

J'ai eu du mal à arriver. J'ai dû attraper deux autobus et trouver quelqu'un qui m'indique la galerie de cet « excellent restaurant ». Je trouve tout horrible – la décoration, les tables avec des nappes en papier, l'absence de vue. Mais elle a raison. C'est l'une des meilleures cuisines que j'aie jamais goûtée à Genève.

« Je mangeais toujours dans le même restaurant, que je trouvais correct, mais en rien spécial, dit-elle. Et puis un ami qui travaille à la Mission diplomatique japonaise m'a suggéré celui-ci. J'ai trouvé l'endroit horrible, toi aussi sans doute. Mais ce sont les patrons eux-mêmes qui s'occupent du restaurant, et cela fait toute la différence. »

Je vais toujours dans les mêmes restaurants et je commande les mêmes plats, pensé-je. Même pour cela je ne suis plus capable de prendre de risques.

Mon amie est sous antidépresseurs. La dernière chose que je souhaite, c'est aborder ce sujet avec elle, parce que aujourd'hui je suis arrivée à la conclusion que j'étais à deux doigts de la maladie et je ne veux pas l'accepter.

Et justement parce que je me suis dit que c'était la dernière chose que j'aimerais faire, c'est la première que je fais. La tragédie d'autrui nous aide toujours à réduire notre souffrance.

Je lui demande comment elle se sent.

« Beaucoup mieux. Les médicaments ont tardé à faire effet mais une fois qu'ils commencent à agir dans notre organisme, on retrouve de l'intérêt pour les choses, qui reprennent couleur et saveur. »

Autrement dit : la souffrance s'est transformée en source de profit pour l'industrie pharmaceutique. Vous êtes triste ? Prenez cette pilule et vos problèmes se résoudront.

Avec délicatesse, je la sonde pour savoir si cela l'intéresserait de collaborer à un grand article sur la dépression pour le journal.

« Ça ne vaut pas la peine. Les gens maintenant partagent tout ce qu'ils ressentent sur Internet. Et il y a les médicaments. »

De quoi discute-t-on sur Internet ?

« Des effets collatéraux des médicaments. Personne ne s'intéresse aux symptômes des autres, parce que c'est contagieux. Brusquement, on peut se mettre à ressentir quelque chose qu'on ne ressentait pas avant. »

C'est tout ?

« Des exercices de méditation. Mais je ne crois pas qu'ils donnent beaucoup de résultats. Je les ai tous testés, mais je suis vraiment allée mieux une fois que j'ai décidé d'accepter que j'avais un problème. »

Savoir qu'elle n'est pas seule n'est d'aucune aide ? Discuter de ce qu'elle ressent à cause de la dépression, n'est-ce pas bon pour tout le monde ?

« Pas du tout. Celui qui est sorti de l'enfer n'a pas le moindre intérêt à savoir comment la vie continue dedans. »

Pourquoi a-t-elle passé toutes ces années dans cet état ?

« Parce que je ne croyais pas que je pouvais être déprimée. Et parce que, quand j'en parlais avec toi ou avec d'autres amies, vous disiez toutes que c'était une sottise, que les personnes qui ont réellement des problèmes n'ont pas le temps de se sentir en dépression. »

C'est vrai. J'ai vraiment dit cela.

J'insiste : je crois qu'un article ou un post sur un blog aide peut-être les gens à supporter la maladie et à chercher de l'aide. Vu que je ne suis pas déprimée et que je ne sais pas comment c'est – j'insiste sur ce point – ne peut-elle au moins m'en parler un peu ?

Mon amie hésite. Peut-être se méfie-t-elle de quelque chose.

« C'est comme se trouver dans un piège. Tu sais que tu es prisonnière, mais tu n'arrives pas... »

C'est exactement ce que j'avais pensé quelques jours auparavant.

Elle commence à faire une liste de choses qui semblent communes à tous ceux qui ont déjà visité ce qu'elle appelle « l'enfer ». L'incapacité à se lever de son lit. Les tâches les plus simples qui se transforment en efforts herculéens. La culpabilité de n'avoir aucune raison d'être dans cet état, alors que tant de gens dans le monde souffrent vraiment.

J'essaie de me concentrer sur l'excellente cuisine, qui à ce stade a commencé à perdre de sa saveur. Mon amie poursuit :

« L'apathie. Feindre la joie, feindre l'orgasme, faire semblant d'être en train de s'amuser, faire semblant d'avoir bien dormi, faire semblant de vivre. Et puis arrive le moment où il y a une ligne rouge imaginaire et tu comprends que si tu la franchis, il n'y aura plus de retour possible. Alors tu cesses de te plaindre, parce que se plaindre signifie qu'au moins on lutte contre quelque chose. Tu acceptes ton état végétatif et tu t'efforces de le cacher à tout le monde. Ce qui donne un travail monstre. »

Et qu'est-ce qui a provoqué sa dépression ?

« Rien en particulier. Mais pourquoi tant de questions ? Toi aussi tu fais une dépression ? »

Non, bien sûr !

Mieux vaut changer de sujet.

Nous parlons de l'homme politique que je vais interviewer dans deux jours : un ex-petit ami que j'avais au gymnase[1], qui ne se souvient peut-être même pas que nous avons échangé quelques baisers et qu'il m'a touché les seins qui n'étaient pas encore complètement formés.

Mon amie est euphorique. Moi j'essaie seulement de ne penser à rien – mes réactions en pilotage automatique.

---

1. Équivalent du lycée en Suisse. (*N.d.É.*)

Apathie. Je n'en suis pas encore arrivée à ce stade, je proteste contre ce qui m'arrive, mais j'imagine que d'ici peu – ce peut être une question de mois, de jours ou d'heures – un manque total d'intérêt pour tout s'installera, et il sera très difficile de le dissiper.

On dirait que mon âme est en train de quitter lentement mon corps et de s'en aller vers un lieu que j'ignore, un lieu « sûr », où elle n'a pas à me supporter, moi et mes terreurs nocturnes. Comme si je n'étais pas dans un restaurant japonais affreux, mais à la cuisine délicieuse, et que tout ce que je suis en train de vivre n'était qu'une scène d'un film que je regarde, sans vouloir – ou pouvoir – intervenir.

Je me réveille et répète les rituels – me brosser les dents, m'arranger pour le travail, réveiller les enfants, préparer le petit déjeuner de tous, sortir, me dire que la vie est belle. À chaque minute et dans chaque geste, je ressens un poids que je ne parviens pas à identifier, comme l'animal ne comprend pas bien de quelle manière il a été capturé dans un piège.

La nourriture est sans goût, le sourire, en revanche, est de plus en plus large (pour que personne ne se méfie), l'envie de pleurer est avalée, la lumière paraît grise.

Cette conversation d'hier ne m'a pas fait de bien : je sens que je vais rapidement cesser de me révolter et sombrer dans l'apathie.

Est-ce que personne ne s'en aperçoit ?

Non, évidemment. Il faut dire aussi que je suis la dernière personne au monde à admettre que j'ai besoin d'aide.

C'est cela mon problème : le volcan est entré en éruption et il n'est plus possible de faire rentrer la lave à l'intérieur, de planter de l'herbe, des arbres, de mettre des brebis à paître.

Je ne méritais pas ça. J'ai toujours essayé de répondre aux attentes de tout le monde. Mais c'est arrivé et je ne peux rien faire, sauf prendre des médicaments. Peut-être que demain, sous prétexte d'écrire un article sur la psychiatrie et la Sécurité sociale (ils adorent ça), je finirai par trouver un bon psychiatre à qui demander de l'aide, bien que ce ne soit pas déontologique. Mais tout n'est pas déontologique.

Je n'ai aucune obsession qui m'occupe la tête – me mettre au régime, par exemple. Ou la manie du rangement, ou celle de trouver toujours des défauts dans le travail de l'employée de maison, qui arrive à huit heures du matin et s'en va à cinq heures de l'après-midi, après avoir lavé et repassé les vêtements, fait le ménage et, de temps à autre, être allée au supermarché. Je ne peux pas me décharger de mes frustrations en étant une super-mère, parce que les enfants me le feraient payer pour le restant de leur vie.

Je pars au travail et je vois à nouveau le voisin qui astique sa voiture. Mais ne l'a-t-il pas fait hier ?

Ne pouvant me contenir, je m'approche et je lui demande pourquoi.

« Il restait quelques problèmes », répond-il après m'avoir souhaité le bonjour, demandé comment allait ma famille et déclaré que ma robe était jolie.

Je regarde la voiture, une Audi (un des surnoms de Genève est Audiland). Elle me semble parfaite. Il montre un petit détail ou un endroit qui ne brille pas comme il le devrait.

Je pousse la conversation et je finis par lui demander ce qu'il pense que les gens veulent dans la vie.

« C'est facile. Payer leurs factures. Acheter une maison comme la vôtre ou la mienne. Avoir un jardin avec des arbres, recevoir leurs enfants et petits-enfants pour le déjeuner du dimanche. Parcourir le monde après la retraite. »

C'est cela que les gens attendent de la vie ? Vraiment ? Quelque chose dans ce monde ne tourne pas rond, et ce ne sont pas les guerres en Asie ou au Moyen-Orient.

Avant de me rendre à la rédaction, je dois interviewer Jacob, mon ancien petit ami du gymnase. Même cela ne m'excite pas – je perds vraiment tout intérêt pour les choses.

J'écoute des informations que je n'ai pas demandées sur des programmes du gouvernement. Je pose des questions pour l'embarrasser, mais il esquive avec élégance. Il a un an de moins que moi, il doit donc avoir 30 ans, bien qu'il en paraisse 35. Je garde cette observation pour moi.

C'est clair que j'ai bien aimé le revoir, même si jusqu'à présent il ne m'a pas demandé ce qu'a été ma vie depuis que nos routes se sont séparées après la maturité[1]. Il est concentré sur lui-même, sur sa carrière, son avenir, pendant que moi je garde bêtement les yeux fixés sur le passé, comme si j'étais encore l'adolescente portant un appareil dentaire et pourtant enviée par les autres filles.

Au bout d'un certain temps, je cesse de l'écouter et je me mets en pilotage automatique. Toujours le même scénario, les mêmes sujets – réduire les impôts, combattre la criminalité, mieux contrôler l'entrée des Français (appelés « frontaliers ») occupant des postes de

_____

1. Équivalent du baccalauréat en Suisse. (*N.d.É.*)

travail qui devraient revenir aux Suisses. Une année commence, une année finit, les thèmes sont les mêmes et les problèmes restent sans solution, parce que personne ne s'y intéresse vraiment.

Après vingt minutes de conversation, je commence à me demander si un tel manque d'intérêt est la conséquence de mon état bizarre en ce moment. Mais non. Il n'y a rien de plus ennuyeux que d'interviewer des hommes politiques. Il aurait mieux valu qu'on m'envoie couvrir un crime. Les assassins sont bien plus authentiques.

Comparés aux représentants du peuple n'importe où ailleurs sur la planète, les nôtres sont les moins intéressants et les plus insipides. Personne ne veut rien savoir de leur vie privée. Seules deux choses peuvent aboutir à un scandale : la corruption et les drogues. L'affaire atteint alors des proportions gigantesques et produit plus d'effet qu'elle ne devrait, parce que les journaux manquent cruellement de sujets.

Mais qui veut savoir s'ils ont des maîtresses, fréquentent des bordels ou ont décidé d'assumer leur homosexualité ? Personne. Qu'ils continuent à faire ce pour quoi ils ont été élus, sans faire exploser le budget public et nous vivrons tous en paix.

Le président du pays change chaque année (vraiment, *chaque année*). Il n'est pas choisi par le peuple mais par le Conseil fédéral, entité formée de sept ministres qui exerce la dignité de chef de l'État. Par ailleurs, chaque fois que je passe devant le Musée d'art et d'histoire je vois des affiches pour de nouveaux référendums populaires, qu'ici nous appelons votations.

La population adore décider de tout – la couleur des sacs-poubelles (le noir l'a emporté), la permission de port d'arme (une majorité écrasante l'a approuvé, la Suisse est le pays qui détient le plus d'armes par tête au monde), le nombre de minarets qui peuvent être construits dans tout le pays (quatre), l'asile pour les expatriés (je n'ai pas suivi, mais j'imagine que la loi a été approuvée et est entrée en vigueur).

« Monsieur Jacob König. »

Nous avons déjà été interrompus une fois. Avec délicatesse, il demande à son adjoint de reporter le rendez-vous suivant. Mon journal est le plus important de la Suisse française et l'interview peut être déterminante pour les prochaines élections.

Il fait semblant de me convaincre et je fais semblant de le croire.

Mais je suis déjà satisfaite. Je me lève, je le remercie et lui dis que j'ai tout le matériel dont j'ai besoin.

« Il ne manque rien ? »

C'est clair qu'il manque quelque chose. Mais ce n'est pas à moi de dire quoi.

« Et si nous nous retrouvions après le travail ? »

J'explique que je dois aller chercher mes fils au collège. J'espère qu'il a vu l'énorme alliance en or à mon doigt, disant : « Ce qui est passé est passé. »

« Certainement, alors si nous déjeunions un de ces jours ? »

J'accepte. Je m'illusionne facilement et me dis : il a peut-être quelque chose de vraiment important à me dire, un secret d'État, un élément qui changerait la politique du pays et me ferait bien voir par le rédacteur en chef du journal ?

Il va jusqu'à la porte, la ferme, revient près de moi, m'embrasse. Je réponds, parce qu'il y a très longtemps, nous avons fait cela pour la première fois. Jacob, que j'aurais peut-être pu aimer un jour, est maintenant un homme qui a une famille, marié avec une professeure. Et moi, une femme qui a une famille, mariée à un héritier riche, mais travailleur.

Je pense le repousser et lui dire que nous ne sommes plus des enfants, mais cela me fait plaisir. Non seulement j'ai découvert un nouveau restaurant japonais, mais je suis en train de faire une bêtise. J'ai réussi à transgresser les règles et le monde ne m'est pas tombé sur la tête ! Il y a longtemps que je n'ai pas été aussi heureuse.

À chaque instant, je me sens mieux, plus courageuse, plus libre. Alors je fais quelque chose dont j'ai toujours rêvé, depuis le gymnase.

Je m'agenouille par terre, j'ouvre la fermeture Éclair de son pantalon et je commence à sucer son sexe. Il me tient les cheveux et contrôle le rythme. Il jouit en moins d'une minute.

« C'était merveilleux. »

Je ne réponds pas. La vérité, cependant, c'est que ce fut bien meilleur pour moi que pour lui, qui a eu une éjaculation précoce.

près le péché, la peur de devoir payer pour mon crime. En retournant au journal, j'achète une brosse à dents et du dentifrice. Toutes les demi-heures, je vais dans les toilettes de la rédaction voir s'il n'y a aucune marque sur mon visage ou sur ma chemise Versace pleine de dentelles entremêlées, parfaites pour retenir des traces. Du coin de l'œil, j'observe mes collègues de travail, mais aucun (ou aucune – car les femmes ont toujours une espèce de radar particulier pour ces choses-là) n'a rien remarqué.

Pourquoi est-ce arrivé ? C'est comme si une autre personne m'avait dominée et poussée vers cette situation mécanique, qui n'avait rien d'érotique. Voulais-je prouver à Jacob que je suis une femme indépendante, libre, maîtresse d'elle-même ? Ai-je fait cela pour l'impressionner ou pour tenter d'échapper à ce que mon amie a appelé « enfer » ?

Tout va continuer comme avant. Je ne suis pas à un carrefour. Je sais où aller et j'espère, les années passant, pouvoir faire évoluer ma famille pour que nous ne finissions pas par trouver que laver la voiture est un événement extraordinaire. Les grands changements arrivent avec le temps – et j'en ai en abondance.

Du moins je l'espère.

J'arrive à la maison en m'efforçant de ne manifester ni bonheur ni tristesse. Ce qui attire immédiatement l'attention des enfants.

« Maman, tu es un peu bizarre aujourd'hui. »

J'ai envie de dire : oui, parce que j'ai fait quelque chose que je n'aurais pas dû et pourtant je ne me sens même pas un peu coupable, j'ai seulement peur d'être découverte.

Mon mari arrive et, comme toujours, me donne un baiser, me demande comment s'est passée ma journée et ce que nous aurons pour le dîner. Je lui donne les réponses auxquelles il est habitué. S'il ne remarque aucune différence dans la routine, il ne soupçonnera pas que cet après-midi, j'ai fait une fellation à un homme politique.

Ce qui, d'ailleurs, ne m'a pas procuré le moindre plaisir physique. Et maintenant je suis folle de désir, j'ai besoin d'un homme, de beaucoup de baisers, de sentir la douleur et le plaisir d'un corps sur le mien.

*

Quand nous montons dans la chambre, je me sens totalement excitée, impatiente de faire l'amour avec mon mari. Mais je dois y aller calmement – pas de précipitation, ou il pourrait se méfier.

Je prends un bain, je me couche à côté de lui, je retire la tablette de sa main et je la pose sur la table de nuit. Je commence à caresser sa poitrine et il est tout de suite en érection. Nous baisons comme nous ne le faisions plus depuis longtemps. Quand je gémis un peu plus fort, il me demande de me contrôler pour ne pas réveiller les enfants, mais je lui dis que j'en ai marre de ce commentaire et que je veux pouvoir exprimer ce que je ressens.

J'ai plusieurs orgasmes. Mon Dieu, comme j'aime cet homme à côté de moi ! Nous terminons épuisés et en sueur, alors je décide de prendre un autre bain. Il m'accompagne et s'amuse à mettre la douchette sur mon sexe. Je lui demande d'arrêter, car je suis fatiguée, nous devons dormir et s'il fait ça, il va finir par m'exciter de nouveau.

Pendant que nous nous essuyons l'un l'autre, animée d'un ardent désir de changer à tout prix ma façon d'envisager les jours à venir, je lui demande de m'emmener en boîte. Je crois qu'à ce moment-là il soupçonne que quelque chose a changé.

« Demain ? »

Demain je ne peux pas, j'ai un cours de yoga.

« Puisque tu as abordé le sujet, puis-je te poser une question assez directe ? »

Mon cœur s'arrête. Il poursuit :

« Pourquoi exactement prends-tu des cours de yoga ? Tu es une femme très calme, en harmonie avec elle-même et qui sait très bien ce qu'elle veut. Tu ne trouves pas que tu perds ton temps ? »

Mon cœur se remet à battre.

*

Je me jette sur le lit, je ferme les yeux et je pense avant de m'endormir que je dois traverser une crise normale pour une femme mariée depuis un certain temps. Cela va passer.

Tout le monde n'a pas besoin d'être heureux en permanence. D'ailleurs, personne n'y parvient. Il faut apprendre à se colleter avec la réalité de la vie.

Chère dépression, n'approche pas. Ne sois pas désagréable. Cours après d'autres qui ont plus de raisons que moi de te voir dans le miroir et de dire : « Quelle vie inutile. » Que tu le veuilles ou non, je sais comment te mettre en déroute.

Dépression, tu perds ton temps avec moi.

La rencontre avec Jacob König se déroule exactement comme je l'imaginais. Nous allons à *La Perle du Lac*, un restaurant hors de prix au bord de l'eau, qui a été extraordinaire, mais a aujourd'hui le soutien de la Ville. Il est toujours cher, bien que la nourriture soit très mauvaise. J'aurais pu le surprendre avec le restaurant japonais que je venais de découvrir, mais je sais qu'il m'aurait trouvée de mauvais goût. Pour certaines personnes, la décoration importe plus que la cuisine.

Et maintenant je vois que j'ai pris la bonne décision. Il tente de me montrer qu'il est fin connaisseur en matière de vins, appréciant le « bouquet », la « texture », la « larme », cette marque qui s'écoule sur le bord du verre. Il me signifie par là qu'il a grandi, qu'il n'est plus le gamin du temps de l'école, il a appris, il a connu une certaine ascension et maintenant il connaît le monde, les vins, la politique, les femmes et les ex-petites amies.

Quelle bêtise ! On ne naît ni ne meurt en buvant du vin. On sait distinguer un bon d'un mauvais, point final.

Mais jusqu'à ce que je fasse la connaissance de mon mari, tous les hommes que j'ai rencontrés – et qui se jugeaient bien élevés – considéraient le choix du vin comme leur moment de gloire solitaire. Ils font tous la même chose : avec une expression très convaincue, ils respirent le bouchon, lisent l'étiquette, laissent le garçon servir quelques gouttes, font tourner le verre, l'observent à la lumière, sentent, dégustent lentement, avalent et, enfin, font un signe d'approbation de la tête.

Après avoir assisté à cette scène d'innombrables fois, j'ai décidé que j'allais changer de bande et je me suis mise à fréquenter les binoclards, les exclus de la fac. Contrairement aux goûteurs de vin prévisibles et artificiels, les binoclards étaient authentiques et ne faisaient pas le moindre effort pour m'impressionner. Ils parlaient de choses que je ne comprenais pas. Ils pensaient, par exemple, que j'avais l'obligation, au minimum, de connaître la marque *Intel*, « vu qu'il est écrit sur tous les ordinateurs ». Je n'y avais jamais prêté attention.

Les binoclards me faisaient passer pour une ignorante, une femme sans aucun attrait, et s'intéressaient plus à la cyberpiraterie qu'à mes seins ou mes jambes. J'ai fini par retourner à la sécurité des goûteurs de vin. Et puis j'ai rencontré un homme qui n'essayait pas de m'impressionner avec son goût sophistiqué et ne me faisait pas me sentir stupide avec des conversations sur des planètes mystérieuses, des Hobbits et des programmes informatiques qui effacent les traces des pages visitées. Après quelques mois de flirt, durant lesquels nous avons connu au moins cent vingt nouveaux villages autour du lac qui baigne Genève, il m'a demandée en mariage.

J'ai accepté sur-le-champ.

Je demande à Jacob s'il a une boîte de nuit à me conseiller, parce que cela fait des années que je ne suis plus la vie nocturne de Genève (« vie nocturne » n'est qu'une façon de parler) et j'ai décidé d'aller danser et boire. Ses yeux brillent.

« Je n'ai pas de temps pour cela. Ton invitation m'honore, mais comme tu le sais, en plus d'être marié, je ne peux pas être vu par ici avec une journaliste. On va dire que tes informations sont... »

Tendancieuses.

« ... oui, tendancieuses. »

Je décide de pousser plus loin ce petit jeu de séduction, qui m'a toujours amusée. Qu'ai-je à perdre ? Après tout, j'en connais déjà tous les chemins, les détours, les pièges et les objectifs.

Je lui suggère de me parler davantage de lui. De sa vie personnelle. En fin de compte, je ne suis pas ici comme journaliste, mais comme femme et ex-petite amie d'adolescence.

Je souligne bien le mot *femme*.

« Je n'ai pas de vie personnelle, répond-il. Malheureusement je ne peux pas en avoir. J'ai choisi une carrière qui m'a transformé en automate. Tout ce que je dis est surveillé, mis en question, publié. »

Ce n'est pas tout à fait ainsi, mais sa sincérité me désarme. Je sais qu'il connaît le terrain, il veut savoir où il met les pieds et jusqu'où il peut aller avec moi. Il insinue qu'il est « malheureux en mariage », comme le font tous les hommes mûrs – après qu'ils ont goûté le vin et expliqué de façon exhaustive à quel point ils sont puissants.

« Les deux dernières années ont été marquées par quelques mois de joie, d'autres de défis, mais le reste, ce n'est que s'accrocher à la charge et essayer de plaire à tout le monde pour être réélu. J'ai été obligé de renoncer à tout ce qui me donnait du plaisir, par exemple danser avec toi cette semaine. Ou rester des heures à écouter de la musique, fumer ou faire n'importe quoi que les autres jugent inconvenant. »

Vraiment, il exagère ! Personne ne se préoccupe de sa vie personnelle.

« C'est peut-être le retour de Saturne. Tous les vingt-neuf ans, cette planète retourne à l'endroit où elle se trouvait le jour de notre naissance. »

Le retour de Saturne ?

Il se rend compte qu'il en a trop dit, et il suggère qu'il vaudrait peut-être mieux que nous retournions travailler.

Non. Mon retour de Saturne a déjà eu lieu, je dois savoir exactement ce que cela signifie. Il me donne une leçon d'astrologie : Saturne met vingt-neuf ans pour retourner au point où elle se trouvait au moment où nous sommes nés. Jusque-là, nous pensons que tout est possible, que nos rêves vont se réaliser et que les murailles qui nous entourent peuvent être abattues. Quand Saturne termine le cycle, le romantisme disparaît. Les choix sont définitifs et les changements de parcours deviennent pratiquement impossibles.

« Je ne suis pas spécialiste, c'est clair. Mais ma prochaine opportunité arrivera seulement quand j'aurai 58 ans, au deuxième retour de Saturne. »

Et pourquoi m'a-t-il invitée à déjeuner, si Saturne affirme qu'il n'est plus possible de choisir un autre chemin ? Cela fait presque une heure que nous parlons.

« Es-tu heureuse ? »

Quoi ?

« J'ai noté quelque chose dans tes yeux… une tristesse inexplicable pour une femme aussi jolie, bien mariée et qui a un bon boulot. C'était comme si je voyais un reflet de mes propres yeux. Je vais répéter la question : es-tu heureuse ? »

Dans le pays où je suis née, où j'ai été élevée et où j'élève maintenant mes fils, *personne* ne pose ce genre de question. Le bonheur n'est pas une valeur qui peut être mesurée avec précision, discutée lors des votations, analysée par des spécialistes. Nous n'osons même pas demander aux autres la marque de leur voiture, alors comment pourrions-nous parler de quelque chose d'aussi intime que le bonheur ?

« Tu n'as pas à répondre. Le silence suffit. »

Non, le silence ne suffit pas. Il n'est pas une réponse. Il dit seulement la surprise, la perplexité.

« Je ne suis pas heureux, dit-il. J'ai tout ce dont un homme rêve, mais je ne suis pas heureux. »

Ont-ils mis quelque chose dans l'eau de la ville ? Veulent-ils détruire mon pays avec une arme chimique qui provoque une profonde frustration chez tout le monde ? Ce n'est pas possible que tous ceux avec qui je parle ressentent la même chose.

Jusque-là je n'ai rien dit. Mais les âmes en peine ont cette incroyable capacité à se reconnaître et se rapprocher, multipliant leur douleur.

Pourquoi n'avais-je pas compris ? Parce que j'étais concentrée sur la superficialité avec laquelle il parlait de thèmes politiques ou le pédantisme avec lequel il goûtait le vin ?

Retour de Saturne. Malheur. Des choses que je ne me serais jamais attendue à entendre de Jacob König.

Alors, à ce moment précis – je regarde ma montre, il est treize heures cinquante-cinq –, je retombe amoureuse de lui. Personne, même mon merveilleux mari, ne m'a jamais demandé si j'étais heureuse. Peut-être dans mon enfance mes parents ou grands-parents ont-ils éventuellement cherché à savoir si j'étais joyeuse, mais c'est tout.

« Nous nous reverrons ? »

Je regarde devant moi et je ne vois plus l'ex-petit ami de mon adolescence, mais un abîme vers lequel je m'approche volontairement, un abîme que je ne veux fuir en aucune façon. En une fraction de seconde j'imagine que les nuits d'insomnie deviendront plus insupportables que jamais, puisque j'ai maintenant un problème concret : un cœur amoureux.

Dans mon esprit, tous les signaux d'alerte sont au rouge.

Je me dis : tu n'es pas idiote, tout ce qu'il veut, c'est t'emmener au lit. Il n'a pas grand-chose à faire de ton bonheur.

Alors, dans un mouvement quasi suicidaire, j'accepte. Qui sait si coucher avec quelqu'un qui m'a seulement touché les seins quand nous étions encore adolescents ne fera pas du bien à mon mariage, comme c'est arrivé hier, quand je lui ai fait une fellation le matin et que j'ai eu plusieurs orgasmes le soir ?

Je tente de retourner au sujet de Saturne, mais il a déjà demandé l'addition et parle dans son téléphone mobile, prévenant qu'il aura cinq minutes de retard.

« Demande-leur s'ils veulent un verre d'eau ou un café. »

Je lui demande avec qui il parlait, il répond que c'était avec son épouse. Le directeur d'une grande entreprise pharmaceutique veut le voir et, peut-être, investir de l'argent dans cette phase finale de sa campagne pour le Conseil d'État de Genève. Les élections approchent à grands pas.

Encore une fois je me rappelle qu'il est marié. Qu'il est malheureux. Qu'il ne peut rien faire de ce qu'il aime. Que des bruits courent au sujet de lui et de son épouse – apparemment leur mariage est très libre. Je dois oublier cette étincelle qui m'a frappée à treize heures cinquante-cinq et comprendre qu'il veut seulement m'utiliser.

Cela ne me dérange pas, du moment que les choses sont claires. Moi aussi j'ai besoin de coucher avec quelqu'un.

*

Nous nous arrêtons sur le trottoir en face du restaurant. Il regarde tout autour, comme si nous étions un couple absolument suspect. Après s'être assuré que personne ne le voie, il allume une cigarette.

Voilà donc ce qu'il redoutait qu'on découvre : la cigarette.

« Comme tu t'en souviens sans doute, j'étais considéré comme l'étudiant le plus prometteur de la classe. J'avais un tel besoin d'amour et de reconnaissance que je devais me montrer à la hauteur. Je sacrifiais les sorties entre amis pour étudier et répondre aux attentes des autres. J'ai quitté le gymnase avec d'excellentes notes. Au fait, pourquoi avons-nous mis fin à notre amourette ? »

S'il ne s'en souvient pas, moi encore moins. Je pense qu'à cette époque tout le monde séduisait tout le monde et personne ne restait avec personne.

« J'ai terminé la faculté de droit, j'ai été nommé avocat, je me suis mis à fréquenter des bandits et des innocents, des canailles et des gens honnêtes. Ce qui devait être un emploi temporaire est devenu une décision pour la vie : je peux aider. Ma clientèle a augmenté. Ma renommée s'est répandue dans la ville. Mon père répétait qu'il était temps de laisser tomber tout cela et d'aller travailler dans le cabinet d'avocats d'un de ses amis. Mais je m'enthousiasmais à chaque affaire gagnée. Et je me heurtais fréquemment à une loi complètement archaïque, qui ne s'appliquait plus au moment présent. Il fallait changer beaucoup de choses dans l'administration de la ville. »

Tout cela se trouve dans sa biographie officielle, mais c'est différent de l'entendre de sa bouche.

« À un certain moment, j'ai pensé que je pouvais présenter ma candidature comme membre du Conseil d'État de Genève. Nous avons fait une campagne électorale sans argent ou presque, parce que mon père était contre. Sauf que les clients étaient favorables. J'ai été élu avec une marge infime de voix, mais j'ai été élu. »

Il regarde tout autour encore une fois. Il a caché la cigarette derrière son dos. Mais comme personne n'observe, il tire une autre longue bouffée.

« Quand j'ai commencé en politique, je dormais à peine cinq heures par jour et j'étais bourré d'énergie. Maintenant j'ai envie de dormir dix-huit heures. Finie la lune de miel avec ma situation. Ne reste que la nécessité de faire plaisir à tout le monde, surtout à ma femme, qui se bat comme une folle pour que j'aie un grand avenir. Marianne a sacrifié beaucoup de choses pour cela et je ne peux pas la décevoir. »

Est-ce ce même homme qui, il y a quelques minutes, m'a invitée à sortir de nouveau avec lui ? Est-ce vraiment cela qu'il veut : sortir et converser avec quelqu'un qui peut le comprendre, parce qu'elle ressent les mêmes choses ?

J'ai le don de créer des fantasmes avec une rapidité impressionnante. Je m'imaginais déjà entre des draps de soie dans un chalet des Alpes.

« Alors, quand pouvons-nous nous revoir ? »

— Tu choisis. »

Il propose un rendez-vous dans deux jours. Je dis que j'ai un cours de yoga. Il me demande de le manquer. J'explique que je le manque tout le temps et que je me suis promis d'être plus disciplinée.

Jacob paraît résigné. Je suis tentée d'accepter, mais je ne peux pas avoir l'air trop impatiente ou disponible.

La vie retrouve son sel, parce que l'apathie des jours passés est remplacée par la peur. Quelle joie d'avoir peur de rater une occasion !

Je dis que c'est impossible, mieux vaut que nous prenions rendez-vous pour vendredi. Il accepte, appelle son adjoint et lui demande de l'inscrire dans l'agenda. Il termine sa cigarette et nous nous séparons. Je ne demande pas pourquoi il m'a tellement parlé de sa vie intime et lui n'ajoute rien de plus.

J'aimerais croire que quelque chose a changé dans ce déjeuner. Un de plus parmi les centaines de déjeuners professionnels auxquels j'ai assisté, avec une nourriture qui n'aurait pu être moins saine et une boisson que nous avons tous les deux fait semblant de boire, mais à laquelle nous n'avions pratiquement pas touché quand nous avons commandé le café. On ne peut jamais baisser la garde, malgré toute cette mise en scène autour de la dégustation.

La nécessité de faire plaisir à tout le monde. Le retour de Saturne.

Je ne suis pas seule.

Le journalisme n'a rien du glamour que les gens imaginent – interviewer des célébrités, recevoir des invitations pour des voyages fantastiques, être en contact avec le pouvoir, l'argent, le monde fascinant de la marginalité.

En réalité, nous passons la majeure partie du temps à des postes de travail séparés par de petites cloisons en contreplaqué, scotchés au téléphone. L'intimité est réservée aux chefs, dans leur bocal en verre transparent, dont ils peuvent fermer les rideaux de temps en temps. Quand ils le font, ils savent encore ce qui se passe de l'autre côté, tandis que nous, nous ne lisons plus sur leurs lèvres qui remuent comme celles des poissons.

Le journalisme à Genève, avec ses 195 000 habitants, est ce qu'il y a de plus ennuyeux au monde. J'ai jeté un œil sur l'édition du jour, bien que je sache déjà ce qu'elle contient – les constantes rencontres de dignitaires étrangers au siège des Nations Unies, les protestations habituelles contre la fin du secret bancaire et encore d'autres choses qui méritent la une, comme « l'obésité morbide empêche un homme de monter en avion », « un loup décime les brebis dans les environs de la ville », « des fossiles précolombiens découverts à Saint-Georges » et, finalement, bien en relief : « Après restauration, le *Genève* regagne le lac plus beau que jamais. »

On m'appelle. Ils veulent savoir si j'ai obtenu une exclusivité au déjeuner avec l'homme politique. Comme il fallait s'y attendre, on nous a vus ensemble.

Non, je réponds. Rien d'autre que ce qui se trouve dans la biographie officielle. Le déjeuner, c'était plus pour m'approcher d'une « source », c'est ainsi que nous appelons les personnes qui nous donnent des informations importantes. (Plus grand est son réseau, plus le journaliste est respecté.)

Mon chef dit qu'une autre « source » affirme que, bien que marié, Jacob König a une liaison avec la femme d'un autre homme politique. Je sens une douleur à laquelle j'ai refusé de prêter attention dans ce coin obscur de mon âme où la dépression a frappé.

Ils demandent si je peux me rapprocher de lui davantage. Ils ne sont pas très intéressés par sa vie sexuelle, mais cette « source » a suggéré qu'il était peut-être l'objet d'un chantage. Un groupe métallurgiste étranger veut effacer des traces de problèmes fiscaux dans son pays, mais n'a aucun moyen d'arriver au ministre des Finances. Ils ont besoin d'un petit coup de pouce.

Le directeur explique : le député Jacob König n'est pas notre cible, nous devons dénoncer ceux qui tentent de corrompre notre système politique.

« Ce ne sera pas difficile. Il suffit de dire que nous sommes de son côté. »

La Suisse est un des rares pays au monde où la parole suffit. Dans la plupart des autres, il faudrait des avocats, des témoins, des documents signés et la menace d'un procès si le secret était brisé.

« Nous avons seulement besoin de vérifier cette information et de photos. »

Alors je dois me rapprocher de lui.

« Ce ne sera pas difficile non plus. Nos sources disent que vous avez déjà pris rendez-vous. C'est dans son agenda officiel. »

Et ce pays est celui des secrets bancaires ! Tout le monde sait tout.

« Suis la tactique habituelle. »

La « tactique habituelle » consiste en quatre points : 1. Commence à l'interroger sur n'importe quel sujet sur lequel il serait intéressant pour l'interviewé de faire une déclaration publique ; 2. Laisse-le parler le plus longtemps possible, ainsi il croira que le journal lui consacrera un grand espace ; 3. À la fin de l'interview, quand il sera convaincu qu'il contrôle la situation, pose cette question-là, la *seule* qui nous intéresse, pour qu'il sente que, s'il ne répond pas, nous ne lui donnerons pas l'espace qu'il espère et qu'ainsi il aura perdu son temps ; 4. S'il répond de manière évasive, tu reformules la question, mais tu la maintiens. Il dira que cela n'intéresse personne. Mais il faut obtenir une déclaration, au moins *une*. Dans 99 % des cas, l'interviewé tombe dans le piège.

C'est suffisant. Le reste de l'interview, tu le balances et tu utilises la déclaration dans l'article, qui ne concerne pas l'interviewé, mais un thème important,

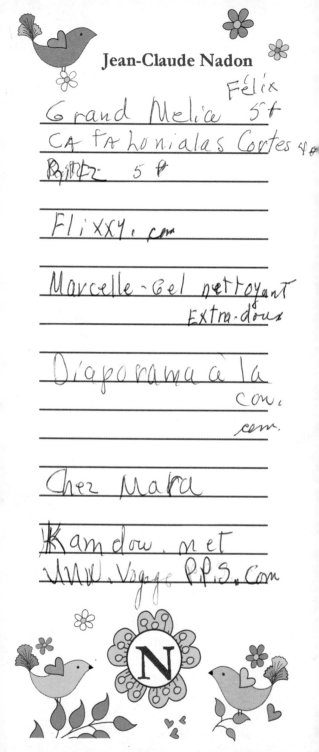

Jean-Claude Nadon

Grand Melia Félix 5★

Catalonialas Cortes 4☆

Ritz 5★

Flixxy.com

Marcelle - Gel nettoyant
Extra-doux

Diaporama à la
.com
.com.

Chez Mara

Kamdou.net
www.Voyge P.P.S.Com

1800 | 124
174 | 62
_____
   602

         62

            124

4000 | 80
         5

contenant clarifications journalistiques, informations officielles, extra-officielles, « sources » anonymes, etc.

« S'il s'obstine à ne pas répondre, répète que nous sommes de son côté. Tu sais comment le journalisme fonctionne. Et ce sera pris en compte... »

Je sais comment ça fonctionne. La carrière de journaliste est aussi courte que celle d'athlète. Nous atteignons tôt la gloire et le pouvoir, et nous faisons très vite place à la génération suivante. Rares sont ceux qui continuent et progressent. Les autres voient leur niveau de vie chuter, ils deviennent critiques de presse, créent des blogs, donnent des conférences et passent plus de temps qu'il ne le faudrait à tenter d'impressionner leurs amis. Il n'existe pas d'étape intermédiaire.

Moi je suis encore dans le créneau « professionnelle prometteuse ». Si j'obtiens les fameuses déclarations, il est probable que l'année prochaine je n'entende pas encore ceci : « Nous avons besoin de réduire les coûts et toi, avec ton talent et ton nom, tu trouveras certainement un autre emploi. »

Aurai-je une promotion ? Je pourrai décider de ce qu'il faut publier en une : le problème du loup qui dévore les brebis, l'exode de banquiers étrangers vers Dubaï et Singapour, ou l'absurde absence d'immeubles à louer. Une manière charmante de passer les cinq prochaines années...

Je retourne à mon poste de travail, donne quelques coups de fil sans importance et lis tout ce qu'il y a d'intéressant sur les portails Internet. À côté de moi, les confrères font la même chose, désespérant de trouver un scoop qui permettrait d'augmenter notre chiffre de ventes. Quelqu'un dit que l'on a trouvé des sangliers au milieu de la ligne de chemin de fer qui relie Genève à Zurich. Y a-t-il matière à un article ?

Clairement. De même que l'appel téléphonique que je viens de recevoir d'une femme de 80 ans, se plaignant de la loi qui interdit de fumer dans les bars. Elle dit que, en été, il n'y a pas de problème, mais qu'en hiver plus de gens meurent de pneumonie que de cancer du poumon, vu que tout le monde est obligé de fumer à l'extérieur.

Que sommes-nous en train de faire ici dans la rédaction d'un quotidien ?

Je le sais : Nous adorons notre travail et nous avons l'intention de sauver le monde.

Assise dans la position du lotus, tandis que l'encens brûle et que passe une insupportable musique d'ascenseur, je commence la « méditation ». Il y a longtemps que l'on m'a conseillé de l'expérimenter. On pensait alors que j'étais « stressée ». (Je l'étais en effet, mais c'était mieux que ce désintérêt total pour la vie que je ressens maintenant.)

« Les impuretés de la raison vont vous perturber. Ne vous inquiétez pas. Acceptez les pensées qui se présentent. Ne luttez pas contre elles. »

Parfait, je le fais. J'éloigne les émotions toxiques, comme l'orgueil, la désillusion, la jalousie, l'ingratitude, l'inutilité. Je remplis cet espace d'humilité, de gratitude, de compréhension, de conscience et de grâce.

Je pense que je mange plus de sucre que je ne devrais, que c'est mauvais pour le corps et l'esprit.

Je laisse de côté l'obscurité et le désespoir, et j'invoque les forces du bien et de la lumière.

Je me rappelle chaque détail du déjeuner avec Jacob.

Je chante un mantra avec les autres élèves.

Je me demande si le rédacteur en chef a dit la vérité. Jacob est-il vraiment infidèle ? A-t-il cédé au chantage ?

La professeure nous demande d'imaginer une armure de lumière autour de nous.

« Nous devons vivre tout et chaque jour avec la certitude que cette armure nous protégera des dangers, et nous ne serons plus attachés à la dualité de l'existence. Nous devons chercher la voie du milieu, où il n'y a ni joie ni souffrance, seulement une paix profonde. »

Je commence à comprendre pourquoi je manque tellement les cours de yoga. Dualité de l'existence ? Voie du milieu ? Cela m'apparaît aussi antinaturel que de maintenir le taux de cholestérol à 70, comme mon médecin l'exige.

L'image de l'armure résiste seulement quelques secondes, puis elle éclate en mille morceaux, remplacée par la certitude absolue que Jacob aime toutes les jolies femmes qui se présentent devant lui. Et moi, qu'ai-je à voir avec cela ?

Les exercices continuent. Nous changeons de position et la professeure insiste, comme dans chaque cours, pour que nous tentions, au moins quelques secondes, de nous « vider l'esprit ».

Le vide est justement ce que je redoute le plus et qui m'a le plus accompagnée. Si elle savait ce qu'elle me demande… Enfin, ce n'est pas à moi de juger une technique qui existe depuis des siècles.

Qu'est-ce que je fais là ?

Je sais : je « déstresse ».

J e me réveille de nouveau au milieu de la nuit. Je vais jusqu'à la chambre des enfants voir si tout va bien – un geste obsessionnel, mais que tous les parents font de temps à autre.

Je retourne au lit et je regarde fixement le plafond.

Je n'ai pas la force de dire ce que je veux ou ne veux pas faire. Pourquoi ne pas laisser tomber le yoga une bonne fois pour toutes ? Pourquoi ne pas décider d'aller tout de suite chez un psychiatre et commencer à prendre les pilules magiques ? Pourquoi est-ce que je n'arrive pas à me contrôler et à cesser de penser à Jacob ? Après tout, il n'a jamais dit qu'il voulait autre chose qu'une personne à qui parler de Saturne et des frustrations que tout adulte doit affronter tôt ou tard.

Je ne me supporte plus. Ma vie ressemble à un film qui répète indéfiniment la même scène.

J'ai pris quelques cours de psychologie quand j'étais à la faculté de journalisme. Une fois, le professeur (un homme assez intéressant, dans son cours comme au lit) a dit qu'il existait cinq étapes que l'interviewé traverserait :

défense, exaltation, confiance en soi, confession et tentative de réparation.

Dans ma vie, je passe directement de l'état de confiance en soi à la confession. Je commence à me dire des choses dont il vaudrait mieux qu'elles restent cachées.

Par exemple : le monde est figé.

Non seulement le mien, mais celui de tous ceux qui m'entourent. Quand nous rencontrons des amis, nous parlons toujours des mêmes choses et des mêmes personnes. Les conversations semblent nouvelles, mais tout n'est que perte de temps et d'énergie. Nous nous efforçons de montrer que la vie reste intéressante.

Tous essaient de maîtriser leur propre malheur. Non seulement Jacob et moi, mais probablement mon mari aussi. Sauf que lui ne montre rien.

Dans le périlleux état où je me trouve, ces choses deviennent claires. Je ne me sens pas seule. Je suis entourée de gens qui ont les mêmes problèmes et tous font comme si la vie continuait pourtant. Comme moi. Comme mon voisin. Peut-être bien comme mon chef et l'homme qui dort à côté de moi.

Après un certain âge, nous nous mettons à porter un masque d'assurance et de certitudes. Avec le temps, ce masque colle au visage et ne part plus.

Nous apprenons, petits, que si nous pleurons, on nous prodigue de la tendresse ; si nous montrons que nous sommes tristes, on nous console. Si notre sourire n'est pas convaincant, nos larmes le seront assurément.

Mais nous ne pleurons plus – sauf dans la salle de bains, quand personne ne nous entend – et nous ne sourions plus – sauf à nos enfants. Nous ne montrons pas nos sentiments parce que les gens pourraient nous juger vulnérables et en profiter.

Dormir est le meilleur remède.

J e retrouve Jacob le jour fixé. Cette fois, c'est moi qui choisis l'endroit, et nous nous donnons rendez-vous dans le parc des Eaux-Vives, très beau et mal entretenu, où se trouve un autre très mauvais restaurant appartenant à la Ville.

Un jour, je suis venue manger là avec un correspondant du *Financial Times*. Nous avons commandé des martinis, et le garçon nous a servi un vermouth Cinzano.

Cette fois, pas de déjeuner – seulement des sandwichs sur la pelouse. Il peut fumer à sa guise, parce que la vue est dégagée. Nous pouvons observer les va-et-vient. J'arrive décidée à être honnête : après les formalités d'usage (le temps, le travail, « comment as-tu trouvé la boîte ? », « j'y vais ce soir »), la première chose que je demande, c'est s'il fait l'objet d'un chantage à cause de, disons, une relation extraconjugale.

Il n'est pas surpris. Il me demande seulement s'il est en train de parler à une journaliste ou à une amie.

À ce moment-là, à une journaliste. S'il confirme, je peux lui donner ma parole que le journal le soutiendra.

Nous ne publierons rien de sa vie privée, mais nous rechercherons les maîtres chanteurs.

« Oui, j'ai eu une liaison avec la femme d'un ami, et j'imagine que tu dois la connaître à cause de ton travail. C'est lui qui en a été l'instigateur, parce que nous nous ennuyions tous les deux dans notre mariage. Tu comprends ce que je dis ? »

Le mari a été l'instigateur ? Non, je ne comprends pas, mais je fais un signe affirmatif de la tête, et je me rappelle ce qui s'est passé trois nuits plus tôt, quand j'ai eu une série d'orgasmes.

Et la liaison continue ?

« L'intérêt s'est perdu. Ma femme est au courant. Il y a des choses que l'on ne peut pas cacher. Le personnel nous a photographiés ensemble et menace de divulguer les images, mais c'est pas nouveau. »

Le Nigeria, c'est là que se trouve cette entreprise de métallurgie. Sa femme n'a-t-elle pas menacé de demander le divorce ?

« Elle a été emmerdée deux ou trois jours, pas plus que ça. Elle a de grands projets pour notre mariage et j'imagine que la fidélité n'en fait pas nécessairement partie. Elle a manifesté un peu de jalousie, seulement pour faire comme si c'était important, mais c'est une très mauvaise actrice. Quelques heures après mon aveu, elle avait déjà reporté son attention sur autre chose. »

Apparemment Jacob vit dans un monde complètement différent du mien. Les femmes ne sont pas jalouses, les maris poussent leurs épouses à avoir des liaisons. Est-ce que je passe à côté de beaucoup de choses ?

« Il n'y a rien que le temps ne résolve. Tu ne trouves pas ? »

Cela dépend. Dans de nombreux cas, le temps peut aggraver le problème. C'est ce qui se passe avec moi. Cependant, je suis venue ici pour l'interviewer, alors je ne dis rien. Il poursuit :

« Les Nigérians ne le savent pas. Je me suis arrangé avec le ministère des Finances pour qu'il les piège. Tout est enregistré, exactement comme ils ont fait avec moi. »

À cet instant, je vois s'envoler mon article, celui qui aurait été ma grande chance de m'élever dans une industrie qui périclite. Il n'y a rien de nouveau à raconter – ni adultère, ni chantage, ni corruption. Tout suit les modèles suisses de qualité et d'excellence.

« Tu m'as posé toutes les questions que tu voulais ? Nous pouvons passer à un autre sujet ? »

Oui, j'ai posé toutes les questions. Et en réalité je n'ai pas d'autre sujet.

« Je crois que tu ne m'as pas demandé pourquoi je voulais te revoir. Pourquoi j'ai voulu savoir si tu es heureuse. Penses-tu que je m'intéresse à toi comme femme ? Nous ne sommes plus des adolescents. J'avoue que j'ai été surpris par ton attitude dans mon cabinet et j'ai adoré jouir dans ta bouche. Mais ce n'est pas une raison suffisante pour notre présence ici, d'autant moins que cela ne peut pas se passer dans un lieu public. Alors, tu ne veux pas savoir pourquoi j'ai voulu te revoir ? »

L'incongruité de sa question sur mon bonheur m'a prise au dépourvu. Ne comprend-il pas que ces choses-là ne se demandent pas ?

Si tu veux me raconter – je réponds pour le provoquer et pour tenter de détruire une bonne fois son air tout-puissant qui me fait perdre mon assurance.

Et j'ajoute : c'est clair que tu veux coucher avec moi. Tu ne seras pas le premier à entendre un « non ».

Il hoche la tête. Je feins d'être tout à fait à l'aise et je lui fais remarquer les ondulations sur le lac normalement lisse devant nous. Nous regardons cela comme si c'était la chose la plus intéressante au monde.

Et puis il parvient à trouver les mots justes :

« Comme tu l'as sans doute noté, je t'ai demandé si tu étais heureuse parce que je me reconnaissais en toi. Ceux qui se ressemblent s'attirent. Peut-être n'as-tu pas vu la même chose en moi, mais peu importe. Peut-être es-tu mentalement épuisée, convaincue que tes problèmes inexistants, et tu sais qu'ils sont inexistants, pompent ton énergie. »

J'avais pensé la même chose pendant notre déjeuner : les âmes perdues se reconnaissent et s'attirent pour effrayer les vivants.

« Je ressens la même chose, continue-t-il. À la différence près que mes problèmes sont peut-être plus concrets. Je me déteste de n'avoir pas réussi à résoudre ceci ou cela. Je dépends de l'approbation de tant d'autres personnes. Et cela me fait me sentir inutile. J'ai pensé chercher de l'aide auprès d'un médecin, mais ma femme était contre. Elle a dit que, si on le découvrait, cela pourrait ruiner ma carrière. J'étais d'accord avec elle. »

Alors il parle de ces choses avec son épouse. Peut-être en ferai-je autant ce soir avec mon mari. Au lieu d'aller dans une boîte, je peux m'asseoir devant lui et tout lui raconter. Comment réagirait-il ?

« Bien sûr j'ai commis beaucoup d'erreurs. En ce moment je me force à regarder le monde autrement, mais cela ne marche pas. Quand je vois quelqu'un comme toi et constate que j'ai déjà rencontré beaucoup de gens dans cette même situation, j'essaie de m'intéresser et de comprendre comment ils affrontent le problème. Comprends-moi, j'ai besoin d'aide et c'est la seule manière de l'obtenir. »

Alors c'est ça. Pas de sexe, pas de grande aventure romantique qui ensoleillerait cet après-midi gris de Genève. Ce n'est qu'une thérapie de soutien, comme celles que peuvent suivre les alcooliques ou les gens pharmacodépendants.

Je me lève.

Les yeux dans les yeux, je lui dis qu'en réalité je suis très heureuse et qu'il devrait aller voir un psychiatre. Sa femme ne peut pas tout contrôler dans sa vie. En outre, personne ne saurait, à cause du secret médical. J'ai une amie qui a été guérie après qu'elle a commencé à prendre des médicaments. Veut-il passer le restant de sa vie à affronter le fantôme de la dépression seulement pour être réélu ? Est-ce cela qu'il désire pour son avenir ?

Il regarde autour pour voir si quelqu'un m'entend. Je l'ai déjà fait, je sais que nous sommes seuls – à l'exception d'une bande de dealers à l'autre bout du parc, derrière le restaurant. Mais ils n'ont pas la moindre raison de s'approcher de nous.

Je ne peux pas arrêter. À mesure que je parle, je me rends compte que je m'écoute et que je m'aide. Je dis que la négativité s'autoalimente. Qu'il doit chercher quelque chose qui lui donne au moins un peu de joie, faire de la voile, aller au cinéma, lire.

« Ce n'est pas ça. Tu ne me comprends pas. » Il paraît désorienté par ma réaction.

Si, je comprends. Tous les jours nous recevons des milliers d'informations – des pubs dans lesquelles des adolescentes maquillées se font passer pour des femmes et proposent des produits miracles de beauté éternelle ; la nouvelle selon laquelle un couple de personnes âgées a escaladé le mont Everest pour célébrer leur anniversaire de mariage ; des vitrines de pharmacies bourrées de produits pour maigrir ; des films qui transmettent une fausse idée de la vie ; des livres qui promettent des résultats fantastiques ; des spécialistes en conseils sur la façon de gravir les échelons ou de trouver la paix intérieure. Et tout cela fait que nous nous sentons vieux, menant une vie sans aventure, cependant que la peau devient flasque, les kilos s'accumulent de manière incontrôlée, et nous sommes obligés de réprimer nos émotions et nos désirs, parce qu'ils ne correspondent pas à l'idée que nous nous faisons de la « maturité ».

Sélectionne les informations qui te parviennent. Mets un filtre sur tes yeux et sur tes oreilles et ne laisse entrer que ce qui ne va pas te démolir, car pour ça notre quotidien suffit. Crois-tu que je ne suis pas, moi aussi, jugée et critiquée au travail ? Je le suis, et beaucoup ! Alors j'ai choisi de n'écouter que ce qui me pousse à m'améliorer, ce qui m'aide à corriger mes erreurs. Le reste, je fais simplement semblant de ne pas l'entendre ou je le mets de côté.

Je suis venue ici à la recherche d'une histoire compliquée qui contenait adultère, chantage et corruption. Mais tu t'en es sorti le mieux possible. Est-ce que tu n'arrives pas à entrevoir cela ?

Sans trop réfléchir, je m'assois de nouveau à côté de lui, je lui tiens la tête pour qu'il ne puisse pas s'échapper, et je lui donne un long baiser. Il hésite une fraction de seconde, mais répond tout de suite. Immédiatement, tous mes sentiments d'impuissance, de fragilité, d'échec et d'insécurité sont remplacés par une immense euphorie. En l'espace d'une heure, je suis devenue sage, j'ai repris le contrôle de la situation et je m'enhardis à faire quelque chose que je ne pouvais qu'imaginer. Je m'aventure sur des terres inconnues et des mers dangereuses, détruisant des pyramides et construisant des sanctuaires.

Je suis de nouveau maîtresse de mes pensées et de mes actes. Ce qui paraissait impossible ce matin est réel cet après-midi. Je suis de nouveau émue, je peux aimer quelque chose que je ne possède pas, le vent a cessé de m'incommoder et il est devenu une bénédiction, la caresse d'un dieu sur mon visage. Mon esprit est de retour.

Des centaines d'années semblent s'être passées depuis ce court instant où je l'ai embrassé. Nos visages s'écartent lentement, il caresse ma tête avec douceur, je plonge mon regard dans le sien.

Et nous retrouvons ce qui était là il y a moins d'une minute.

La tristesse.

Maintenant ajoutée à la stupidité et à l'irresponsabilité d'un geste qui – du moins dans mon cas – va tout aggraver.

Nous restons encore une demi-heure ensemble, à parler de la ville et de ses habitants, comme si rien ne s'était passé. Nous paraissions très proches quand nous sommes arrivés au parc des Eaux-Vives, nous ne faisions qu'un au moment du baiser, et maintenant nous sommes comme deux étrangers absolus, tentant de tenir une conversation juste assez longtemps pour que chacun poursuive son chemin sans trop d'embarras.

Je pense à m'excuser, mais je sais que ce n'est pas nécessaire. Après tout, ce n'est qu'un baiser, rien de plus.

Je ne peux pas dire que je me sente victorieuse, mais au moins j'ai repris un certain contrôle sur moi-même. À la maison, tout reste pareil : avant j'étais très mal, maintenant je vais mieux et personne ne m'a rien demandé.

Je vais faire comme Jacob König : parler avec mon mari de mon état d'esprit bizarre. Je lui ferai confiance et je suis certaine qu'il pourra m'aider.

Pourtant, tout va si bien aujourd'hui ! Pourquoi gâcher cela par l'aveu de choses dont je ne connais pas vraiment la nature ? Je continue à lutter. Je ne crois pas que ce que je traverse ait le moindre rapport avec l'absence de certains éléments chimiques dans mon corps, comme on le dit sur les pages Internet qui parlent de « tristesse compulsive ».

Je ne suis pas triste aujourd'hui. Ce sont des phases normales de la vie. Je me souviens quand ma classe a organisé une fête de fin d'année : nous avons ri pendant deux heures et pleuré compulsivement à la fin, parce que cela signifiait que nous étions en train de nous séparer pour toujours. La tristesse a duré quelques jours, ou quelques semaines, je ne me souviens pas bien. Mais le simple fait de ne pas m'en souvenir dit déjà une chose très importante : c'est passé.

Mon mari couche les enfants. Je me sers un verre de vin et vais jusqu'au jardin.

Il continue à venter. Nous tous ici connaissons ce vent, qui souffle durant trois, six ou neuf jours. En France, plus romantique que la Suisse, on l'appelle mistral et il apporte toujours un temps clair et une température froide. Il était temps de voir ces nuages s'éloigner – demain nous aurons une journée ensoleillée.

Je repense à la conversation dans le parc, au baiser. Aucun regret. J'ai fait quelque chose que je n'avais jamais fait, et ainsi j'ai commencé à abattre les murs qui m'emprisonnaient.

Peu importe ce que pense Jacob König. Je ne peux pas passer ma vie à essayer de faire plaisir aux gens.

Je finis mon verre de vin, je le remplis de nouveau et, pour la première fois depuis des mois, je savoure ce moment où j'éprouve enfin un sentiment différent de l'apathie et de la sensation d'inutilité.

Mon mari est habillé, prêt à sortir, et demande dans combien de temps je serai prête. J'avais oublié que nous avions projeté d'aller danser ce soir.

Je monte me préparer en courant.

Quand je descends, je vois que notre nounou philippine est arrivée et a éparpillé ses livres sur la table du salon. Les enfants sont déjà endormis, elle profite donc de son temps pour étudier – il paraît qu'elle a horreur de la télévision.

Nous sommes prêts à sortir. J'ai mis ma plus belle robe, même si je cours le risque de ressembler à une dinde déplacée dans une ambiance décontractée. Qu'importe ? Je dois faire la fête.

J e me réveille avec le bruit du vent qui secoue la fenêtre. Je pense que mon mari aurait dû mieux la fermer. Je dois me lever et accomplir mon rituel nocturne : aller jusqu'à la chambre des enfants voir si tout va bien.

Cependant, quelque chose m'en empêche. Serait-ce l'effet de l'alcool ? Je commence à penser aux vagues que j'ai vues plus tôt sur le lac, aux nuages qui se sont dissipés et à la personne qui était avec moi. Je ne me rappelle pas grand-chose de la boîte : nous avons trouvé tous les deux la musique atroce, l'ambiance très emmerdante et, au bout d'une demi-heure, nous étions retournés à nos ordinateurs et à nos tablettes.

Et toutes ces choses que j'ai dites à Jacob cet après-midi ? Ne devrais-je pas profiter moi aussi de ce moment pour penser un peu à moi ?

Mais cette chambre m'étouffe. Mon mari parfait dort à côté de moi ; apparemment il n'a pas entendu le bruit du vent. Je pense à Jacob couché près de son épouse, racontant tout ce qu'il ressent (je suis certaine qu'il ne dira rien à mon sujet), soulagé d'avoir quelqu'un qui l'aide quand il se sent seul. Je ne crois pas beaucoup à la manière dont il l'a décrite – si c'était vrai, il se serait déjà séparé d'elle. Après tout, ils n'ont pas d'enfants !

Je me demande si le mistral l'a aussi réveillé et de quoi ils doivent parler maintenant. Où habitent-ils ? Ce n'est pas difficile à découvrir. J'ai toutes ces informations à disposition au journal. Ont-ils fait l'amour cette nuit ? L'a-t-il pénétrée passionnément ? A-t-elle gémi de plaisir ?

Mon comportement avec lui est toujours imprévisible. Fellation, conseils avisés, baiser dans le parc. Cela ne me ressemble pas. Qui est la femme qui me domine quand je suis avec Jacob ?

L'adolescente provocatrice. Celle qui avait l'assurance d'un roc et la force du vent qui aujourd'hui agitait le lac Léman, normalement calme. C'est curieux la façon dont, quand nous nous retrouvons avec des copains d'école, nous trouvons toujours qu'ils sont restés les mêmes – encore que celui qui était fluet soit devenu fort, que la plus belle se soit trouvé le pire mari possible, que ceux qui ne se quittaient pas d'une semelle se soient éloignés et ne se voient plus depuis des années.

Mais avec Jacob, du moins en ce début de retrouvailles, je peux encore remonter le temps et être la gamine qui ne craint pas les conséquences, parce qu'elle n'a que 16 ans et que le retour de Saturne, qui apportera la maturité, est encore loin.

J'essaie de dormir, mais je n'y parviens pas. Je passe plus d'une heure à penser à lui de façon obsessionnelle. Je me souviens du voisin lavant sa voiture et d'avoir jugé qu'il était occupé à faire des choses inutiles, que sa vie n'avait « aucun sens ». Ce n'était pas inutile : il s'amusait probablement, faisant de l'exercice, contemplant les choses simples de la vie comme une bénédiction, et non comme une malédiction.

Voilà ce qui me manque : me détendre un peu et profiter davantage de la vie. Je ne dois plus penser à Jacob. Je remplace mon absence de joie par du plus concret, un homme. Et ce n'est pas la question. Si j'allais chez un psychiatre, j'entendrais que mon problème est autre. Manque de lithium, basse production de sérotonine, des choses de ce genre. Ça n'a pas commencé avec l'arrivée de Jacob et ne finira pas avec son départ.

Mais je ne peux pas oublier. Mon esprit répète des dizaines, des centaines de fois le moment du baiser.

Et je comprends que mon inconscient est en train de transformer un problème imaginaire en un problème réel. C'est toujours comme ça. C'est ainsi que surgissent les maladies.

Je ne veux plus jamais revoir cet homme. Il a été envoyé par le démon pour déstabiliser quelque chose qui était déjà fragile. Comment ai-je pu tomber amoureuse aussi vite de quelqu'un que je ne connais même pas ? Et qui a dit que j'étais amoureuse ? J'ai un problème depuis le printemps, rien de plus. Si jusque-là les choses fonctionnaient bien, je ne vois aucune raison pour qu'elles ne repartent pas du bon pied.

Je répète ce que je me suis déjà dit : c'est une phase, rien de plus.

Je ne peux pas entretenir le foyer et provoquer des choses qui ne me font pas de bien. N'est-ce pas ce que je lui ai dit cet après-midi ?

Je dois supporter et attendre que la crise passe. Sinon, je cours le risque de tomber amoureuse pour de vrai, ressentir de façon permanente ce que j'ai ressenti une fraction de seconde quand nous avons déjeuné ensemble la première fois. Et, si cela arrive, les choses ne se passeront plus seulement en moi. Au lieu de cela, la souffrance et la douleur se répandront partout.

Je me retourne dans le lit pendant un temps qui me paraît infini, je sombre dans le sommeil et, au bout de ce qui semble un instant, mon mari me réveille. Le jour est clair, le ciel bleu, et le mistral continue de souffler.

« C'est l'heure du petit déjeuner. Laisse, je m'occupe des enfants. »

Et si nous inversions les rôles au moins une fois dans la vie ? Tu vas à la cuisine et moi je prépare les enfants pour le collège.

« C'est un défi ? Eh bien, tu auras le meilleur petit déjeuner que tu aies pris depuis des années. »

Ce n'est pas un défi, c'est seulement une tentative de varier un peu. Ne trouve-t-il pas mon petit déjeuner assez bon ?

« Écoute, il est trop tôt pour discuter. Je sais qu'hier soir nous avons bu plus que de raison, les boîtes ne sont plus de notre âge. Oui, j'habille les enfants. »

Il sort avant que j'aie pu répondre. Je prends le mobile et je vérifie les tâches que j'aurai à affronter en ce nouveau jour.

Je consulte la liste des engagements qui doivent être impérativement respectés. Plus la liste est longue, plus je considère ma journée productive. Il se trouve que beaucoup de notes sont des choses que j'ai promis de faire la veille, ou pendant la semaine, et que jusque-là je n'ai pas faites. Et ainsi, la liste s'allonge, et puis, de temps en temps, cela me rend tellement nerveuse que je décide de tout jeter et de recommencer. Et là, je me rends compte que rien n'était important.

Mais il y a quelque chose qui manque et que je ne vais oublier en aucun cas : découvrir où habite Jacob König et trouver un moment pour passer en voiture devant chez lui.

Quand je descends, la table est parfaitement mise – salade de fruits, huile d'olive, fromages, pain complet, yaourt, prunes. Il y a aussi un exemplaire du journal où je travaille, délicatement posé à ma gauche. Mon mari a abandonné la presse écrite depuis longtemps et en ce moment il consulte son iPad. Notre grand fils demande ce que signifie « chantage ». Je ne comprends pas pourquoi il veut le savoir, et puis mon regard tombe sur le sujet principal. Il y a là une grande photo de Jacob, parmi celles, nombreuses, qu'il a dû envoyer à la presse. Il a l'air pensif, réfléchi. À côté de l'image, la manchette : « Un député dénonce une tentative de chantage. »

Ce n'est pas moi qui l'ai écrite. D'ailleurs, alors que j'étais encore dans la rue, le rédacteur en chef m'a appelée pour dire que je pouvais annuler ma rencontre parce qu'ils venaient de recevoir un communiqué du ministère des Finances et qu'ils travaillaient sur l'affaire. J'ai expliqué que la rencontre avait déjà eu lieu, qu'elle avait été plus rapide que je ne l'avais imaginé, et que je n'avais pas eu besoin de recourir aux « procédés de routine ». J'ai immédiatement été envoyée dans un quartier proche (qui se considère une « ville » et a même une mairie) pour couvrir les manifestations contre l'épicerie dont on a découvert qu'elle vendait des aliments périmés. Je me suis entretenue avec le patron de l'épicerie, les voisins, les amis des voisins et j'ai la certitude que ce sujet intéresse davantage le public que le fait qu'un homme politique ait dénoncé ceci ou cela. En outre, le sujet était aussi en une, mais moins en évidence : « Épicerie mise à l'amende. On ne rapporte aucune victime d'intoxication. »

Cette photo de Jacob sur la table du petit déjeuner me gêne profondément.

Je dis à mon mari que nous devons parler ce soir.

« Nous laisserons les enfants à ma mère et nous irons dîner dehors, répond-il. Moi aussi j'ai besoin de passer un peu de temps avec toi. Avec toi seule. Et sans le vacarme de cette musique terrible dont on ne comprend pas qu'elle ait du succès. »

C'était une matinée de printemps.

J'étais dans le coin du petit parc, une zone où personne n'allait. Je contemplais les briques du mur de l'école. Je savais que j'avais un problème.

Les autres enfants me trouvaient « supérieure » et je ne faisais aucun effort pour le démentir. Au contraire ! Je demandais à ma mère de continuer à m'acheter des vêtements de luxe et de me conduire au collège dans sa voiture importée.

Jusqu'à ce jour dans le petit parc, où je me suis rendu compte que j'étais seule. Et qu'il en serait peut-être ainsi le restant de ma vie. Je n'avais que 8 ans, mais il me semblait trop tard pour changer et dire aux autres que j'étais comme eux.

*

C'était l'été.

J'étais au gymnase et j'avais beau essayer de rester distante, les garçons trouvaient toujours un moyen de me courtiser. Les autres filles crevaient d'envie, mais elles n'assumaient pas – au contraire, elles tâchaient d'être mes amies et de rester toujours avec moi, pour se saisir de mes restes.

Et je rejetais pratiquement tout, parce que je savais que si quelqu'un parvenait à entrer dans mon univers, il ne découvrirait rien d'intéressant. Mieux valait garder mon air mystérieux et donner à entendre aux autres des possibles dont ils ne jouiraient jamais.

En rentrant à la maison, j'ai remarqué des champignons qui avaient poussé à cause de la pluie. Ils étaient là, intacts, parce que tout le monde savait qu'ils étaient vénéneux. Une fraction de seconde, j'ai envisagé de les manger. Je n'étais pas spécialement triste ou joyeuse – je voulais seulement attirer l'attention de mes parents.

Je n'ai pas touché aux champignons.

*

Aujourd'hui, c'est le premier jour de l'automne, la plus belle saison de l'année. Bientôt les feuilles change-ront de couleur et les arbres seront différents les uns des autres. En me rendant au parking, je décide d'emprun-ter une rue par laquelle je ne passe jamais.

Je m'arrête devant mon ancienne école. Le mur de briques est toujours là. Rien n'a changé, sauf que je ne suis pas seule. Je porte avec moi le souvenir de deux hommes : un que je n'aurai jamais et un autre avec qui j'irai dîner ce soir dans un endroit joli, spécial, choisi avec soin.

Un oiseau fend le ciel, jouant avec le vent. Il va d'un côté à l'autre, monte et descend, comme si ses mouvements avaient une logique qui m'échappait. Le divertissement est peut-être la seule logique.

*

Je ne suis pas un oiseau. Je ne pourrai pas m'amuser toute mon existence, bien que j'aie beaucoup d'amis, moins fortunés que nous, qui passent leur vie entre deux voyages, entre deux restaurants. J'ai essayé d'être ainsi, mais c'est impossible. Grâce à l'influence de mon mari, j'ai trouvé ce que je voulais faire. Le travail occupe mon temps, je me sens utile et cela donne une justification à ma vie. Un jour, mes fils seront fiers de leur mère et mes amies d'enfance seront plus frustrées que jamais, parce que j'aurai réussi à construire quelque chose de concret, pendant qu'elles se consacraient au soin de leur maison, de leurs enfants et de leur mari.

Je ne sais pas si tout le monde ressent cette même envie d'impressionner les autres. Moi, je la ressens, je ne le nie pas – parce que cela a fait du bien à ma vie, m'a fait avancer. Depuis que je ne prends plus de risques inutiles, évidemment. Depuis que je parviens à maintenir mon univers exactement tel qu'il est aujourd'hui.

Dès que j'arrive au journal, je fouille dans les fichiers du gouvernement. En moins d'une minute, j'ai l'adresse de Jacob König, ainsi que des informations sur ce qu'il gagne, les lieux où il a fait ses études, le nom de sa femme et l'endroit où elle travaille.

Mon mari a choisi un restaurant qui se trouve entre mon travail et notre maison. Nous y sommes déjà allés. J'ai aimé la nourriture, le vin et l'ambiance – mais je pense toujours que les repas faits à la maison sont meilleurs. Je dîne dehors seulement quand ma « vie sociale » l'exige et, chaque fois que je le peux, j'évite. J'adore cuisiner. J'adore être avec ma famille, sentir que je les protège et suis protégée en même temps.

Parmi les choses que je n'ai pas faites dans ma liste de tâches de ce matin, il y a « passer en voiture devant chez Jacob König ». J'ai réussi à résister à cette pulsion. J'ai déjà assez de problèmes imaginaires pour leur ajouter maintenant de vrais problèmes d'amour non partagé. Ce que j'ai ressenti est passé. Cela ne se reproduira pas. Et ainsi nous nous dirigeons vers un avenir de paix, d'espoir et de prospérité.

« On dit que le patron a changé et que la cuisine n'est plus la même », commente mon mari.

Cela n'a pas d'importance. La nourriture d'un restaurant, c'est *toujours* pareil : beaucoup de beurre, des assiettes très chargées et – parce que nous vivons dans l'une des villes les plus chères du monde – un prix exorbitant pour quelque chose qui ne le vaut vraiment pas.

Mais dîner dehors est un rituel. Nous sommes accueillis par le maître d'hôtel, qui nous conduit à notre table habituelle (il y a pourtant un certain temps que nous ne sommes pas venus ici), il demande si nous voulons le même vin (oui, bien sûr) et nous remet le menu. Je le lis du début à la fin et je choisis toujours la même chose. Mon mari opte aussi pour l'agneau rôti aux lentilles. Le maître d'hôtel vient nous expliquer les plats du jour : nous écoutons poliment, nous disons un ou deux mots gentils et nous commandons les plats auxquels nous sommes accoutumés.

*

Le premier verre de vin – qui n'a pas eu besoin d'être goûté et analysé soigneusement puisque nous sommes mariés depuis dix ans – descend rapidement, entre propos sur le travail et réclamations au sujet de l'employé chargé de vérifier le chauffage de la maison, qui n'est pas venu.

« Et comment vont les reportages sur les élections de dimanche prochain ? » demande mon mari.

J'ai été chargée d'un sujet qui m'intéresse particulièrement : « Un homme politique peut-il être sanctionné par les électeurs pour sa vie privée ? » L'article fait suite au sujet de couverture de l'autre jour, celui qui disait qu'un député était victime de chantage de la part des

Nigérians. L'opinion générale des personnes interrogées est : cela ne nous intéresse pas.

Nous parlons d'autres sujets récents : le pourcentage de votants est passé à 38 % depuis la dernière élection pour le Conseil d'État de Genève. Les conducteurs du TPG (Transports Publics Genevois) sont fatigués, mais contents de leur travail. Une femme a été renversée en traversant un passage piéton. Un tram a eu un accident et a fini par bloquer la circulation pendant plus de deux heures. Et d'autres futilités de ce genre.

J'entame vite le deuxième verre, sans attendre l'entrée offerte par la maison et sans demander à mon mari comment s'est passée sa journée. Il écoute poliment tout ce que je viens de raconter. Il doit se demander ce que nous faisons là.

« Tu parais plus gaie aujourd'hui », dit-il après que le garçon a apporté le plat principal. Je me rends soudain compte que je parle sans arrêt depuis vingt minutes. « Est-il arrivé quelque chose de particulier ? »

S'il avait posé cette question le jour où je suis allée au parc des Eaux-Vives, j'aurais rougi et préparé une liste d'excuses. Mais non, ma journée a été aussi ennuyeuse que d'habitude, même si je tente de me convaincre que je suis très importante pour le monde.

« Et de quoi voulais-tu me parler ? »

Je m'apprête à tout avouer, en attaquant le troisième verre de vin. Le garçon arrive et me surprend alors que je suis sur le point de sauter dans l'abîme. Nous échangeons encore quelques mots dénués de sens, et de précieuses minutes de ma vie se perdent en gentillesses mutuelles.

Mon mari commande une autre bouteille de vin. Le maître d'hôtel nous souhaite bon appétit et va la chercher. Puis je commence.

Tu vas dire que j'ai besoin d'un médecin. Ce n'est pas vrai. J'accomplis tous mes devoirs à la maison et au travail. Mais depuis quelques mois je suis triste.

« Je n'ai pas trouvé. Je viens d'affirmer que tu étais plus gaie. »

Bien sûr. Ma tristesse est devenue routine, personne ne s'en aperçoit plus. Je suis heureuse parce que j'ai quelqu'un à qui parler. Mais ce que je veux dire n'a rien à voir avec cette joie apparente. Je n'arrive plus à dormir. Je me sens égoïste. Je continue à essayer d'impressionner les gens comme si j'étais encore une enfant. Je pleure toute seule dans le bain. Je n'ai eu envie de faire l'amour qu'une fois depuis des mois – et tu sais bien de quel jour je parle. J'ai considéré que tout cela était un rite de passage, lié à la trentaine, mais cette explication ne me suffit pas. Je sens que je gaspille ma vie, qu'un jour je vais regarder en arrière et regretter tout ce que j'ai fait. Sauf de m'être mariée avec toi et d'avoir nos beaux enfants.

« Mais n'est-ce pas le plus important ? »

Pour beaucoup de gens, si. Mais pour moi ce n'est pas suffisant. Et c'est de pire en pire. J'ai peur que les choses changent, mais en même temps je sens une grande envie de vivre une vie différente. Les pensées se répètent, je ne maîtrise plus rien. Tu ne sais pas parce que tu es déjà endormi. As-tu remarqué hier soir que le mistral secouait les fenêtres ?

« Non. Mais elles étaient bien fermées. »

C'est cela que je veux dire. Même un simple vent qui a soufflé des milliers de fois depuis que nous sommes mariés peut me réveiller. Je remarque quand tu te retournes dans le lit et quand tu parles en dormant. N'en fais pas une affaire personnelle, je t'en prie, mais on dirait que je suis entourée de choses qui n'ont absolument aucun sens. Que ce soit clair : j'aime nos enfants. J'adore mon travail. Et tout cela a pour résultat que je me sens plus mal, parce que je suis injuste avec Dieu, avec la vie, avec vous.

Il touche à peine à son assiette. C'est comme s'il était devant une étrangère. Mais de dire ces mots, je sens déjà une paix immense. Mon secret a été révélé. Le vin fait son effet. Je ne suis plus seule. Merci Jacob König.

« Crois-tu que tu as besoin d'un médecin ? »

Je ne sais pas. Mais même si c'est le cas, je ne veux en aucun cas consulter. Je dois apprendre à résoudre mes problèmes toute seule.

« J'imagine qu'il est très difficile de garder ces émotions aussi longtemps. Merci de m'avoir fait confiance. Pourquoi ne m'en as-tu pas parlé plus tôt ? »

Parce que c'est seulement maintenant que les choses sont devenues insupportables. Aujourd'hui je me suis rappelé mon enfance et mon adolescence. Était-ce déjà en germe ? Je crois que non. À moins que mon esprit ne m'ait trahie pendant toutes ces années, ce qui me semble à peu près impossible. Je viens d'une famille normale, je mène une vie normale. Quel est mon problème ?

Je n'ai rien dit avant, dis-je entre mes larmes, parce que je pensais que cela passerait très vite et que je ne voulais pas t'inquiéter.

« Tu n'es pas folle. Tu n'as pas laissé ton trouble transparaître un seul instant. Tu n'es pas devenue plus irritable et tu n'as pas perdu de poids. S'il y a du contrôle, il y a une issue. »

Pourquoi a-t-il parlé de perte de poids ?

« Je peux demander à notre médecin qu'il te prescrive des anxiolytiques pour t'aider à dormir. Je dirai que c'est pour moi. Je crois que, si tu arrives à te reposer, tu te remettras bientôt à maîtriser tes pensées. Nous devrions peut-être faire plus d'exercices. Les enfants adoreraient. Notre vie tourne autour de notre travail, et ce n'est pas bon. »

Ma vie ne tourne pas autour de mon travail. Contrairement à ce qu'il pense, ces reportages idiots m'aident à garder l'esprit occupé et parviennent à éviter la pensée sauvage qui m'assaille dès que je n'ai rien à faire.

« De toute manière, nous avons besoin d'exercice, d'être au grand air. De courir à n'en plus pouvoir, jusqu'à tomber de fatigue. Peut-être devrions-nous recevoir davantage à la maison… »

Ce serait le cauchemar complet ! Devoir converser, distraire les gens, garder un sourire forcé sur les lèvres, entendre des opinions sur l'opéra et la circulation et, à la fin, devoir encore laver toute la vaisselle.

« Allons jusqu'au parc du Jura ce week-end. Il y a très longtemps que nous ne sommes pas allés dans ce coin. »

Ce week-end il y a les élections. Je serai retenue au journal.

Nous mangeons en silence. Le garçon est venu deux fois voir si nous avions terminé, et nous n'avions même pas touché à nos assiettes. La deuxième bouteille de vin

est vite finie. J'imagine qu'il pense maintenant :
« Comment aider ma femme ? Que puis-je faire pour la
rendre heureuse ? » Rien. Rien de plus que ce qu'il fait
déjà. Toute autre chose, du genre arriver avec une boîte
de chocolats ou un bouquet de fleurs, serait considérée
comme une overdose de tendresse et je mourrais de
dégoût.

Nous arrivons à la conclusion qu'il ne pourra pas
conduire pour rentrer, nous devrons laisser la voiture au
restaurant et venir la chercher demain. Je téléphone à
ma belle-mère, je lui demande de passer la nuit avec
les enfants. Tôt demain matin nous serons là pour les
emmener au collège.

« Mais qu'est-ce qui manque exactement dans ta
vie ? »

Je t'en prie, ne me demande pas ça. Parce que la
réponse, c'est : rien. Rien ! Si seulement j'avais des problèmes sérieux à résoudre. Je ne connais absolument
personne qui traverse cette situation. Même une de mes
amies, qui a été déprimée pendant des années, se traite
maintenant. Je ne crois pas que j'aie besoin de ça, parce
que je n'ai pas tous les symptômes qu'elle a cités, je ne
veux pas non plus entrer sur le terrain dangereux des
drogues licites. Quant aux autres, ils peuvent être irrités,
stressés, pleurer à cause d'un cœur brisé. Et dans ce
dernier cas, ils peuvent même penser qu'ils sont dépri-
més, qu'ils ont besoin d'un médecin et de médicaments.
Mais il n'en est rien : c'est seulement un cœur brisé, ce
qui arrive depuis que le monde est monde, depuis que
l'homme a découvert cette chose mystérieuse qu'on
appelle Amour.

« Si tu ne veux pas aller voir un médecin, pourquoi ne cherches-tu pas à lire sur le sujet ? »

Évidemment j'ai essayé. J'ai passé du temps à lire des articles sur des sites de psychologie. Je me suis consacrée avec plus de ténacité au yoga. Ne s'est-il pas aperçu que les livres que j'ai apportés à la maison montraient un changement de goût littéraire ? Pense-t-il que maintenant je me tourne davantage vers le côté spirituel ?

Non ! Je cherche une réponse que je ne trouve pas. Après avoir lu une dizaine de livres pleins de paroles de sagesse, j'ai vu qu'ils ne me menaient nulle part. Ils faisaient un effet immédiat, mais ne marchaient plus dès que je les fermais. Ce sont des phrases, des mots décrivant un monde idéal qui n'existe pas même pour celui qui les a inventés.

« Et maintenant, au dîner, tu te sens mieux ? »

C'est évident. Mais il ne s'agit pas de cela. Je dois savoir en quoi je me suis transformée. Ça, c'est moi, ce n'est pas quelque chose qui m'est extérieur.

Je vois qu'il tente désespérément de m'aider, mais il est aussi perdu que moi. Il insiste sur les symptômes et je dis que ce n'est pas le problème, que tout est un symptôme. Comprend-il l'idée d'un trou noir, spongieux ?

« Non. »

Eh bien, c'est ça.

Il m'assure que je vais sortir de cette situation. Je ne dois pas me juger. Je ne dois pas me culpabiliser pour tout cela. Il est à mes côtés.

« Il y a de la lumière au bout du tunnel. »

Je veux le croire, mais mes pieds restent cloués au sol. Cependant, ne t'en fais pas, je continuerai à lutter. J'ai lutté tous ces mois. J'ai déjà affronté des périodes semblables, qui ont fini par passer. Un jour je vais me réveiller et tout cela n'aura été qu'un cauchemar. Je suis pleinement confiante.

Il demande l'addition, me prend la main, nous appelons un taxi. Cela va mieux. Faire confiance à celui qu'on aime donne toujours de bons résultats.

Jacob König, que fais-tu dans ma chambre, dans mon lit, dans mes cauchemars ? Tu devrais être en train de travailler dur, après tout on est à moins de trois jours des élections au Conseil d'État de Genève et tu as perdu des heures précieuses de ta campagne avec moi, à déjeuner à *La Perle du Lac* et à bavarder dans le parc des Eaux-Vives.

Cela ne suffit pas ? Que fais-tu dans mes rêves et dans mes cauchemars ? J'ai fait exactement ce que tu avais suggéré : j'ai parlé avec mon mari, j'ai compris l'amour qu'il éprouve pour moi. Et cette sensation que le bonheur avait été aspiré de ma vie a disparu quand nous avons fait l'amour comme nous ne le faisions plus depuis longtemps.

Je t'en prie, éloigne-toi de mes pensées. Demain va être une journée difficile. Je devrai me réveiller tôt pour emmener les enfants à l'école, aller au marché, trouver une place de stationnement, penser à un article original sur un sujet aussi peu original que la politique… Laisse-moi en paix, Jacob König.

Je suis heureuse en mariage. Et tu ne sais pas, ni ne songes, que je pense à toi. J'aimerais avoir quelqu'un ici ce soir pour me raconter des histoires avec des fins heureuses, me chanter une chanson pour m'endormir, mais non. Je ne peux que penser à toi.

Je perds le contrôle. Cela fait une semaine que nous ne nous sommes pas vus, mais tu persistes à être présent.

Si tu ne disparais pas, je serai obligée d'aller chez toi, de prendre le thé avec toi et ton épouse, de comprendre que vous êtes heureux, que je n'ai aucune chance, que tu as menti en disant que tu voyais ton reflet dans mes yeux, que tu as permis consciemment que je me blesse avec ce baiser qui n'était même pas voulu.

J'espère que tu me comprends, je prie pour cela, parce que je ne comprends pas moi-même ce que je demande.

Je me lève, je vais jusqu'à l'ordinateur faire une recherche sur « comment conquérir son homme ». Mais je tape plutôt « dépression ». Je dois être absolument certaine de ce qui m'arrive.

J'entre sur une page qui permet au lecteur de faire son propre diagnostic : « Découvrez si vous avez un problème psychique ». Il y a une liste de questions, et ma réponse à la plupart d'entre elles est non.

Résultat : « Vous traversez peut-être un moment difficile, mais rien qui s'approche de l'état clinique de l'individu dépressif. Il n'est pas nécessaire d'aller voir un médecin. »

Ne l'avais-je pas dit ? Je le savais. Je ne suis pas malade. Apparemment j'invente tout cela uniquement pour attirer l'attention. Ou pour me tromper moi-même, rendre ma vie un peu plus intéressante, puisque j'ai des *problèmes*. Les problèmes exigent toujours des solutions, et je peux consacrer mes heures, mes jours, mes semaines à les chercher.

C'est peut-être une bonne idée que mon mari demande à notre médecin quelque chose pour m'aider à dormir. Et si c'était le stress au travail, surtout en cette période d'élections, qui me causait cette tension ? Je veux toujours être meilleure que les autres dans le travail comme dans ma vie privée, et il n'est pas facile de trouver un équilibre entre les deux.

Aujourd'hui c'est samedi. J'ai un ami qui dit qu'il déteste les week-ends parce que la Bourse ne fonctionne pas et qu'il n'a rien pour se distraire.

Mon mari m'a convaincue que nous devions sortir. Son argument a été d'emmener les enfants se promener un peu. Nous ne pouvons pas partir deux jours, parce que demain je dois être au journal.

Il me fait mettre un pantalon de course en molleton. Je me sens terriblement gênée de sortir ainsi, surtout pour aller jusqu'à Nyon, l'ancienne et glorieuse cité qui un jour abrita les Romains et qui maintenant compte moins de 20 000 habitants. Je dis que le molleton est une matière que l'on porte à proximité de chez soi, quand tout le monde est convaincu qu'on fait de l'exercice, mais il insiste.

Comme je ne veux pas discuter, je fais ce qu'il demande. D'ailleurs, je ne veux discuter avec personne – c'est mon état d'esprit actuel. Plus je suis calme, mieux c'est.

Pendant que je vais à un pique-nique dans une petite ville qui se trouve à moins de trente minutes d'ici en voiture, Jacob doit rendre visite aux électeurs, causer avec ses adjoints et amis, agité et peut-être un peu stressé, mais content parce qu'il se passe quelque chose dans sa vie. Les sondages d'opinion en Suisse ne disent pas grand-chose, parce que ici le vote secret est pris au sérieux, mais à ce qu'il paraît il sera réélu.

Sa femme a dû passer une nuit blanche, mais pour des raisons très différentes des miennes. Elle projette une réception avec des amis après l'annonce officielle du résultat. Ce matin, elle doit être au marché dans la rue de Rive, où chaque semaine des baraques de légumes, de salades et de viandes sont montées devant la porte de la banque Julius Baer et les vitrines Prada, Gucci, Armani et autres griffes de luxe. Elle choisit ce qu'il y a de meilleur, sans se préoccuper du prix. Ensuite elle prend peut-être sa voiture pour se rendre à Satigny visiter l'un des nombreux vignobles qui font la fierté de la région, goûter quelques récoltes différentes et se décider pour quelque chose qui pourra plaire à ceux qui s'y connaissent vraiment en vin – ce qui semble être le cas de son mari.

Elle rentrera chez elle fatiguée, mais heureuse. Officiellement, Jacob est encore en campagne, mais pourquoi ne pas tout préparer la veille ? Mon Dieu, maintenant elle se rend compte qu'elle a moins de fromage qu'elle ne l'imaginait. Elle reprend la voiture et retourne au marché. Parmi les dizaines de variétés exposées là, elle choisit celles qui font l'orgueil du canton de Vaud : du gruyère (les trois variantes possibles : doux, mi-salé, et le plus cher de tous, qui met de neuf à douze mois pour être au point), de la tomme vaudoise (intérieur moelleux, à consommer fondu ou au naturel) et de l'Etivaz (lait de vache des Alpes, cuit lentement au feu de bois).

Cela vaut-il la peine de passer dans une boutique et d'acheter un nouveau vêtement ? Ce serait peut-être trop d'ostentation. Mieux vaut sortir de l'armoire le Moschino qu'elle a acheté à Milan, quand elle a dû accompagner son mari à une conférence sur le droit du travail.

Et comment va Jacob ?

Il téléphone à sa femme toutes les heures pour lui demander s'il doit dire ceci ou cela, s'il vaut mieux se rendre dans telle rue ou tel quartier, si *La Tribune de Genève* a publié du nouveau sur son site. Il compte sur elle et sur ses conseillers, se décharge un peu de la tension de chaque visite qu'il fait aujourd'hui, demande quelle est la stratégie qu'ils ont étudiée ensemble et où il doit aller ensuite. Ainsi qu'il l'a insinué lors de notre conversation dans le parc, il continue en politique pour ne pas la décevoir. Bien qu'il déteste tout ce qu'il fait, l'amour donne à ses efforts un aspect différent. S'il poursuit sa brillante carrière, il finira par devenir président de la République. Ce qui, en Suisse, ne veut rien dire, parce que nous savons tous que les présidents changent chaque année et sont élus par le Conseil fédéral. Mais qui n'aimerait pouvoir dire que « son mari a été président de la Confédération helvétique, connue dans le reste du monde comme la Suisse » ?

Cela lui ouvrirait des portes. Il donnerait des conférences dans des pays lointains. Une grande entreprise ferait appel à lui pour son conseil d'administration. Le couple König a un brillant avenir tandis que moi, à ce moment précis, vêtue d'un horrible bas de survêtement en molleton, je n'ai pour toute perspective qu'un pique-nique.

La première chose que nous faisons, c'est visiter le musée romain, et tout de suite après nous gravissons la petite colline pour voir quelques ruines. Nos enfants s'amusent. Maintenant que mon mari sait tout, je me sens soulagée : je n'ai pas besoin de faire semblant tout le temps.

« Allons courir un peu sur la rive du lac. »

Mais les enfants ?

« Ne t'inquiète pas. Ils sont suffisamment bien élevés pour nous obéir si nous leur demandons d'attendre tranquillement. »

Nous descendons jusqu'au bord du lac Léman, que tous les étrangers appellent le lac de Genève. Il achète des glaces pour les enfants, leur demande de s'asseoir sur un banc et de rester là pendant que papa et maman vont courir un peu pour faire de l'exercice. L'aîné se plaint que l'on n'ait pas apporté son iPad. Mon mari va jusqu'à la voiture chercher le maudit appareil. Désormais, l'écran sera la meilleure nounou possible. Ils ne bougeront pas tant qu'ils n'auront pas tué quelques terroristes dans des jeux qui semblent destinés aux adultes.

*

Nous commençons à courir. D'un côté il y a les jardins, de l'autre les mouettes et les voiliers qui profitent du mistral. Le vent n'a pas cessé, on doit déjà atteindre le neuvième jour, où il va disparaître pour un certain temps, emportant avec lui ciel bleu et beau temps. Nous suivons la piste pendant quinze minutes. Nyon est déjà derrière nous et il vaut mieux rebrousser chemin.

Il y a longtemps que je n'ai pas fait d'exercice. Au bout de vingt minutes de course, je m'arrête. Je n'en peux plus. Je vais faire le reste du parcours en marchant.

« Bien sûr que tu peux ! » dit mon mari pour me stimuler, bondissant sur place, sans perdre le rythme. « Ne fais pas ça. Va jusqu'au bout. »

Je plie mon corps en avant, les mains sur les jambes. Mon cœur bat à tout rompre ; la faute des nuits d'insomnie. Il ne cesse pas de courir autour de moi.

« Allons, tu y arrives ! C'est ça le problème : tu t'arrêtes. Fais-le pour moi, pour les enfants. Ce n'est pas seulement une course pour faire de l'exercice. Il existe une ligne d'arrivée et on ne peut pas renoncer en chemin. »

Parle-t-il de ma tristesse compulsive ?

Il s'approche de moi. Il me prend les mains et me secoue gentiment. Je suis trop fatiguée pour courir, cependant je me sens plus fatiguée encore pour résister. Je fais ce qu'il me demande. Nous continuons côte à côte les dix minutes suivantes.

Je passe devant les affiches des candidats au Conseil d'État de Genève, que je n'avais pas remarquées à l'aller.

Parmi de nombreuses photos se trouve celle de Jacob König, souriant à l'appareil.

J'augmente la vitesse. Mon mari est surpris et accélère aussi le pas. Nous arrivons en sept minutes, au lieu des dix prévues. Les enfants n'ont pas bougé. Malgré le beau paysage autour, avec les montagnes, les mouettes, les Alpes à l'horizon, ils ont les yeux rivés sur l'écran de cet appareil qui dévore les âmes.

Mon mari va vers eux, mais je passe tout droit. Il me regarde étonné et heureux en même temps. Il doit imaginer que ses mots ont produit leur effet, que je remplis mon corps de cette fameuse et nécessaire endorphine, qui se déverse dans le sang chaque fois que nous faisons une activité physique un peu plus intense, par exemple quand nous courons ou avons un orgasme. Cette hormone améliore l'humeur, améliore le système immunitaire, évite le vieillissement précoce, et surtout, provoque une sensation d'euphorie et de plaisir.

Mais l'endorphine ne me fait rien de tout ça. Elle m'a seulement donné la force d'avancer, de courir jusqu'à disparaître à l'horizon, de tout laisser derrière moi. Pourquoi ai-je eu des fils aussi merveilleux ? Pourquoi ai-je rencontré mon mari et suis-je tombée amoureuse de lui ? S'il n'avait pas croisé ma vie, ne serais-je pas maintenant une femme libre ?

Je suis folle. Je devrais continuer à courir jusqu'à l'asile le plus proche, parce que je ne devrais pas avoir de telles pensées. Mais je persiste.

Je cours encore quelques minutes et fais demi-tour. Au milieu du chemin, j'ai été terrorisée par l'hypothèse que mon désir de liberté devienne réalité et que je ne trouve plus personne quand je retournerai au parc à Nyon.

Mais ils sont là, souriants pour l'arrivée de la mère et de l'épouse amoureuse. Je les étreins. Je suis en sueur, je sens que mon corps et mon esprit sont sales, mais pourtant je les serre fort contre mon cœur.

Malgré ce que je ressens. Ou plutôt, malgré ce que je ne ressens pas.

Vous ne choisissez pas votre vie, c'est elle qui vous choisit. Et qu'elle vous ait réservé des joies ou des tristesses, cela dépasse votre compréhension. Acceptez-les et allez de l'avant.

Nous ne choisissons pas nos vies, mais nous décidons quoi faire des joies et des tristesses que nous recevons.

Ce dimanche après-midi, je suis au siège du parti par devoir professionnel (j'ai réussi à en convaincre mon chef et maintenant j'essaie de me convaincre moi-même). Il est dix-sept heures quarante-cinq et les gens font la fête. Contrairement à ce que j'ai imaginé dans mes pensées malsaines, aucun des candidats élus ne donnera de réception. Par conséquent, ce n'est pas cette fois que j'aurai l'occasion de découvrir la maison de Jacob et Marianne König.

À peine arrivée, j'ai reçu les premières informations. Plus de 45 % des habitants du canton ont voté, ce qui est un record. Une femme est arrivée en tête et Jacob a obtenu une honorable troisième place, ce qui lui donnera le droit d'entrer au gouvernement – si le parti le décide.

La salle principale est ornée de ballons jaunes et verts, les gens ont déjà commencé à boire et certains me font le signe de la victoire, peut-être dans l'espoir que demain ce soit publié dans le journal. Mais les photographes ne sont pas encore arrivés, aujourd'hui c'est dimanche et il fait beau.

Jacob me voit et se retourne aussitôt vers quelqu'un avec qui parler de sujets que j''imagine sans intérêt.

Je dois travailler ou du moins faire semblant. Je sors un magnétophone, un bloc et un feutre. Je marche d'un côté à l'autre pour collecter des déclarations du genre « maintenant nous pouvons approuver le décret sur l'immigration », ou « les électeurs ont compris qu'ils avaient fait le mauvais choix la fois précédente et maintenant ils m'ont fait revenir ».

La grande gagnante affirme que « le vote féminin a été fondamental pour elle ».

Léman Bleu, la télévision locale, a monté un studio dans le grand salon. Sa présentatrice politique, l'obscur objet du désir de neuf hommes sur dix ici, pose des questions intelligentes, mais ne reçoit en réponse que des phrases toutes faites et approuvées par les adjoints.

À un moment, on appelle Jacob König sur scène, et je tente de m'approcher pour entendre ce qu'il dit, mais quelqu'un me bloque le chemin.

« Ah ! Je suis Mme König. Jacob m'a beaucoup parlé de vous. »

Quelle femme ! Blonde aux yeux bleus, portant un élégant cardigan noir avec une écharpe rouge de chez Hermès. C'est d'ailleurs la seule pièce de marque visible. Les autres ont sans doute été faites en exclusivité par le meilleur styliste parisien, dont le nom doit être tenu secret pour éviter les copies.

Je la salue, tentant de paraître surprise.

Jacob lui a parlé de moi ? Je l'ai interviewé et, quelques jours plus tard, nous avons déjeuné ensemble. Bien que les journalistes ne doivent pas donner leur avis sur les interviewés, je le trouve courageux d'avoir révélé la tentative de chantage.

Marianne – ou Mme König ainsi qu'elle s'est présentée – feint de s'intéresser à mes propos. Elle doit en savoir plus que son regard ne le laisse paraître. Jacob lui a-t-il parlé de notre rencontre au parc des Eaux-Vives ? Dois-je aborder le sujet ?

L'interview avec la TV Léman Bleu a commencé, mais elle ne semble pas du tout s'intéresser à ce que dit son mari, car elle sait sans doute déjà tout par cœur. C'est elle qui a dû choisir la chemise bleu clair et la cravate grise, la veste en flanelle à la coupe parfaite, la montre qu'il porte – ni trop chère, pour ne pas paraître ostentatoire, ni trop bon marché ce qui serait méprisant vis-à-vis de l'une des principales industries du pays.

Je lui demande si elle a une déclaration à faire. Elle dit que si je me réfère à son travail comme maître assistante en philosophie à l'université de Genève, ce sera un plaisir. Mais comme épouse d'un politicien réélu, ce serait absurde.

Je pense qu'elle me provoque et je décide de lui rendre la monnaie de sa pièce.

Je déclare que j'admire sa dignité. J'ai su que son mari avait eu une liaison avec la femme d'un ami et pourtant elle n'a pas fait de scandale. Même quand tout s'est retrouvé dans les journaux peu avant les élections.

« Bien au contraire. Quand il s'agit d'une relation purement sexuelle dans laquelle l'amour n'a aucune place, je suis pour la liberté dans les relations. »

Est-elle en train d'insinuer quelque chose ? Je ne peux pas regarder droit dans ces phares bleus que sont ses yeux. J'ai seulement pu constater qu'elle ne se maquille pas beaucoup. Elle n'en a pas besoin.

« Et je dirais plus, ajoute-t-elle. C'est moi qui ai eu l'idée d'informer votre journal par une déclaration anonyme et de révéler tout cela la semaine des élections. Les gens oublieront vite l'infidélité, mais ils se souviendront pour toujours du courage avec lequel il a dénoncé la corruption, même s'il courait le risque de créer un problème dans sa famille. »

Elle rit de sa dernière phrase et prévient que ce sont des déclarations off, c'est-à-dire qu'elles ne doivent pas être publiées.

Je dis que, selon les règles journalistiques, on doit demander le off avant de s'exprimer. Le journaliste peut accepter ou non. Le demander après, c'est comme essayer d'arrêter une feuille qui est tombée dans le fleuve et voyage déjà là où les eaux voudront bien la porter. La décision n'appartient plus à la feuille.

« Mais vous allez accepter, n'est-ce pas ? Vous n'avez aucun intérêt à causer du tort à mon mari. »

En moins de cinq minutes de conversation, il y a déjà entre nous une franche hostilité. Manifestant un certain malaise, j'accepte de laisser les déclarations off.

Elle enregistre dans sa mémoire prodigieuse que la prochaine fois, elle doit avertir avant. À chaque minute, elle apprend davantage. À chaque minute, elle s'approche encore plus de son ambition. Oui, *son* ambition, car Jacob a prouvé qu'il était malheureux dans la vie qu'il mène.

Elle garde les yeux fixés sur moi. Je décide de retourner à mon rôle de journaliste et demande si elle a quelque chose à ajouter. A-t-elle préparé une fête chez elle pour les amis intimes ?

« Évidemment que non ! Imaginez le travail que cela donnerait. En outre, il est déjà élu. Les fêtes et les dîners, il faut les donner avant, pour récolter des voix. »

De nouveau je me sens totalement idiote, mais je dois poser au moins encore une question.

Jacob est-il heureux ?

Et alors je vois que j'ai touché le fond. Mme König prend un air condescendant et répond posément, comme si elle était un professeur me donnant une leçon :

« Mais *bien sûr* qu'il est heureux. Vous pourriez imaginer qu'il ne le soit pas ? »

Cette femme mérite de mourir écartelée.

Nous sommes abordées en même temps – moi, par un adjoint qui veut me présenter à la gagnante ; elle par quelqu'un venu la saluer. Je dis que faire sa connaissance a été un plaisir. Je veux ajouter que, à une autre occasion, j'aimerais approfondir – off, évidemment – ce qu'elle a voulu dire par relation purement sexuelle avec la femme d'un ami, mais je n'ai pas le temps. Je lui remets ma carte, au cas où elle aurait besoin de quelque chose, et elle ne la prend pas. Mais avant que je m'éloigne, devant l'adjoint de la gagnante et l'homme venu la complimenter pour la victoire de son mari, elle me prend par le bras et dit :

« J'ai vu cette amie commune qui a déjeuné avec mon mari. Elle me fait de la peine. Elle se fait passer pour forte, alors que, en réalité, elle est fragile. Elle feint d'être sûre d'elle, alors qu'elle ne cesse de se demander ce que les autres pensent d'elle et de son travail. Ce doit être une personne extrêmement solitaire. Comme vous le savez, ma chère, nous les femmes, nous avons un sixième sens très pointu pour découvrir qui veut menacer notre relation. Non ? »

C'est vrai, bien sûr, je réponds sans la moindre émotion. L'adjoint a une mine contrariée. La gagnante m'attend.

« Mais elle n'a pas la moindre chance », termine Marianne.

Elle me tend alors la main, je la salue et je la vois s'éloigner sans autre explication.

Durant toute la matinée de lundi, j'appelle avec insistance sur le mobile privé de Jacob. Je ne reçois pas de réponse. Je me mets en numéro inconnu, déduisant qu'il m'a enregistrée dans son répertoire. Je tente plusieurs fois, mais toujours sans réponse.

J'appelle ses adjoints. On m'informe qu'il est très occupé en ce lendemain d'élections. Bien, je dois lui parler de toute manière et je vais continuer à insister.

J'use d'un stratagème auquel je recours assez fréquemment : me servir du téléphone d'une autre personne, qui n'est pas dans ses contacts.

Le téléphone sonne deux fois et Jacob répond.

C'est moi. J'ai besoin de le rencontrer de toute urgence.

Jacob répond poliment, dit que c'est sûrement impossible aujourd'hui, mais qu'il me rappellera.

« C'est ton nouveau numéro ? »

— Non, c'est un mobile d'emprunt. Parce que tu ne répondais pas à mes appels.

Il rit, comme s'il parlait du sujet le plus important du monde. J'imagine qu'il est entouré de gens, et joue bien la comédie.

Quelqu'un a pris une photo dans le parc et veut me faire chanter, dis-je en mentant. Je vais dire que c'est sa faute, qu'il s'est accroché à moi. Les gens qui l'ont élu en pensant que cela n'était arrivé qu'une fois seront très déçus. Bien qu'il ait été élu au Conseil d'État de Genève, il peut rater l'opportunité de devenir ministre.

« Tu vas bien ? »

Je dis que oui et je raccroche. Je lui demande de m'envoyer un message disant où et à quelle heure nous nous rencontrerons demain.

Je vais très bien.

Comment pourrait-il en être autrement ? J'ai enfin un sujet de préoccupation dans ma vie. Et mes nuits d'insomnie ne sont plus remplies de pensées perdues et incontrôlées : maintenant je sais ce que je veux. J'ai une ennemie à détruire et un objectif à atteindre.

Un homme.

Ce n'est pas de l'amour – ou ça l'est peut-être, mais ça n'a pas de raison d'être. Mon amour m'appartient et je suis libre de l'offrir à qui je veux, même s'il est n'est pas réciproque. Évidemment, ce serait formidable que cela arrive, mais, si cela n'arrive pas, patience. Je ne renoncerai pas à creuser ce puits dans lequel je me trouve, parce que je sais qu'au fond il y a de l'eau, l'eau vive.

Je me réjouis de ce que je viens de penser : je suis libre d'aimer n'importe qui au monde. Je peux le décider sans avoir à demander la permission à personne. Combien d'hommes ont été amoureux de moi sans obtenir de réponse ? Et pourtant ils m'envoyaient des cadeaux, me courtisaient, s'humiliaient devant leurs amis. Et ils ne m'en ont jamais voulu.

Quand ils me revoyaient, il y avait encore dans leurs yeux l'étincelle de la conquête inaccessible, mais ils continueraient à tenter leur chance le reste de leur vie.

S'ils agissaient ainsi, pourquoi ne pourrais-je faire la même chose ? Il est intéressant de lutter pour un amour sans retour.

Cela peut ne pas être amusant. Cela peut laisser des marques profondes et irréparables. Mais c'est intéressant – surtout pour une personne qui, depuis quelques années, s'est mise à avoir peur de prendre des risques et a commencé à être terrifiée à l'idée que les choses changent sans qu'il lui soit possible de les contrôler.

Je ne vais plus rien réprimer. Ce défi me sauve.

*

Il y a six mois, nous avons acheté une nouvelle machine à laver et avons dû remplacer la canalisation de la buanderie. Nous avons dû changer le revêtement de sol et repeindre le mur. À la fin, les dépendances étaient plus belles que la cuisine.

Pour éviter le contraste, nous avons réaménagé la cuisine. Alors nous avons remarqué à quel point le salon était vétuste. Nous avons refait le salon, qui est devenu plus accueillant que le bureau, qui n'avait pas connu de changements depuis dix ans ou presque.

Nous nous sommes attaqués au bureau. Bientôt, le réaménagement s'est étendu à toute la maison.

J'attends que la même chose arrive dans ma vie. Que les petites choses mènent à de grandes transformations.

J e passe un bon moment à faire des recherches sur la vie de Marianne, qui se présente officiellement comme Mme König. Elle est née dans une famille riche, des associés de l'une des plus grandes entreprises pharmaceutiques du monde. Ses photos sur Internet la montrent toujours élégante – que ce soit lors d'événements mondains ou sportifs. Elle n'est jamais ni mieux ni plus mal habillée que l'occasion le requiert. Elle n'irait jamais en molleton à Nyon ou en robe Versace dans une boîte bourrée de jeunes, comme je l'ai fait.

C'est peut-être la femme la plus enviée de Genève et de ses environs. Bien qu'elle soit héritière d'une fortune et se soit mariée avec un homme politique prometteur, elle mène sa propre carrière de maître assistante en philosophie. Elle a rédigé deux thèses, dont une de doctorat, « Vulnérabilité et psychose après la retraite », publiée par les Éditions de l'université de Genève. Deux de ses travaux ont été divulgués dans la respectable revue *Les Rencontres*, dans les pages de laquelle ont déjà figuré, entre autres, Piaget et Adorno. Elle a sa propre fiche dans la version française de Wikipédia, bien qu'elle ne soit pas actualisée très fréquemment. Elle y est décrite comme « spécialiste en agression, conflit et harcèlement dans les maisons de repos de la Suisse romande ».

Elle doit s'y connaître question souffrances et extases de l'être humain – une compréhension tellement profonde que la « relation purement sexuelle » de son mari ne l'a pas choquée.

C'est un brillant stratège, parce qu'elle a conduit un journal traditionnel à croire des renseignements anonymes, qui normalement ne sont jamais pris au sérieux et qui ne sont pas monnaie courante en Suisse. Je doute qu'elle se soit présentée comme une source.

Manipulatrice : elle a su transformer quelque chose qui aurait pu être dévastateur en une leçon de tolérance et de complicité dans le couple et un combat contre la corruption.

Visionnaire : suffisamment intelligente pour attendre avant d'avoir des enfants. Elle a encore le temps. D'ici là, elle peut construire tout ce qu'elle désire sans être perturbée par des pleurs en pleine nuit ou par des voisins disant qu'elle devrait laisser tomber son travail et prêter plus d'attention aux petits. (C'est exactement ce que font mes voisins.)

Instinct excellent : elle ne voit pas en moi une menace. Malgré les apparences, je ne suis un danger pour personne, seulement pour moi-même.

Voilà le genre de femme que je veux détruire sans la moindre pitié.

Parce qu'elle n'est pas la pauvre malheureuse qui se réveille à cinq heures du matin pour venir travailler au centre-ville, sans visa de séjour, crevant de peur qu'un jour on découvre qu'elle est ici illégalement. Elle n'est pas une femme oisive mariée à un haut fonctionnaire des Nations Unies, qui court les réceptions, faisant son possible pour montrer à quel point elle est riche et heureuse, bien que tout le monde sache que son mari a une maîtresse de vingt ans plus jeune qu'elle. Elle n'est pas la maîtresse de ce même haut fonctionnaire des Nations Unies, qui travaille dans l'organisation et dont personne ne reconnaîtra jamais le bon travail et les efforts parce qu'« elle a une liaison avec le chef ».

Elle n'est pas la femme cadre supérieure solitaire et puissante qui a dû déménager à Genève à cause du siège de l'Organisation mondiale du commerce, où tous prennent le harcèlement sexuel au travail très au sérieux et n'osent croiser les regards de personne. Cette femme qui, le soir, regarde le mur de l'immense demeure qu'elle a louée et, de temps à autre, contacte un prostitué pour la distraire et lui faire oublier qu'elle passera le reste de sa vie sans mari, sans enfants et sans amants.

Non, Marianne ne correspond à aucun de ces cas.

J'ai mieux dormi. Je dois rencontrer Jacob avant la fin de la semaine. C'est du moins ce qu'il a promis, et je doute qu'il ait le courage de changer d'avis. Il était nerveux lors de notre conversation téléphonique, lundi.

Mon mari est convaincu que le samedi à Nyon m'a fait du bien. Il ne sait pas que c'est justement ce jour-là que j'ai découvert ce qui me faisait tant de mal : l'absence de passion, d'aventure.

Un des symptômes que j'ai décelés en moi est précisément une sorte d'autisme psychologique. Mon monde, autrefois vaste et plein de possibles, a commencé à se réduire à mesure qu'augmentait le besoin de sécurité. Pourquoi ? Ce doit être un héritage que nous portons depuis le temps de nos ancêtres qui habitaient des cavernes : les groupes se protègent, les solitaires sont décimés.

Nous savons pourtant que, même si nous sommes en groupe, il est impossible de tout contrôler, par exemple les cheveux qui tombent ou une cellule qui devient folle et se transforme en tumeur.

Mais l'impression de sécurité nous le fait oublier. Plus nous pouvons distinguer les murs de notre vie, mieux c'est. Même si ce n'est qu'une limite psychologique, même si au fond nous savons que tôt ou tard la mort entrera sans demander la permission, il est bon de faire comme si nous maîtrisions tout.

Ces derniers temps, mon esprit a été assez séditieux et agité, comme la mer. J'ai fait un résumé de mon parcours jusqu'ici et il semble que je fais un voyage transocéanique sur une barque rudimentaire en pleine tempête. Survivrai-je ? Je me le demande, maintenant qu'il n'y a plus de retour en arrière possible.

Je survivrai, c'est clair.

J'ai déjà affronté des tempêtes. J'ai aussi fait une liste des choses sur lesquelles je dois me concentrer quand je sens que je cours le risque de retomber dans le trou noir :

– jouer avec mes fils. Lire des histoires qui nous servent de leçon à eux comme à moi – parce qu'il n'y a pas d'âge pour les histoires ;

– regarder le ciel ;

– boire des verres d'eau minérale glacée. Cela peut être extrêmement simple, mais je me sens revigorée chaque fois que je fais cela ;

– cuisiner. C'est l'art le plus beau et le plus complet. Il engage nos cinq sens, plus un – le besoin de donner le meilleur de nous-mêmes. C'est ma thérapie préférée ;

– rédiger ma liste de réclamations. Voilà qui a été une grande découverte ! Chaque fois que je me mets en colère contre quelque chose, je proteste et après je note.

À la fin de la journée, je me suis rendu compte que je me mettais en colère inconsidérément ;

— sourire, même si j'ai envie de pleurer. C'est le plus difficile de tous les items de la liste, mais on s'habitue. Les bouddhistes disent qu'un sourire accroché sur le visage, aussi mensonger soit-il, finit par illuminer l'âme ;

— prendre deux bains par jour, au lieu d'un. Cela dessèche la peau à cause du niveau élevé de calcaire et de chlore dans l'eau de la ville. Mais cela vaut la peine, parce que cela nettoie l'âme.

Mais tout cela ne marche que parce que maintenant j'ai un objectif : conquérir un homme. Je suis un tigre aux abois, qui n'a nulle part où fuir. Il ne me reste qu'à attaquer furieusement.

J'ai enfin une date : demain à quinze heures, au restaurant du golf de Coligny. Ç'aurait pu être dans n'importe quel bistrot de la ville ou dans un bar qui donne sur la principale (et je pourrais dire unique) rue commerçante, mais il a choisi le restaurant du terrain de golf.

Au milieu de l'après-midi.

Parce qu'à cette heure-là le restaurant sera vide et nous aurons plus d'intimité. Je dois trouver une excuse décente pour mon chef, mais ce n'est pas un grand problème. Après tout, j'ai écrit un article sur les élections qui a été reproduit dans de nombreux autres journaux du pays.

Un lieu discret, c'est ce qu'il doit avoir à l'esprit. Un lieu romantique, c'est ce que je pense, avec cette manie de prendre mes rêves pour la réalité. L'automne a peint les arbres de différentes couleurs dorées et je pourrais inviter Jacob à faire une promenade. Je pense mieux quand je suis en mouvement. Et encore mieux quand je cours, comme c'est arrivé à Nyon, mais je ne crois pas que ce soit possible.

Ah ah ah.

Ce soir, le dîner à la maison était fait de raclette, avec des tranches de viande crue et le traditionnel rösti – galette de pommes de terre râpées grillée. Ma famille a demandé si nous fêtions quelque chose de spécial et j'ai dit que oui : le fait d'être ensemble et de pouvoir jouir d'un dîner tranquille. Ensuite j'ai pris le second bain de la journée, laissant l'eau laver toute mon anxiété. Je me suis couverte de crèmes et je suis allée jusqu'à la chambre des enfants leur lire une histoire. Je les ai trouvés scotchés à leurs tablettes. Cela devrait être interdit aux moins de 15 ans !

Je leur ai demandé de les éteindre – ils ont obéi à contrecœur –, j'ai attrapé un livre de contes traditionnels, j'ai ouvert au hasard et j'ai lu :

Au cours de l'ère glaciaire, beaucoup d'animaux mouraient à cause du froid. Alors les porcs-épics décidèrent de se regrouper, ainsi ils se réchauffaient et se protégeaient les uns les autres.

Mais les porcs-épics blessaient leurs plus proches compagnons – justement ceux qui fournissaient le plus de chaleur. Alors ils s'écartèrent de nouveau.

Et ils se remirent à mourir gelés.

Alors ils durent faire un choix : ou bien ils disparaissaient de la surface de la Terre, ou bien ils acceptaient les épines de leur prochain.

Avec sagesse, ils décidèrent de s'unir encore une fois. Ils apprirent à vivre avec les petites blessures qu'une relation très proche peut causer, vu que le plus important était la chaleur de l'autre. Et ainsi ils survécurent.

Les enfants veulent savoir quand ils pourront voir un porc-épic en vrai.

« Il y en a au zoo ? »

Je ne sais pas.

« C'est quoi l'ère glaciaire ? »

Une période où il faisait très froid.

« Comme en hiver ? »

Oui, mais un hiver sans fin.

« Et pourquoi ils n'ont pas arraché leurs épines avant de se serrer les uns contre les autres ? »

Mon Dieu ! J'aurais dû choisir une autre histoire. J'éteins la lumière et je décide de chanter une chanson traditionnelle d'un village des Alpes, tout en les câlinant tous les deux. En peu de temps, ils sont endormis.

Mon mari a apporté du Valium pour moi. J'ai toujours refusé de prendre un médicament, parce que j'ai peur de devenir dépendante, mais je dois être en forme pour le lendemain.

J'avale 10 mg du tranquillisant et je sombre dans un sommeil profond, sans rêves. Je ne me réveille pas au milieu de la nuit.

J'arrive avant l'heure, je passe directement par la grande demeure qui abrite le club de golf et je vais vers le jardin. Je marche jusqu'aux arbres à l'autre bout du parc, bien décidée à profiter au maximum de ce bel après-midi.

Mélancolie. C'est le premier mot qui me vient à l'esprit quand arrive l'automne. Parce que je sais que l'été est fini, que les jours seront de plus en plus courts et que nous ne vivons pas dans le monde enchanté des porcs-épics à l'ère glaciaire : personne ne supporte la moindre blessure provoquée par les autres.

Certes, dans d'autres pays, on commence à voir des gens mourir à cause de la température, des embouteillages sur les routes, des aéroports fermés. Les cheminées sont allumées, les couvertures sortent des armoires. Mais cela n'arrive que dans le monde que nous avons construit.

Dans la nature, le paysage est magnifique : les arbres, qui auparavant se ressemblaient tellement, gagnent une personnalité et décident de peindre les forêts dans mille tons différents. Une partie du cycle de la vie arrive à son terme. Tout connaîtra une période de repos et ressuscitera au printemps, sous forme de fleurs.

Il n'y a pas meilleur moment que l'automne pour commencer à oublier les choses qui nous dérangent. Les laisser se détacher de nous comme les feuilles sèches, penser à retourner danser, profiter de chaque miette d'un soleil qui brûle encore, se réchauffer le corps et l'esprit à ses rayons, avant qu'il n'aille dormir et ne soit plus qu'une faible lueur dans les cieux.

*

De loin je peux voir qu'il est arrivé. Il me cherche dans le restaurant, sur la terrasse, et s'adresse au barman, qui fait un geste dans ma direction. Maintenant Jacob m'a vue et il me fait signe. Il commence à marcher lentement vers le siège du club. Je veux qu'il remarque ma robe, mes chaussures, ma veste de demi-saison, ma démarche. Même si mon cœur bat à tout rompre, je ne peux pas perdre la face.

Je cherche les mots. Pour quelle mystérieuse raison nous revoyons-nous ? Pourquoi nous contrôlons-nous tous les deux, sachant pourtant qu'il y a quelque chose entre nous ? Aurions-nous peur de trébucher et de tomber, comme c'est arrivé tant de fois ?

Tandis que je marche, il me semble que j'entre dans un tunnel que je n'ai jamais traversé : celui qui mène du cynisme à la passion, de l'ironie à l'abandon.

Que pense-t-il tandis qu'il me voit marcher dans sa direction ? Dois-je expliquer que nous ne devons pas être effrayés et que « si le Mal existe, il est caché dans nos peurs » ?

Mélancolie. Le mot qui me transforme à présent en femme romantique et me rajeunit à chaque pas.

Je continue à chercher les mots justes que je dirai quand il sera devant moi. Le mieux est de ne pas chercher, mais de les laisser couler naturellement. Ils sont là avec moi. Je peux ne pas les reconnaître, mais ils sont plus puissants que mon besoin de tout maîtriser.

Pourquoi est-ce que je refuse d'entendre ce que j'ai à lui dire ?

Est-ce la peur ? Qu'est-ce qui peut être pire qu'une vie grise, triste, dans laquelle tous les jours se ressemblent ? Ou que la terreur que tout disparaisse – y compris mon âme – et que je reste absolument seule dans ce monde, après avoir eu tout pour être heureuse ?

Je vois, contre le soleil, les ombres de feuilles qui tombent des arbres. Il se passe la même chose en moi : à chaque pas que je fais, une barrière tombe, une défense est détruite, un mur s'écroule, et mon cœur, caché derrière tout cela, commence à voir la lumière de l'automne et à s'en réjouir.

De quoi parlerons-nous aujourd'hui ? De la chanson que j'ai entendue dans la voiture, en chemin ? Du vent dans les arbres ? De la condition humaine avec toutes ses contradictions, son obscurité et sa rédemption ?

Nous parlerons de mélancolie et il dira que c'est un mot triste. Je dirai que non, qu'il est nostalgique, comme nous le sommes tous quand nous feignons de ne pas voir le chemin vers lequel la vie nous a conduits sans nous demander la permission, quand nous refusons notre destin parce qu'il nous mène au bonheur et que nous ne voulons que la sécurité.

Encore quelques pas. Encore des barrières qui tombent. Encore de la lumière qui entre dans mon cœur. Je n'ai plus envie de maîtriser quoi que ce soit, seulement de vivre cet après-midi qui ne reviendra plus jamais. Je n'ai à le convaincre de rien. S'il ne comprend pas maintenant, il comprendra plus tard. Ce n'est qu'une question de temps.

Malgré le froid, nous nous asseyons dans la véranda. Ainsi il peut fumer. Au début, il sera sur la défensive, et voudra des explications sur la photo que quelqu'un a prise dans le parc.

Mais nous parlerons de l'hypothèse qu'il y a de la vie sur d'autres planètes, de la présence de Dieu, que l'existence que nous menons nous fait souvent oublier. Nous parlerons de foi, de miracles et de rencontres tracées avant même notre naissance.

Nous discuterons de l'éternel combat entre la science et la religion. Nous parlerons d'amour, toujours vu en même temps comme un désir et une menace. Il répétera que ma définition de la mélancolie n'est pas correcte mais je me limiterai à boire mon thé en silence, regardant le coucher du soleil dans les montagnes du Jura, contente d'être en vie.

Ah ! Nous parlerons aussi des fleurs, bien que les seules visibles soient celles qui se trouvent à l'intérieur du bar, provenant d'une serre qui les produit en série. Mais il est bon de parler de fleurs en automne. Cela nous donne l'espoir du printemps.

*

J'arrive près de lui et je le salue avec les conventionnels trois bisous sur la joue, comme le veut la tradition
suisse (chaque fois que je suis dans un autre pays, au
troisième, les gens prennent peur). Je le sens nerveux et
je suggère que nous restions sur la terrasse – nous
aurons plus d'intimité et il pourra fumer. Le garçon le
connaît déjà. Jacob commande un Campari tonic et je
prends un thé, comme prévu.

Pour l'aider à se détendre, je commence à parler de
la nature, des arbres et de la beauté que c'est de sentir
comme tout est différent tout le temps. Pourquoi cher-
chons-nous à reproduire le même modèle ? C'est impossible. C'est antinaturel. Ne vaudrait-il pas mieux voir
ces défis comme une source de connaissance, et non
comme nos ennemis ?

Il reste nerveux. Il répond comme un automate,
comme s'il voulait mettre rapidement fin à la conversation, mais je ne vais pas abandonner. Ce jour est unique
dans ma vie et il mérite d'être respecté comme tel. Je
continue à parler de choses qui m'ont traversé l'esprit
pendant que je marchais, ces mots sur lesquels je n'avais
aucune maîtrise. Je suis émerveillée de les voir sortir
avec tant de précision.

Je parle des animaux domestiques. Je demande s'il
comprend pourquoi les gens les aiment tant. Jacob
donne une réponse conventionnelle quelconque et je
passe au sujet suivant : pourquoi est-ce si difficile
d'accepter que les personnes sont différentes ? Pourquoi
tant de lois essayant de créer de nouvelles tribus au lieu
de simplement accepter que les différences culturelles

puissent rendre nos vies plus riches et plus intéressantes ? Mais il dit qu'il est fatigué de parler de politique.

Alors nous parlons d'un aquarium que j'ai vu aujourd'hui à l'école des enfants, quand je les ai emmenés. Dedans il y avait un poisson, qui tournait en rond près de la paroi en verre, et je me disais : il ne se souvient pas où il a commencé à tourner et il n'arrivera jamais au bout. C'est pour ça que nous aimons les poissons dans des aquariums : ils nous rappellent nos vies de personnes bien nourries, mais ne pouvant aller au-delà des murs de cristal.

Il allume une autre cigarette. J'en vois déjà deux éteintes dans le cendrier. Alors je comprends que je parle depuis longtemps, dans une transe de lumière et de paix, sans lui laisser de place pour exprimer ce qu'il ressent. De quoi aimerait-il parler ?

« De la photo que tu as mentionnée », répond-il très prudemment, parce qu'il a noté que j'étais vulnérable.

Ah, la photo. Évidemment qu'elle existe ! Elle est gravée au fer et au feu dans mon cœur et je ne pourrai l'effacer que quand Dieu le permettra. Mais entre et vois par tes propres yeux, parce que toutes les barrières qui protégeaient mon cœur sont tombées à mesure que je m'approchais de toi.

Non, ne me dis pas que tu ne connais pas le chemin, parce que tu y es déjà entré plusieurs fois – dans le passé comme dans le présent. Cependant, je refuse de l'accepter et je comprends que toi aussi tu sois réticent. Nous sommes semblables. Ne t'inquiète pas, je te montrerai la voie.

Après que j'ai dit tout cela, il prend ma main avec délicatesse, sourit et enfonce le clou :

« Nous ne sommes plus des adolescents. Tu es une personne merveilleuse et, à ce que je sais, tu as une jolie famille. As-tu déjà pensé à faire une thérapie de couple ? »

Pendant un instant, je reste désorientée. Mais je me lève et me dirige droit vers ma voiture. Sans larmes. Sans dire au revoir. Sans regarder en arrière.

J e ne sens rien. Je ne pense à rien. Je regagne directement ma voiture et je prends la route, sans savoir exactement où aller. Personne ne m'attend au bout du chemin. La mélancolie s'est transformée en apathie. Je dois me traîner pour avancer.

Et puis, cinq minutes plus tard, je me trouve devant un château. Je sais ce qui s'est passé là : quelqu'un a donné vie à un monstre connu de nos jours encore, bien que peu de gens sachent le nom de la femme qui l'a fait naître.

La porte du jardin est fermée, et alors ? Je peux entrer par la haie vive. Je peux m'asseoir sur le banc glacé et imaginer ce qui s'est passé en 1817. Je dois me distraire, oublier tout ce qui m'inspirait auparavant et me concentrer sur autre chose.

J'imagine un jour de cette année-là, quand son occupant, le poète anglais Lord Byron, décida de s'exiler ici. Il était détesté dans son pays, comme à Genève, où on l'accusait d'encourager des orgies et de se saouler en public. Il devait mourir d'ennui. Ou de mélancolie. Ou de rage.

Peu importe. Ce qui importe, c'est que ce jour de 1817, deux invités arrivèrent d'Angleterre. Un autre poète, Percy Bysshe Shelley, et son « épouse » de 18 ans, Mary.

Un quatrième invité se joignit au groupe, mais son nom ne me revient pas.

Ils ont dû discuter littérature. Ils ont dû se plaindre du temps, de la pluie, du froid, des habitants de Genève, des compatriotes anglais, du manque de thé et de whisky. Peut-être se sont-ils lu leurs poèmes et étaient-ils enchantés de leurs éloges mutuels.

Et ils se jugeaient tellement particuliers et importants qu'ils décidèrent de faire un pari : ils devaient revenir dans ce lieu un an plus tard, chacun apportant un livre qui décrirait la condition humaine.

Il est évident que, passé l'enthousiasme initial, ils oublièrent leur arrangement.

Mary était présente pendant la conversation. Elle ne fut pas invitée à participer au pari. D'abord c'était une femme et, ce qui aggravait son cas, elle était jeune. En attendant, cela dut la marquer profondément. Pourquoi n'écrirait-elle pas quelque chose juste pour passer le temps ? Elle avait le thème, elle devait simplement le développer – et garder le livre pour elle une fois terminé.

Cependant, quand ils rentrèrent en Angleterre, Shelley lut le manuscrit et l'encouragea à le publier. Plus encore : comme il était déjà célèbre, il décida qu'il la présenterait à un éditeur et écrirait la préface. Mary résista, mais elle finit par accepter, à une condition : son nom ne devait pas figurer sur la couverture.

Le tirage initial, de cinq cents exemplaires, fut épuisé rapidement. Mary pensa que c'était sans doute à cause de la préface de Shelley, mais, à la deuxième édition, elle accepta d'inclure son nom. Depuis lors le titre ne disparut *jamais* des librairies du monde entier. Il inspira des écrivains, des producteurs de théâtre, des réalisateurs de cinéma, des fêtes de Halloween, des bals masqués. Récemment, il fut décrit par un critique important comme le « travail le plus créatif du romantisme, ou peut-être des deux cents dernières années ».

Personne ne peut expliquer pourquoi. La plupart des gens ne l'ont jamais lu, mais pratiquement tout le monde en a entendu parler.

Il raconte l'histoire de Victor, un savant suisse né à Genève et éduqué par ses parents pour comprendre le monde au moyen de la science. Encore enfant, il voit la foudre tomber sur un chêne et il se demande : est-ce de là que vient la vie ? La condition humaine peut-elle être créée par l'homme ?

Et comme une version moderne de Prométhée, le personnage mythologique qui déroba le feu au ciel pour aider l'homme – (l'auteure donna « Le Prométhée moderne » comme sous-titre, mais personne ne s'en souvient) –, il se met au travail pour reproduire la prouesse de Dieu. Il est évident que, malgré tout son dévouement, l'expérience échappe à son contrôle.

Le titre du livre : *Frankenstein.*

*

Ô, mon Dieu, à qui je pense rarement tous les jours, mais à qui je fais tellement confiance aux heures d'affliction, aurais-je échoué ici par hasard ? Ou est-ce Ton invisible et implacable main qui m'a conduite à ce château et m'a fait me rappeler cette histoire ?

Mary rencontra Shelley quand elle avait 15 ans – bien qu'il fût marié, elle ne se laissa pas emprisonner par les conventions sociales et elle suivit l'homme qu'elle considérait comme l'amour de sa vie.

15 ans ! Et elle savait déjà exactement ce qu'elle voulait. Et elle savait comment l'obtenir. J'ai 31 ans, à chaque instant je désire une chose et je suis incapable de l'atteindre, même s'il m'arrive de marcher par un après-midi d'automne plein de mélancolie et de romantisme censé m'inspirer les mots justes le moment venu.

Je ne suis pas Mary Shelley. Je suis Victor Frankenstein et son monstre.

J'ai voulu donner vie à une chose inanimée et le résultat sera le même que celui du livre : répandre la terreur et la destruction.

Il n'y a plus de larmes. Le désespoir n'existe plus. Je me sens comme si mon cœur avait renoncé à tout et que mon corps en était maintenant le reflet, parce que je ne peux pas bouger. C'est l'automne, l'après-midi va bientôt finir, le beau coucher de soleil sera vite remplacé par le crépuscule. La nuit tombe et je suis encore assise là, à regarder le château et voir ses habitués scandaliser la bourgeoisie genevoise du début du XIX\ :sup:e siècle.

Où est la foudre qui a donné vie au monstre ?

La foudre ne vient pas. La circulation, déjà fluide dans la région, est encore moins dense. Mes fils attendent le dîner et mon mari – qui connaît mon état – va bientôt s'inquiéter. Mais c'est comme si j'avais une boule de fer attachée aux pieds et je ne suis pas encore capable de bouger.

Je suis une perdante.

Quelqu'un peut-il être obligé de demander pardon pour avoir éveillé un amour impossible ?

Non, en aucune manière.

Parce que l'amour de Dieu pour nous est tout aussi impossible. Il ne sera jamais payé de retour et pourtant Il continue à nous aimer. Et il nous a aimés au point d'envoyer Son seul fils nous expliquer que l'amour est une force qui fait se mouvoir le soleil et toutes les étoiles. Dans l'une de ses Épîtres aux Corinthiens (que notre école nous obligeait à apprendre par cœur) l'apôtre Paul dit :

« Même si je parle les langues des hommes et des anges, s'il me manque l'amour, je suis un métal qui résonne, une cymbale retentissante. »

Et nous savons tous pourquoi. Très souvent nous écoutons ce qui semble être de grandes idées pour transformer le monde. Mais ce sont des mots prononcés sans émotion, vides d'amour. Aussi logiques et intelligents qu'ils puissent être, ils ne nous touchent pas.

Paul compare l'Amour à la Prophétie, aux Mystères, à la Foi et à la Charité.

Pourquoi l'Amour est-il plus important que la Foi ?

Parce que la Foi n'est qu'une route qui nous conduit au Plus Grand Amour.

Pourquoi l'Amour est-il plus important que la Charité ?

Parce que la Charité n'est qu'une des manifestations de l'Amour. Et le tout est toujours plus important que la partie. En outre, la Charité est seulement, elle aussi, une des nombreuses routes que l'Amour utilise pour faire que l'homme s'unisse à son prochain.

Et nous savons tous qu'il y a par ici beaucoup de charité sans Amour. Toutes les semaines, il y a un bal de « charité » dans le coin. Les gens paient une fortune pour réserver une table, ils participent et se divertissent, avec leurs bijoux et leurs vêtements hors de prix. Nous sortons convaincus que le monde est meilleur à cause de la somme recueillie ce soir-là pour les sans-abri de Somalie, les exclus du Yémen, les affamés d'Éthiopie. Nous cessons de nous sentir coupables face au cruel spectacle de la misère, mais nous ne nous demandons jamais où va cet argent.

Ceux qui n'ont pas de contacts pour aller au bal, ou qui n'ont pas les moyens de casquer pour une telle extravagance, passent près d'un indigent et laissent une pièce. Il est très facile de jeter une pièce à un mendiant dans la rue.

Quel grand soulagement rien que pour une pièce !

Cependant, si nous l'avions vraiment aimé, nous aurions fait beaucoup plus pour lui.

Ou nous n'aurions rien fait. Nous n'aurions pas donné la pièce et – qui sait ? – notre culpabilité face à cette misère aurait pu éveiller le véritable Amour.

Paul compare alors l'Amour au sacrifice et au martyre.

Aujourd'hui je comprends mieux ses paroles. Bien que je sois la femme qui a le mieux réussi au monde, plus admirée et plus désirée que Marianne König, s'il n'y a pas d'amour dans mon cœur, cela n'avance à rien. *Rien.*

Dans les interviews avec des artistes et des hommes politiques, avec des assistantes sociales et des médecins, avec des étudiants et des fonctionnaires, je demande toujours : « Quel est le but de votre travail ? » Certains répondent : fonder une famille. D'autres disent : progresser dans ma carrière. Mais quand j'approfondis et que je repose ma question, la réponse quasi automatique est : rendre le monde meilleur.

J'ai envie d'aller au pont du Mont-Blanc avec un manifeste imprimé en lettres dorées et de le remettre à chaque voiture qui passera par là. Il y sera écrit :

Je supplie ceux qui désirent un jour travailler pour le bien de l'humanité : n'oubliez jamais que, même si vos corps sont brûlés au nom de Dieu, s'il vous a manqué l'Amour, cela n'avance à rien. Rien !

Nous n'avons rien de plus important à offrir que le rayonnement de l'amour dans nos vies. C'est le vrai langage universel, qui nous permet de parler chinois, ou les dialectes de l'Inde. Dans ma jeunesse, j'ai beaucoup voyagé – c'était un rite de passage pour tout étudiant. J'ai connu des pays pauvres et d'autres riches. Le plus souvent, je ne parlais pas l'idiome local. Mais dans tous ces lieux l'éloquence silencieuse de l'Amour m'a aidée à me faire comprendre.

Le message de l'Amour est dans la manière dont je mène ma vie, et non dans mes mots ou dans mes actes.

Dans l'Épître aux Corinthiens, Paul nous dit, dans trois petits versets, que l'Amour est composé de beaucoup d'autres choses. Comme la lumière. Nous apprenons à l'école que si nous prenons un prisme et faisons qu'un rayon de soleil le traverse, ce rayon se divise en couleurs de l'arc-en-ciel.

Paul nous montre l'arc-en-ciel de l'Amour, de même que le prisme traversé par un rayon nous montre l'arc-en-ciel de la lumière.

Et quels sont ces éléments ? Ce sont les vertus dont nous entendons parler tous les jours et que nous pouvons pratiquer à tout moment.

Patience : *l'Amour est patient.*

Bonté : *il est doux.*

Générosité : *l'Amour ne se consume pas dans les jalousies.*

Humilité : *il ne se glorifie pas, ni ne s'enorgueillit.*

Délicatesse : *l'amour ne se conduit pas de manière inconvenante.*

Dévouement : *il ne cherche pas ses intérêts.*

Tolérance : *il ne s'exaspère pas.*

Innocence : *il n'envisage pas le mal.*

Sincérité : *il ne se réjouit pas de l'injustice, mais prend plaisir à la vérité.*

Tous ces dons se rapportent à notre vie de tous les jours, à aujourd'hui et à demain, à l'Éternité.

Le grand problème est que d'habitude on rapporte cela à l'Amour de Dieu. Mais comment se manifeste l'Amour de Dieu ? Par l'amour de l'homme.

Pour trouver la paix dans les cieux, il faut trouver l'amour sur Terre. Sans lui, nous ne valons rien.

J'aime et personne ne peut me retirer cela. J'aime mon mari, qui m'a toujours soutenue. Je crois aussi aimer un homme que j'ai connu, adolescente. Et tandis que je marchais vers lui, un bel après-midi d'automne, j'ai laissé mes défenses s'écrouler et je ne peux plus les relever. Je suis vulnérable, mais je n'ai pas de regrets.

Ce matin, pendant que je buvais une tasse de café, j'ai regardé la lumière douce dehors, je me suis rappelé de nouveau cette promenade et je me suis demandé pour la dernière fois : serais-je en train de créer un vrai problème pour éloigner mes problèmes imaginaires ? Suis-je réellement amoureuse, ou ai-je transféré toutes les sensations désagréables de ces derniers mois sur un fantasme ?

Non. Dieu n'est pas injuste et Il ne permettrait jamais que je tombe amoureuse de cette manière s'il n'y avait la possibilité d'être récompensée.

Cependant, l'amour exige parfois que l'on se batte pour lui. C'est ce que je ferai. Dans ma quête de justice, je devrai éloigner le mal sans exaspération ou impatience. Quand Marianne sera loin et lui près de moi, Jacob me remerciera pour le reste de la vie.

Ou bien il repartira, mais il me laissera la sensation d'avoir lutté jusqu'au bout.

Je suis une nouvelle femme. Je vais à la recherche de quelque chose qui ne viendra pas à moi spontanément.

Il est marié et il croit que tout faux pas peut compromettre sa carrière.

Alors, sur quoi dois-je me concentrer ? Le démarier sans qu'il s'en aperçoive.

Pour la première fois je vais rencontrer un dealer ! Je vis dans un pays qui a décidé de s'isoler du monde et j'en suis ravie. Quand on décide de visiter les villages autour de Genève, une chose est immédiatement claire : il n'y a aucun endroit pour stationner, à moins que l'on n'utilise le garage d'une connaissance.

Voici le message : ne venez pas ici, parce que la vue du lac en contrebas, la présence imposante des Alpes à l'horizon, les fleurs des champs au printemps et le ton doré des vignobles quand vient l'automne, tout cela est l'héritage de nos ancêtres, qui ont vécu ici en toute tranquillité. Nous voulons que cela continue, alors ne venez pas, étranger. Même si vous êtes né et avez grandi dans une ville voisine, ce que vous avez à nous raconter ne nous intéresse pas. Si vous voulez garer votre voiture, allez dans une grande ville et vous trouverez des endroits faits pour cela.

Nous sommes tellement isolés du monde que nous croyons encore à la menace d'une grande guerre nucléaire. Il est obligatoire que toutes les constructions du pays aient des abris antiatomiques. Récemment, un député a tenté de faire annuler cette loi et le Parlement s'est opposé : il se peut qu'il n'y ait jamais de guerre nucléaire, mais la menace d'armes chimiques ? Nous devons protéger nos citoyens. Par conséquent, on continue à construire les abris antiatomiques qui coûtent très cher. Ils servent de caves et de dépôts tandis que l'Apocalypse ne vient pas.

Cependant, il y a des choses, malgré tous nos efforts pour demeurer une île de paix, que nous ne parvenons pas à empêcher de traverser la frontière.

Les drogues, par exemple.

Les gouvernements des cantons tentent de contrôler les points de vente et ferment les yeux sur les acheteurs. Bien que nous vivions dans un paradis, ne sommes-nous pas tous stressés par la circulation, par les responsabilités, par les plaisirs et par l'ennui ? Les drogues stimulent la productivité (comme la cocaïne) et font baisser la tension (comme le haschich). Aussi, pour ne pas donner le mauvais exemple au monde, nous interdisons et nous tolérons en même temps.

Cependant, chaque fois que le problème commence à prendre des proportions démesurées, comme par « hasard » une célébrité ou une personnalité publique est surprise en possession de « stupéfiants », comme on dit en langage journalistique. L'affaire sort dans les médias pour servir d'exemple, décourager les jeunes, dire à la population que le gouvernement contrôle tout, et malheur à qui refusera de respecter la loi !

Cela se produit au maximum une fois par an. Et je ne crois pas que ce soit seulement une fois par an qu'une personne importante décide de sortir de sa routine et d'aller jusqu'au passage souterrain au pont du Mont-Blanc pour acheter un produit aux dealers qui sont là tous les jours. Si c'était le cas, ils auraient déjà disparu faute de clientèle.

J'arrive sur place. Des familles vont et viennent, les types suspects restent là sans se laisser déranger et sans perturber les autres. Sauf quand passe un couple de jeunes qui discutent dans une langue étrangère, ou quand un cadre en costume traverse le passage souterrain et se retourne l'instant suivant, en regardant ces hommes droit dans les yeux.

Je passe une première fois, je vais de l'autre côté, je bois une eau minérale et je me plains du froid auprès d'une personne que je n'ai jamais vue. Elle ne répond pas, plongée dans son monde. Je repasse et les mêmes hommes sont là. Nous établissons un contact visuel, mais il y a beaucoup de passants, ce qui est rare. C'est l'heure du déjeuner et les gens devraient se trouver dans les restaurants hors de prix répandus dans le quartier, tentant de boucler une affaire importante ou de séduire une touriste arrivée dans la ville à la recherche d'un emploi.

J'attends un peu et je passe pour la troisième fois. J'attire leur regard et l'un d'eux, d'un simple geste de la tête, me demande de le suivre. Jamais de ma vie je n'aurais imaginé faire cela, mais cette année a été tellement différente que je ne m'étonne plus de mon comportement.

Je feins de ne pas être inquiète et je le suis.

Nous marchons deux ou trois minutes jusqu'au Jardin anglais. Nous passons devant des touristes qui prennent des photos près de l'horloge de fleurs, un des pôles d'attraction de la ville. Nous croisons la petite gare du train qui tourne autour du lac, comme à Disneyland. Enfin nous arrivons au débarcadère et nous regardons l'eau. Comme un couple contemplant le Jet d'eau, la gigantesque fontaine qui peut atteindre 100 mètres de hauteur et qui est devenue depuis longtemps le symbole de Genève.

Il attend que je dise quelque chose. Mais je ne sais pas si ma voix sera ferme, malgré ma posture assurée. Je suis calme et je l'oblige à briser le silence :

« Ganja, fromage, buvard ou poudre ? »

Voilà. Je suis paumée. Je ne sais pas quoi répondre et le dealer comprend qu'il a affaire à une novice. C'était un test et j'ai échoué.

Il rit. Je demande s'il croit que je suis de la police.

« Évidemment que non. La police saurait immédiatement de quoi je parle. »

J'explique que c'est la première fois que je fais ça.

« Ça se voit. Une femme habillée comme vous ne se donnerait jamais la peine de venir en personne. Elle pourrait demander à un neveu ou à un collègue de travail les restes de sa consommation personnelle. C'est pour ça que j'ai décidé de vous emmener jusqu'au bord du lac. Nous aurions pu faire la transaction en marchant et je ne serais pas en train de perdre tout ce temps, mais je veux savoir exactement ce que vous cherchez ou si vous avez besoin d'un conseil. »

Il ne perd pas son temps. Il devait mourir d'ennui bloqué dans ce passage souterrain. Les trois fois où j'y suis passée, il n'y avait aucun client intéressé.

« Très bien, je vais répéter dans une langue que vous comprendrez peut-être : haschich, amphétamines, LSD ou cocaïne ? »

Je demande s'il a du crack ou de l'héroïne. Il dit que ce sont des drogues interdites. J'ai envie de dire que toutes celles qu'il a mentionnées sont interdites aussi, mais je me contiens.

Ce n'est pas pour moi, j'explique. C'est pour une ennemie.

« Vous parlez de vengeance ? Vous avez l'intention de tuer quelqu'un d'une overdose ? Je vous en prie, madame, allez voir quelqu'un d'autre. »

Il commence à s'éloigner, mais je le retiens et lui demande de m'écouter. Je note que mon intérêt pour le sujet a déjà dû faire doubler le prix.

À ce que je sais, la personne en question ne prend pas de drogues, j'explique. Mais elle a causé un sérieux préjudice à ma relation amoureuse. Je ne veux que la piéger.

« Ça va à l'encontre de la morale divine. »

On aura tout vu : un vendeur de produits qui entraînent une dépendance et peuvent tuer qui essaie de me mettre sur le droit chemin !

Je lui raconte « mon histoire ». Je suis mariée depuis dix ans, j'ai deux fils merveilleux. Moi et mon mari nous utilisons le même modèle de mobile et il y a deux mois, j'ai pris le sien sans le vouloir.

« Vous ne vous servez pas d'un code de sécurité ? »

Non, bien sûr. Nous avons confiance l'un en l'autre. Ou bien le sien avait un code d'accès, mais il était désactivé à ce moment-là ? Le fait est que j'ai découvert près de quatre cents messages et une série de photos d'une femme attirante, blonde, apparemment très épanouie. J'ai fait ce que je n'aurais pas dû : un scandale. Je lui ai demandé qui c'était et il n'a pas nié – il a dit que c'était la femme dont il était amoureux. Il était content que je l'aie découvert avant d'avoir besoin de me raconter.

« Ça arrive très fréquemment. »

Le dealer s'est fait évangélisateur ! Mais je continue – j'invente tout cela sur-le-champ et je me sens excitée par l'histoire que je raconte. Je lui ai demandé de quitter la maison. Il a accepté et, le lendemain, il m'a laissé avec nos deux fils pour aller vivre avec l'amour de sa vie. Mais elle l'a très mal reçu, vu qu'elle trouvait beaucoup plus intéressant d'avoir une relation avec un homme marié que d'être obligée de vivre avec un mari qu'elle n'a pas choisi.

« Les femmes ! C'est impossible de vous comprendre. »

Je trouve aussi. Je continue mon histoire : elle a dit qu'elle n'était pas préparée à l'idée d'habiter avec lui et tout s'est terminé. Comme j'imagine que cela arrive dans la plupart des cas, il est revenu à la maison me demander pardon. J'ai pardonné. D'ailleurs, tout ce que je voulais, c'était qu'il revienne. Je suis une femme amoureuse et je ne saurais pas vivre sans la personne que j'aime.

Sauf que maintenant, passé quelques semaines, je constate qu'il a changé de nouveau. Il n'est plus assez bête pour laisser son mobile à portée de main, alors je n'ai aucun moyen de savoir s'ils se revoient. Mais je le soupçonne. Et elle, cette femme blonde, indépendante, pleine de charme et de pouvoir – me retire ce qu'il y a de plus important dans la vie : l'amour. Sait-il ce qu'est l'amour ?

« Je comprends ce que vous voulez. Mais c'est très dangereux. »

Comment il comprend, si je n'ai pas encore fini d'expliquer ?

« Vous avez l'intention de tendre un piège à cette femme. Nous n'avons pas la marchandise que vous avez demandée. Pour exécuter votre plan, il faudrait au moins 30 grammes de cocaïne. »

Il attrape son mobile, tape quelque chose et me montre. C'est une page du portail CNN Money, avec le prix des drogues. Je suis surprise, mais je découvre qu'il s'agit d'un reportage récent, sur les difficultés auxquelles les grands cartels sont confrontés.

« Comme vous pouvez le voir, vous allez dépenser 5 000 francs suisses. Cela en vaut-il la peine ? N'est-ce pas meilleur marché d'aller chez cette femme et de faire un scandale ? En outre, à ce que j'ai compris, elle n'est peut-être coupable de rien. »

De pasteur, il était passé à conseiller matrimonial. Et, de conseiller matrimonial, il finit par évoluer vers consultant financier, essayant de m'éviter de dépenser mon argent inutilement.

Je dis que j'accepte le risque. Je sais que j'ai raison. Et pourquoi 30 grammes plutôt que 10 ?

« C'est la quantité minimale pour que la personne soit punie comme trafiquant. La peine est beaucoup plus lourde que pour les usagers. Vous êtes certaine que vous voulez faire ça ? Parce que, sur le chemin jusque chez vous ou chez cette femme, vous pouvez être arrêtée et vous ne pourrez pas expliquer la possession de drogue. »

Tous les dealers sont-ils ainsi ou suis-je tombée sur quelqu'un de spécial ? J'adorerais rester des heures à causer avec cet homme, assez brillant et expérimenté. Mais apparemment il est très occupé. Il me demande de revenir dans une demi-heure avec l'argent en espèces. Je vais jusqu'à un distributeur, surprise de mon ingénuité. Il est évident que les dealers ne transportent pas de grandes quantités. Sinon, ils seraient considérés comme trafiquants !

Je reviens et il est là. Je lui remets l'argent discrètement et il m'indique une poubelle que nous pouvons voir de là où nous nous trouvons.

« Je vous en prie, ne laissez pas la marchandise à la portée de cette femme, car elle pourrait se tromper et finir par l'avaler. Ce serait un désastre. »

Cet homme est unique ; il pense à tout. S'il était directeur d'une multinationale, il gagnerait une fortune en dividendes.

Alors que je pense poursuivre la conversation, il s'est déjà éloigné. Je regarde de nouveau le lieu indiqué. Et s'il n'y avait rien là-dedans ? Mais ces hommes ont une réputation à soigner, ils ne feraient pas ce genre de chose.

J'y vais, je regarde de tous côtés, j'attrape une enveloppe en papier brun, je la mets dans mon sac et je prends immédiatement un taxi pour la rédaction du journal. Je vais encore arriver en retard.

*

J'ai la preuve du crime. J'ai payé une fortune pour quelque chose qui ne pèse presque rien.

Mais comment savoir si cet homme ne m'a pas trompée ? Je dois le découvrir par moi-même.

Je loue deux ou trois films dont les personnages principaux se droguent. Mon mari est surpris de mon intérêt soudain.

« Tu ne penses pas à faire ça, hein ? »

Bien sûr que non ! C'est seulement une recherche pour le journal. Au fait, demain je dois rentrer tard. J'ai décidé d'écrire un article sur le château de Lord Byron et je dois passer là-bas. Il n'a pas à s'inquiéter.

« Je ne m'inquiète pas. Je trouve que les choses se sont beaucoup améliorées depuis que nous sommes allés nous promener à Nyon. Nous devrions voyager davantage, peut-être au réveillon. La prochaine fois nous laisserons les enfants à ma mère. J'ai parlé avec des personnes qui connaissent bien ce sujet. »

Le « sujet » doit être ce qu'il considère comme mon état dépressif. Avec qui exactement parle-t-il ? Un ami qui peut révéler ce secret quand il aura trop bu ?

« Pas du tout. Un thérapeute de couple. »

Quelle horreur ! La thérapie de couple, c'est la dernière chose dont Jacob m'a parlé cet après-midi terrible au club de golf. Se parlent-ils tous les deux en cachette ?

« Peut-être est-ce moi qui ai provoqué ton mal-être. Je ne t'ai pas accordé l'attention que tu mérites. Je parle toujours de travail ou des choses que nous devons faire. Nous avons perdu le romantisme nécessaire pour garder une famille heureuse. Ne se préoccuper que des enfants, cela ne suffit pas. Il nous faut plus tant que nous sommes encore jeunes. Et si nous retournions à Interlaken, le premier voyage que nous avons fait ensemble après notre rencontre ? Nous pourrions faire l'ascension d'une partie de la Jungfrau et jouir du paysage de là-haut. »

Une thérapie de couple ! Il ne manquait plus que ça.

L a conversation avec mon mari me rappelle un vieux proverbe : il n'est pire aveugle que celui qui ne veut pas voir.

Comment peut-il penser qu'il m'a abandonnée ? D'où a-t-il tiré cette idée folle, puisque c'est moi qui en temps normal ne le reçois pas au lit bras ouverts et jambes écartées ?

Il y a longtemps que nous n'avons pas eu une relation sexuelle intense. Dans une relation saine, c'est plus nécessaire à la stabilité du couple que de faire des projets d'avenir ou de parler des enfants. Interlaken me rappelle l'époque où nous nous promenions dans la ville en fin d'après-midi – parce que la majeure partie du temps, nous étions enfermés à l'hôtel, à faire l'amour et boire du vin bon marché.

Quand nous aimons quelqu'un, nous ne nous contentons pas de connaître son âme : nous voulons tout savoir de son corps. Nécessaire ? Je ne sais pas, mais l'instinct nous y porte. Et il n'y a pas d'heure pour ça, ni aucune règle qui mérite qu'on la respecte. Rien de meilleur que la découverte, la timidité laissant place à l'audace, les gémissements se transformant en cris ou en mots salaces. Oui, des cochonneries – j'ai un besoin énorme d'entendre des choses interdites et « sales » quand j'ai un homme en moi.

Dans ces moments-là surgissent les questions habituelles : « Je serre trop ? » « Plus vite ou plus lentement ? » Ce sont des questions déplacées, qui gênent, mais font partie de l'initiation, de la connaissance et du respect mutuel. C'est très important de parler pendant cette construction d'une intimité parfaite. Le contraire serait une frustration silencieuse et mensongère.

Alors vient le mariage. Nous tentons de maintenir le même comportement et nous y parvenons – dans mon cas, cela a duré jusqu'à ma première grossesse, qui est arrivée très vite. Et soudain nous nous sommes rendu compte que les choses avaient changé.

– Le sexe, maintenant, seulement le soir, de préférence un peu avant de dormir. Comme si c'était une obligation, sans se demander si l'autre en a envie. Si le sexe est absent, les soupçons apparaissent, alors il vaut mieux entretenir le rituel.

– Si ce n'était pas bon, ne dis rien, parce que demain ce sera peut-être meilleur. Après tout, nous sommes mariés, nous avons la vie entière devant nous.

– Il n'y a plus rien à découvrir et nous essayons de tirer le plaisir maximal des mêmes choses. Ce qui équivaut à manger du chocolat tous les jours, sans changer de marque et de goût : ce n'est pas un sacrifice, mais n'existe-t-il rien au-delà ?

Si bien sûr : des joujoux qui s'achètent dans les sex-shops, des clubs échangistes, faire appel à une troisième personne, se risquer dans des fêtes osées chez des amis moins conventionnels.

Pour moi, tout cela est très dangereux. Nous ne savons pas quelles seront les conséquences, mieux vaut laisser les choses comme elles sont.

Et ainsi passent les jours. En parlant avec des amis, nous découvrons que cette histoire d'orgasme simultané – être excités ensemble, en même temps, caressant les mêmes parties et gémissant à l'unisson – est un mythe. Comment puis-je avoir du plaisir si je prête attention à ce que je fais ? Le plus naturel serait : touche mon corps, affole-moi et après je te ferai la même chose.

Mais le plus souvent ce n'est pas comme ça. La communion doit être « parfaite ». Autant dire inexistante.

Et attention aux gémissements, pour ne pas réveiller les enfants.

Ah ! C'est bon que ce soit fini, j'étais très fatigué(e), je ne sais pas comment j'ai réussi. Toi seul(e) ! Bonne nuit.

Et puis vient le jour où nous nous rendons compte tous les deux qu'il faut briser la routine. Mais, plutôt que d'aller dans les clubs échangistes, les sex-shops remplis d'appareils dont nous ne savons pas très bien comment ils fonctionnent, ou chez des amis fous qui ne cessent de découvrir des nouveautés, nous décidons de... passer un moment sans les enfants.

Projeter un voyage romantique. Sans aucune surprise. Dans lequel absolument tout sera prévu et organisé.

Et nous pensons que c'est une excellente idée.

J'ai créé un faux compte e-mail. J'ai la drogue, dûment expérimentée (et suivie du serment de ne *plus jamais* faire ça, parce que la sensation est formidable).

Je sais comment entrer dans l'université sans être vue et planquer la preuve dans le bureau de Marianne. Reste à découvrir le tiroir qu'elle n'ouvrira pas tout de suite, ce qui est peut-être la partie la plus risquée du plan. Mais c'est ce que le dealer m'a suggéré et je dois écouter la voix de l'expérience.

Je ne peux pas demander d'aide à un étudiant, je dois tout faire toute seule. Ensuite je n'aurai plus qu'à entretenir le « rêve romantique » de mon mari et bourrer le téléphone de Jacob de mes messages d'amour et d'espoir.

La conversation avec le dealer m'a donné une idée, que j'ai aussitôt mise en pratique : envoyer des textos tous les jours, avec une phrase d'amour et d'excitation. Cela peut fonctionner de deux manières. La première, c'est qu'il se rende compte qu'il a mon soutien et que la rencontre au club de golf ne m'a pas du tout gênée.

La seconde, si la première ne marche pas, c'est que Mme König se donne la peine un jour de faire des recherches dans le mobile de son mari.

J'accède à Internet, je copie quelque chose qui me paraît intelligent et j'appuie sur le bouton « envoyer ».

Depuis les élections, il ne s'est plus rien passé d'important à Genève. Jacob n'est plus cité dans la presse et je n'ai aucune idée de ce qui lui arrive. Une seule chose a mobilisé l'opinion publique ces jours-ci : la ville doit-elle ou non annuler la fête du réveillon ?

Selon certains députés, les dépenses sont exorbitantes. J'ai été chargée de tirer au clair ce que signifie exactement « exorbitantes ». Je suis allée à la mairie et j'ai découvert le montant exact : 115 000 francs suisses, ce que cinq personnes – moi et quatre collègues qui travaillent à côté de moi, par exemple – paient en impôts.

Autrement dit, avec l'argent de l'impôt de cinq citoyens, qui gagnent un salaire raisonnable mais pas extraordinaire, on pourrait rendre des milliers de personnes heureuses. Mais non. Il faut économiser, parce que personne ne sait ce que l'avenir nous réserve. Pendant ce temps, les coffres de la ville se remplissent. On peut manquer de sel en hiver à déverser dans les rues pour éviter que la neige ne se transforme en glace et ne provoque des accidents, les chaussées ont toujours besoin de réparations, partout on voit des travaux dont absolument personne ne sait à quoi ils servent.

La joie peut attendre. L'important est de maintenir les apparences. Et cela se comprend : il faut que personne ne s'aperçoive que nous sommes richissimes.

J e dois me réveiller tôt demain pour travailler. Le fait que Jacob ait ignoré mes messages a fini par me rapprocher de mon mari. Pourtant, il y a une vengeance que j'ai l'intention de mettre à exécution.

Il est vrai que je n'ai déjà plus envie ou presque de la mener à terme, mais je déteste laisser tomber mes projets en plein milieu. Vivre, c'est prendre des décisions et en supporter les conséquences. Il y a très longtemps que je n'ai pas réfléchi ainsi, et c'est peut-être une des raisons pour lesquelles je suis de nouveau là, au petit matin, à regarder le plafond.

Cette histoire d'envoyer des messages à un homme qui me rejette est une perte de temps et d'argent. Je ne m'intéresse plus à son bonheur. En réalité je veux qu'il soit bien malheureux, parce que je lui ai offert le meilleur de moi et qu'il m'a suggéré de faire une thérapie de couple.

Et pour cela je dois mettre cette sorcière en prison, même si mon âme flambe au purgatoire pour des siècles.

Je dois ? D'où ai-je tiré cette idée ? Je suis fatiguée, très fatiguée, et je n'arrive pas à dormir.

« Les femmes mariées souffrent plus souvent de dépression que les célibataires », disait un article publié aujourd'hui dans le journal.

Je ne l'ai pas lu. Mais cette année est très, très bizarre.

Ma vie va super-bien, tout marche comme je l'avais projeté adolescente, je suis heureuse ; mais brusquement quelque chose se produit. C'est comme si un virus avait infecté l'ordinateur. Alors la destruction commence, lente, mais implacable. Tout va plus lentement. Certains programmes importants requièrent plus de mémoire pour s'ouvrir. Certains fichiers – photos, textes – disparaissent sans laisser de trace.

On en cherche la raison et l'on ne trouve rien. On demande à des amis qui comprennent mieux le sujet, mais eux non plus ne parviennent pas à détecter le problème. L'ordinateur est vide, lent, et il ne vous appartient plus. Celui qui le possède maintenant est le virus indétectable. Certes, on peut toujours changer de machine, mais les choses conservées là, qui ont pris tant d'années à être mises en ordre ? Perdues à tout jamais ?

Ce n'est pas juste.

Je n'ai pas le moindre contrôle sur les événements. La passion absurde pour un homme qui, à ce stade, doit penser que je l'importune. Le mariage avec un homme qui paraît proche, mais qui n'a jamais montré ses faiblesses et ses vulnérabilités. La volonté de détruire quelqu'un que je n'ai vu qu'une fois, sous prétexte que cela exterminera mes fantômes intérieurs.

Beaucoup de gens disent : le temps guérit tout. Mais ce n'est pas vrai.

Apparemment, le temps ne guérit que ces bonnes choses que nous aimerions garder pour toujours. Il nous dit : « Ne te laisse pas illusionner, voilà la réalité. » C'est pourquoi les choses que je lis pour me remonter le moral, je ne les retiens pas très longtemps. Il y a un trou dans mon âme qui draine toute l'énergie positive, ne laissant que le vide. Je connais le trou – cela fait des mois que je le fréquente – mais je ne sais pas comment sortir du piège.

Jacob pense que j'ai besoin d'une thérapie de couple. Mon chef me considère comme une excellente journaliste. Mes enfants notent le changement dans mon comportement, mais ils ne demandent rien. Mon mari a compris ce que je ressentais seulement quand nous sommes allés dans un restaurant et que j'ai tenté de lui ouvrir mon âme.

Je prends l'iPad sur la table de nuit. Je multiplie 365 par 70. Le résultat est 25 350. C'est le nombre de jours que vit une personne normale en moyenne. Combien en ai-je déjà gaspillé ?

Les femmes autour de moi passent leur temps à se plaindre de tout. « Je travaille huit heures par jour, et si j'ai une promotion, ce sera douze. » « Depuis que je me suis mariée, je n'ai plus de temps pour moi. » « J'ai cherché Dieu et je suis obligée d'aller aux cultes, aux messes et aux cérémonies religieuses. »

Tout ce que nous cherchons avec beaucoup d'enthousiasme quand nous atteignons l'âge adulte – amour, travail, foi – finit par devenir un fardeau trop lourd.

Il n'y a qu'une manière d'échapper à tout cela : l'amour. Aimer, c'est transformer l'esclavage en liberté.

Mais en ce moment je ne peux pas aimer. Je n'éprouve que de la haine.

Et, aussi absurde que cela paraisse, cela donne un sens à mes journées.

J'arrive à l'endroit où Marianne donne ses cours de philosophie – une annexe qui, à ma grande surprise, se trouve sur un campus de l'hôpital universitaire de Genève. Alors je commence à me demander : ce célèbre cours qui figure dans son curriculum n'est-il pas une formation hors cursus sans la moindre valeur académique ?

J'ai garé ma voiture près d'un supermarché et j'ai marché environ un kilomètre pour arriver ici, dans cet amoncellement de petits édifices au milieu d'une belle campagne verte, avec un petit lac au milieu, et des flèches de toutes parts indiquant les directions. C'est là que sont les diverses installations qui, bien que paraissant éloignées, sont à bien y réfléchir complémentaires : l'aile hospitalière pour personnes âgées et un asile de fous. L'asile psychiatrique se trouve dans un joli bâtiment du XXe siècle où vont se former psychiatres, infirmières, psychologues et psychothérapeutes venant de toute l'Europe.

Je passe devant une chose étrange, qui ressemble aux balises que l'on rencontre au bout d'une piste d'atterrissage dans les aéroports. Pour en connaître l'utilité je dois lire la plaque à côté. Il s'agit d'une sculpture appelée *Passage 2000*, une « musique visuelle » formée de dix barrières de passage à niveau équipées de lumières rouges. Je me demande si la personne qui a fait cela était un des patients, mais je continue à lire et je découvre que l'œuvre est d'une sculptrice célèbre. Respectons l'art.

C'est l'heure du déjeuner – mon seul moment libre de la journée. Les choses les plus intéressantes de ma vie arrivent toujours à l'heure du déjeuner – rencontres avec des amies, des hommes politiques, des « sources » et des dealers.

Les salles de classe doivent être vides. Je ne peux pas me rendre au restaurant communautaire, où Marianne – ou Mme König – doit être en train de rejeter ses cheveux blonds sur le côté d'un geste d'ennui, tandis que les gamins qui font leurs études là imaginent ce qu'ils pourraient faire pour séduire cette femme si intéressante, et que les filles voient en elle un modèle d'élégance, d'intelligence et de bonne conduite.

Je vais jusqu'à la réception et je demande où est la salle de Mme König. On m'informe que c'est l'heure du déjeuner (comment pouvais-je l'ignorer !). Je dis que je ne veux pas l'interrompre dans son moment de repos, aussi l'attendrai-je à la porte de la salle.

Je suis habillée comme une personne absolument normale, de celles que l'on regarde une fois et que l'on oublie l'instant suivant. La seule chose suspecte est que je porte des lunettes noires un jour nuageux. Je laisse la réceptionniste apercevoir des pansements sous mes lunettes. Elle en conclura certainement que je viens de faire une chirurgie plastique.

Je me dirige vers l'endroit où Marianne donne ses cours, surprise par mon self-control. J'ai imaginé que j'aurais peur, que je pourrais renoncer à mi-chemin, mais non. Je suis là et je me sens absolument à l'aise. Si un jour je devais écrire sur moi, je ferais comme Mary Shelley et son Victor Frankenstein : je voulais seulement sortir de la routine, chercher un sens à ma vie inintéressante et sans défis. Le résultat a été un monstre capable de compromettre des innocents et de sauver des coupables.

Tout le monde a un côté obscur. Tous ont envie de faire l'expérience du pouvoir absolu. Je lis des histoires de torture et de guerre et je vois que ceux qui infligent la souffrance, au moment où ils peuvent exercer le pouvoir, sont mus par un monstre inconnu, mais, quand ils rentrent chez eux, se transforment en pères de famille dociles, serviteurs de la patrie et excellents maris.

Je me rappelle une fois, encore jeune, où un petit ami m'a demandé de m'occuper de son caniche. Je détestais ce chien. Je devais partager avec lui l'attention de l'homme que j'aimais. Je voulais *tout* son amour.

Ce jour-là, j'ai décidé de me venger de cet ingrat animal, qui ne collaborait en rien au développement de l'humanité, mais dont la passivité éveillait amour et tendresse. J'ai commencé à l'agresser d'une manière qui ne laissait pas de marques : en le piquant avec une épingle enfoncée au bout d'un manche à balai. Le chien gémissait, aboyait, mais je ne me suis pas arrêtée jusqu'à ce que je sois fatiguée.

Quand mon copain est arrivé, il m'a serrée contre lui et embrassée comme d'habitude. Il m'a remerciée d'avoir pris soin de son caniche. Nous avons fait l'amour et la vie a continué comme avant. Les chiens ne parlent pas.

J'y pense tandis que je me dirige vers la salle de cours de Marianne. Comment suis-je capable de cela ? Parce que tout le monde l'est. J'ai vu des hommes éperdument amoureux de leurs épouses perdre la tête et les frapper, pour ensuite s'excuser en pleurant.

Nous sommes des animaux incompréhensibles.

Mais pourquoi faire ça à Marianne, alors qu'elle n'a rien fait d'autre que me snober dans une fête ? Pourquoi élaborer un plan, prendre le risque d'aller acheter de la drogue et tenter de la planquer dans son bureau ?

Parce qu'elle a obtenu ce que je n'ai pas obtenu : l'attention et l'amour de Jacob.

Cette réponse suffit-elle ? Si c'était le cas, en ce moment 99,9 % des gens seraient en train de conspirer pour se détruire les uns les autres.

Parce que je suis lasse de me lamenter. Parce que ces nuits d'insomnie m'ont rendue folle. Parce que je me sens bien dans ma folie. Parce que je ne serai pas découverte. Parce que je veux cesser d'y penser d'une façon obsessionnelle. Parce que je suis sérieusement malade. Parce que je ne suis pas la seule. Si *Frankenstein* n'a jamais disparu de la circulation, c'est parce que tout le monde se reconnaît dans le savant et dans le monstre.

Je m'arrête. « Je suis sérieusement malade. » C'est une possibilité réelle. Peut-être devrais-je sortir d'ici tout de suite et aller voir un médecin. Je le ferai, mais je dois d'abord terminer la tâche que je me suis fixée, même si ensuite le médecin prévient la police – me protégeant à cause du secret professionnel, mais en même temps empêchant une injustice.

J'arrive à la porte de la salle. Je réfléchis à tous les « pourquoi » dont j'ai fait la liste en chemin. Pourtant, j'entre sans hésiter.

Et je tombe sur une table ordinaire, sans aucun tiroir. Seulement une planche en bois sur des pieds cylindriques. Quelque chose qui sert à accueillir des livres, le sac et rien de plus.

J'aurais dû y penser. Je ressens frustration et soulagement en même temps.

Les couloirs, auparavant silencieux, commencent à donner de nouveau des signes de vie : les gens reviennent pour les cours. Je sors sans regarder en arrière, dans leur direction. Il y a une porte au bout du couloir. Je l'ouvre et je me retrouve face à l'hospice, aux murs massifs et – j'en suis sûre – au chauffage fonctionnant parfaitement. Je vais jusque-là et, à la réception, je demande quelqu'un qui n'existe pas. On m'informe que la personne doit être ailleurs, Genève est sans doute la ville qui a le plus grand nombre d'hospices au mètre carré. L'infirmière se propose de faire une recherche pour moi. Je dis que ce n'est pas la peine, mais elle insiste :

« Ça ne me coûte rien. »

Pour éviter plus de soupçons, j'accepte qu'elle fasse une recherche. Alors qu'elle se montre occupée à son ordinateur, je prends un livre sur le comptoir et je commence à le feuilleter.

« Des histoires pour enfants, dit l'infirmière sans détacher les yeux de l'écran. Les patients adorent. »

C'est logique. J'ouvre une page au hasard :

Un petit rat était déprimé parce qu'il avait peur du chat. Un grand magicien le prit en pitié et le transforma en chat. Mais alors il se mit à avoir peur du chien et le magicien le transforma en chien.

Mais là il commença à redouter le tigre. Le magicien, très patient, usa de ses pouvoirs pour le transformer en tigre. Alors, il se mit à craindre le chasseur. Le magicien renonça et le transforma de nouveau en rat, disant :

« Rien que je puisse faire ne t'aidera, parce que tu n'as jamais compris que tu grandissais. Mieux vaut redevenir ce que tu as toujours été. »

L'infirmière ne parvient pas à trouver le patient imaginaire. Elle s'excuse. Je la remercie et je me prépare à sortir, mais apparemment elle est heureuse d'avoir quelqu'un à qui parler.

« Vous pensez que cela aide de faire une chirurgie plastique ? »

Faire une chirurgie ? Ah ! oui. Je me souviens des petits sparadraps sous mes lunettes noires.

« La plupart des patients ici ont déjà fait une chirurgie plastique. Si j'étais vous, j'éviterais ça. Cela provoque un déséquilibre entre le corps et l'esprit. » Je ne lui ai pas demandé son avis, mais elle semble investie d'un devoir humanitaire, et elle continue : « La vieillesse est plus traumatisante pour ceux qui pensent qu'ils peuvent maîtriser le temps qui passe. »

Je lui demande sa nationalité : elle est hongroise. Évidemment. Les Suisses ne donneraient jamais leur opinion sans avoir été sollicités.

Je la remercie pour ses efforts et je sors, retirant les lunettes et les sparadraps. Le déguisement a fonctionné, mais pas le plan. Le campus est de nouveau vide. Maintenant ils sont tous occupés à apprendre comment on pense, comment on soigne, comment on fait penser les autres.

Je fais un long détour et je retrouve l'endroit où j'ai garé ma voiture. De loin je peux voir l'hôpital psychiatrique. Devrais-je être là-dedans ?

Sommes-nous tous comme ça ? demandé-je à mon mari après que les enfants sont déjà endormis et que nous nous préparons à aller nous coucher.

« Comme quoi ? »

Comme moi, qui me sens soit très bien, soit très mal.

« Je crois que oui. Nous passons notre temps à garder notre sang-froid pour que le monstre ne sorte pas de sa cachette. »

C'est vrai.

« Nous ne sommes pas ce que nous désirons être. Nous sommes ce que la société exige. Nous sommes ce que nos parents ont choisi. Nous ne voulons décevoir personne, nous avons un immense besoin d'être aimés. Alors nous étouffons le meilleur de nous-mêmes. Bientôt, ce qui était la lumière de nos rêves devient le monstre de nos cauchemars. Ce sont les choses non réalisées, les possibles non vécus. »

À ce que je sais, la psychiatrie appelait cet état maniaco-dépressif, mais maintenant, pour être plus politiquement correct, on dit trouble bipolaire. D'où a-t-on tiré ce nom ? Le pôle Nord et le pôle Sud ont-ils par hasard une quelconque différence ? De toute façon, cela doit concerner une minorité de personnes...

« Bien sûr que c'est une minorité qui exprime ces deux personnalités. Mais je parie que tous ou presque ont ce monstre en eux. »

D'un côté, la criminelle qui se rend dans une faculté pour tenter de faire accuser une innocente, sans bien savoir expliquer le motif de tant de haine. De l'autre, la mère qui prend soin de sa famille et travaille dur pour que rien ne manque à ses êtres chers, sans comprendre non plus d'où elle tire les forces pour garder ce sentiment intact.

« Tu te souviens de Jekyll et Hyde ? »

Apparemment, *Frankenstein* n'est pas le seul livre qui est encore édité depuis qu'il a été publié pour la première fois : *Docteur Jekyll et Mister Hyde (Le médecin et le monstre),* que Robert Louis Stevenson a écrit en trois jours, suit le même chemin. L'histoire se passe à Londres au XIXe siècle. Le médecin et chercheur Henry Jekyll est convaincu que le bien et le mal existent dans toutes les personnes. Il est décidé à prouver sa théorie, qui est décriée par presque tous ceux qui le connaissent, y compris le père de sa fiancée, Beatrix. Après avoir travaillé comme un forcené dans son laboratoire, il parvient à élaborer une formule. Ne voulant pas mettre en danger la vie d'autrui, il la boit lui-même.

Résultat : son côté démoniaque – qu'il appelle Mister Hyde – se révèle. Jekyll croit pouvoir contrôler les apparitions de Hyde, mais il se rend bientôt compte qu'il s'est lourdement trompé : quand nous libérons notre mauvais côté, il finit par obscurcir complètement ce qu'il y a de meilleur en nous.

Cela vaut pour tous les individus. Il en est ainsi des tyrans, qui en général ont d'excellentes intentions au début, mais qui, peu à peu, pour faire ce qu'ils jugent être le bien, recourent à ce qu'il y a de pire dans la nature humaine : la terreur.

Je suis confuse et effrayée. Cela peut-il arriver à n'importe qui d'entre nous ?

« Non. Seule une minorité n'a pas une notion très claire de ce qui est juste ou coupable. »

Je ne sais pas si cette minorité est aussi infime que cela : j'ai assisté à quelque chose de semblable à l'école. J'avais un professeur qui pouvait être la meilleure personne du monde, mais qui brusquement se transformait et me laissait complètement désorientée. Tous les élèves en avaient peur, parce qu'il était impossible de prévoir comment il serait d'un jour à l'autre.

Mais qui aurait osé protester ? En fin de compte, les professeurs ont toujours raison. En outre, tous pensaient qu'il y avait un problème chez lui, qui se résoudrait bientôt. Et puis un jour, son Mister Hyde a perdu le contrôle et il a agressé un de mes camarades. L'affaire est arrivée à la direction et il a été évincé.

Depuis cette époque, je suis devenue méfiante à l'égard des personnes qui font preuve d'une affection excessive.

« Comme les tricoteuses[*]. »

---

[*] En français dans le texte. (*N.d.T.*)

Oui, comme ces ouvrières, qui voulaient la justice et du pain pour les pauvres et qui luttèrent pour libérer la France des excès commis par Louis XVI. Quand fut instauré le règne de la Terreur, elles prirent l'habitude de se rendre tôt sur la place de la guillotine, de garder leurs places au premier rang et de faire du tricot en attendant les condamnés à mort. C'était peut-être des mères de famille qui le restant de la journée s'occupaient de leurs enfants et de leur mari.

Elles tricotaient pour passer le temps entre deux têtes décapitées.

« Tu es plus forte que moi. J'ai toujours envié cela. C'est peut-être pour cette raison que je n'ai jamais tellement manifesté mes sentiments : pour ne pas paraître faible. »

Il ne sait pas ce qu'il dit. Mais la conversation est terminée. Il se tourne sur le côté et s'endort.

Et moi je reste seule avec ma « force », à regarder le plafond.

D ans une semaine, je fais ce que je me suis promis de ne jamais faire : rendre visite à des psychiatres.

J'ai obtenu trois consultations avec des médecins différents. Leurs agendas étaient complets – signe qu'il y a plus de déséquilibrés à Genève qu'on ne l'imagine. J'ai commencé à dire que c'était urgent et les secrétaires ont rétorqué que tout était urgent, elles m'ont remercié pour mon intérêt, regrettaient beaucoup de ne pas pouvoir déplacer les rendez-vous d'autres patients.

J'ai eu recours à l'atout infaillible : j'ai dit où je travaillais. Le mot magique « journaliste », suivi du nom d'un journal important, peut ouvrir des portes comme les fermer. Dans ce cas, je savais que le résultat serait favorable. Les consultations ont été inscrites.

Je n'ai averti personne – ni mon mari, ni mon chef. J'ai rendu visite au premier – un homme un peu bizarre, à l'accent britannique, qui m'a tout de suite prévenue qu'il n'était pas conventionné. Je me suis demandé s'il ne travaillait pas illégalement en Suisse.

J'ai expliqué, avec toute la patience du monde, ce qui m'arrivait. Je me suis servie des exemples de Frankenstein et son monstre, de Docteur Jekyll et Mister Hyde. Je l'ai imploré de m'aider à maîtriser le monstre qui surgissait et menaçait d'échapper à mon contrôle. Il m'a demandé ce que cela voulait dire. Je ne lui ai pas donné les vrais détails, qui m'auraient compromise, par exemple cette tentative de faire en sorte que cette femme soit injustement arrêtée pour trafic.

J'ai décidé de raconter un mensonge : j'ai expliqué que j'avais des idées de meurtre, que je pensais à tuer mon mari pendant qu'il dormait. Il m'a demandé si l'un de nous deux avait un amant ou une maîtresse et j'ai dit que non. Il a parfaitement compris et a trouvé cela normal. Un an de traitement, avec trois séances par semaine, ferait diminuer de 50 % cette pulsion. J'étais choquée ! Et si je tuais mon mari avant ? Il a répondu que ce qui se passait était un « transfert », un « fantasme » et que les vrais assassins ne cherchent jamais d'aide.

Avant que je sorte, il m'a fait payer 250 francs suisses et a demandé à la secrétaire d'inscrire des consultations régulières à partir de la semaine suivante. Je l'ai remercié, j'ai dit que je devais consulter mon agenda et j'ai fermé la porte pour ne jamais revenir.

Le deuxième psychiatre était une femme. Elle était conventionnée et elle était plus disposée à entendre ce que j'avais à raconter. J'ai répété l'histoire au sujet de la volonté de tuer mon mari.

« Bon, je pense parfois moi aussi à tuer le mien, me dit-elle, un sourire aux lèvres. Mais nous savons vous et moi que si toutes les femmes réalisaient leurs désirs secrets, presque tous les enfants seraient orphelins de père. C'est une impulsion normale. »

Normale ?

Au bout d'un certain temps, durant lequel elle m'a expliqué que j'étais « intimidée » par le mariage, que sans aucun doute « je n'avais pas de place pour grandir » et que ma sexualité « provoquait des troubles hormonaux amplement connus dans la littérature médicale », elle a pris son carnet d'ordonnances et écrit le nom d'un antidépresseur célèbre. Elle a ajouté que, avant que le médicament ne fasse effet, j'affronterais encore un mois d'enfer, mais bientôt tout cela ne serait plus qu'un souvenir désagréable.

Du moment que je continue à prendre les comprimés, évidemment. Pour combien de temps ?

« C'est très variable. Mais je crois que dans trois ans je pourrai déjà diminuer la dose. »

Le grand problème quand on fait appel à la Sécurité sociale, c'est que la note est envoyée chez le patient. J'ai payé en liquide, j'ai fermé la porte et, une fois de plus, j'ai juré que je ne reviendrais jamais dans cet endroit.

Enfin je suis allée à la troisième consultation, de nouveau un homme dans un cabinet dont la décoration avait dû coûter une fortune. Contrairement aux deux premiers, il m'a écoutée avec attention et a semblé me donner raison. Je courais vraiment le risque de tuer mon mari. J'étais une meurtrière en puissance. Je perdais le contrôle d'un monstre que par la suite je n'arriverais pas à faire rentrer dans sa cage.

Finalement, avec toutes les précautions du monde, il a demandé si je prenais des drogues.

Une seule fois, ai-je répondu.

Il ne m'a pas crue. Il a changé de sujet. Nous avons parlé un peu des conflits que nous sommes tous obligés d'affronter dans le quotidien, et alors il est revenu à la question des drogues.

« Vous devez me faire confiance. Personne ne prend des drogues une seule fois. Sachez que nous sommes protégés par le secret professionnel. Je perdrais ma licence médicale si je faisais le moindre commentaire là-dessus. Vous devez m'accepter comme médecin. Mais je dois aussi vous accepter comme patiente. C'est ainsi que cela fonctionne. »

Non, ai-je insisté. Je ne prends pas de drogues. Je connais les lois et je ne suis pas venue ici pour mentir. Je veux seulement résoudre ce problème rapidement, avant de causer du mal aux personnes que j'aime ou qui me sont proches.

Son visage pénétré était barbu et beau.

« Vous avez passé des années à accumuler ces tensions et maintenant vous voulez vous en délivrer du jour au lendemain. Cela n'existe pas en psychiatrie ou en psy-chanalyse. Nous ne sommes pas des chamans qui, par un tour de magie, expulsent l'esprit malin. »

Il est clair qu'il était ironique, mais il venait de me donner une excellente idée. J'en avais fini avec la recherche d'une aide psychiatrique.

P ost *Tenebras Lux.* Après les ténèbres, la lumière. Je suis devant l'ancien mur de la ville, un monument de 100 mètres de largeur, avec les statues imposantes de quatre hommes, flanqués d'autres statues plus petites. L'un d'eux se détache des autres. Il a la tête couverte, une longue barbe, et il tient dans ses mains ce qui à son époque était plus puissant qu'une mitrailleuse : la Bible.

Tandis que je l'observe, je pense : si cet homme au milieu était né de nos jours, tous – surtout les Français et les catholiques du monde entier – l'appelleraient terroriste. Ses tactiques pour implanter ce qu'il imaginait être la vérité suprême me le font associer à l'esprit perverti d'Oussama Ben Laden. Tous les deux avaient le même objectif : installer un État théocratique dans lequel tous ceux qui n'accompliraient pas ce qui se comprenait comme la loi de Dieu devraient être punis.

Et aucun des deux n'a hésité avant de recourir à la terreur pour atteindre ses objectifs.

Jean Calvin est son nom et Genève a été son champ d'opérations. Des centaines de personnes allaient être

condamnées à mort et exé
ment les catholiques qui
aussi des savants qui, en
son des maladies, défiaie
Bible. Le cas le plus cé
qui découvrit la circul
le bûcher pour cette rai

Il n'est pas injuste de punir
mateurs. Ainsi nous ne nous transformons p
de leurs crimes [...]. Il ne s'agit pas ici de l'autorité
l'homme, c'est Dieu qui parle [...]. Par conséquent, s'Il
exige de nous quelque chose d'une gravité aussi extrême,
c'est afin que nous montrions que nous lui rendons l'hon-
neur qui lui est dû en établissant son service au-dessus de
toute considération humaine, que nous n'épargnons pas nos
parents, ni un autre sang, et que nous oublions toute
l'humanité, quand le sujet est le combat pour Sa gloire.

La destruction et la mort ne se limitèrent pas à Genève : les apôtres de Calvin, peut-être représentés par les statues plus petites de ce monument, répandirent sa parole et son intolérance dans toute l'Europe. En 1566, plusieurs églises furent détruites en Hollande et des « rebelles » – c'est-à-dire des personnes d'une foi diffé-rente – furent assassinés. Une quantité immense d'œuvres d'art fut jetée au bûcher, sous prétexte d'« ido-lâtrie ». Une partie du patrimoine historique et culturel du monde fut détruite et perdue à tout jamais.

Et aujourd'hui mes fils étudient Calvin au collège comme s'il était le grand illuminé, l'homme aux idées nouvelles qui nous a « libérés » du joug catholique. Un

re qui mérite d'être révéré par les généra-
ntes.

les ténèbres, la lumière.

e se passait-il dans la tête de cet homme ? me
andé-je. A-t-il eu des nuits d'insomnie en sachant
ue des familles étaient décimées, que des enfants
étaient séparés de leurs parents et que le sang inondait
la chaussée. Ou était-il tellement convaincu de sa mission qu'il n'y avait plus de place pour les doutes ?

Pensait-il que tout ce qu'il faisait pouvait être justifié
au nom de l'amour ? Parce que ce doute est aussi le
mien, le noyau de mes problèmes actuels.

Docteur Jekyll et Mister Hyde. Des dépositions de
personnes qui l'avaient connu disaient que, dans l'intimité, Calvin était un brave homme, capable de suivre
les paroles de Jésus et d'avoir de surprenants gestes
d'humilité. Il était craint, mais aussi aimé – et il pouvait
enflammer les foules avec cet amour.

Comme l'histoire est écrite par les vainqueurs, personne ne se souvient plus de ses atrocités. De nos jours,
il est vu comme le médecin des âmes, le grand réforma-
teur, celui qui nous a sauvés de l'hérésie catholique, avec
ses anges, ses saints, ses vierges, son or, son argent, ses
indulgences et sa corruption.

*

L'homme que j'attends arrive et interrompt mes
réflexions. C'est un chaman cubain. Je lui explique que
j'ai convaincu le directeur de la rédaction de faire un
sujet sur les manières alternatives de combattre le stress.

178

Le monde des affaires est plein de gens qui à un certain instant se comportent avec une extrême générosité et tout de suite après font retomber leur fureur sur les plus faibles. Les gens sont de plus en plus imprévisibles.

Les psychiatres et les psychanalystes ont des agendas chargés et ils ne peuvent plus répondre à tous les patients. Et personne ne peut attendre des mois ou des années pour traiter la dépression.

Le Cubain écoute sans rien dire. Je demande si nous pouvons poursuivre notre conversation dans un café, vu que nous sommes dehors et que la température a beaucoup baissé.

« C'est le nuage », dit-il, acceptant mon invitation.

Le fameux nuage reste dans le ciel de la ville jusqu'en février ou mars et n'est éloigné de temps à autre que par le mistral, qui nettoie le ciel, mais fait tomber encore plus la température.

« Comment êtes-vous arrivée jusqu'à moi ? »

Un vigile du journal m'a parlé de vous. Le rédacteur en chef voulait que j'interviewe des psychologues, des psychiatres, des psychothérapeutes, mais cela a déjà été fait des centaines de fois.

J'ai besoin de quelque chose d'original et il peut être la bonne personne.

« Vous ne pouvez pas publier mon nom. Ce que je fais n'est pas couvert par la Sécurité sociale. »

J'imagine qu'en réalité il veut dire : « Ce que je fais est illégal. »

*

179

Je parle pendant presque vingt minutes, essayant de le mettre à l'aise, mais le Cubain ne cesse de m'observer. Il a la peau brune, les cheveux grisonnants, il est petit et porte costume et cravate. Je n'ai jamais imaginé un chaman vêtu de la sorte.

J'explique que tout ce qu'il me dira sera gardé secret. Nous voulons seulement savoir si beaucoup de gens recourent à ses services. D'après ce que j'ai entendu dire, il a le pouvoir de guérir.

« Ce n'est pas vrai. Je ne suis pas capable de guérir. Seul Dieu peut le faire. »

C'est bien, nous sommes d'accord. Mais tous les jours nous rencontrons quelqu'un qui, d'un instant à l'autre, change de comportement. Et nous imaginons : qu'est-il arrivé à cette personne dont j'ai toujours pensé que je la connaissais très bien ? Pourquoi agit-elle d'une manière aussi agressive ? Serait-ce le stress au travail ?

Et le lendemain, la personne est de nouveau normale. Vous êtes soulagé, pour tout de suite après sentir qu'on vous tire le tapis sous les pieds au moment où vous vous y attendez le moins. Et cette fois, au lieu de demander quel est le problème de la personne, vous vous demandez quelle erreur vous avez commise.

Le Cubain ne dit rien. Il n'a pas encore confiance en moi.

Cela se soigne-t-il ?

« Cela se soigne, mais la guérison appartient à Dieu. »

Oui, je le sais, mais comment Dieu soigne-t-il ?

« C'est très variable. Regardez-moi dans les yeux. »

J'obéis et on dirait que j'entre dans une sorte de transe sans pouvoir contrôler où je vais.

« Au nom des forces qui guident mon travail, par le pouvoir qui m'est conféré, je prie les esprits qui me protègent de détruire votre vie et celle de vos proches si vous décidez de me livrer à la police ou de me dénoncer au service d'immigration. »

Il fait quelques mouvements de la main autour de ma tête. Cela me semble la chose la plus surréelle du monde et j'ai envie de me lever et de partir. Mais, quand je m'en rends compte, il est déjà redevenu normal – ni très sympathique, ni distant.

« Vous pouvez poser vos questions. Maintenant j'ai confiance en vous. »

Je suis un peu effrayée. Mais je n'ai vraiment pas l'intention de causer du tort à cet homme. Je réclame une autre tasse de thé et j'explique exactement ce que je désire : les médecins que j'ai « interviewés » disent que la cure dure très longtemps. Le vigile du journal m'a dit que – je pèse bien mes mots – Dieu a su se servir du Cubain comme canal pour venir à bout d'un grave problème de dépression.

« C'est nous qui créons la confusion dans notre tête. Elle ne vient pas du dehors. Il suffit de demander le secours d'un esprit protecteur, qui entre dans notre âme et nous aide à faire le ménage. Cependant, plus personne ne croit aux esprits protecteurs. Ils nous observent, désireux de nous aider, mais personne ne les invoque. Mon travail consiste à les faire venir près de celui qui a besoin d'eux et à attendre qu'ils fassent leur travail. C'est tout. »

Disons, par hypothèse, que dans un de ses moments d'agressivité, la personne conçoit un plan machiavélique pour en détruire une autre. Par exemple, la diffamer dans son travail.

« Ça arrive tous les jours. »

Je sais, mais quand cette agressivité passe, quand la personne redevient normale, ne sera-t-elle pas dévorée par la culpabilité ?

« Évidemment. Et, le temps passant, cela ne fait qu'aggraver son état. »

Alors la devise de Calvin se trompe : après les ténèbres, la lumière.

« Quoi ? »

Rien. Je divaguais au sujet d'un monument dans le parc.

« Oui, il y a de la lumière au bout du tunnel, si c'est ce que vous voulez dire. Mais parfois, quand la personne a traversé l'obscurité et qu'elle est arrivée de l'autre côté, elle a laissé derrière elle d'énormes traces de destruction. »

Parfait, revenons au sujet : sa méthode.

« Ce n'est pas ma méthode. On l'a utilisée au long des années pour le stress, la dépression, l'irritabilité, les tentatives de suicide et beaucoup d'autres manières que l'homme a trouvées pour se faire du mal. »

Mon Dieu, je suis devant la bonne personne. Je dois garder mon sang-froid.

Nous pouvons l'appeler...

« ... transe auto-induite. Auto-hypnose. Méditation. Chaque culture a un nom pour cela. Mais je me souviens que la Société de médecine suisse ne voit pas ces choses d'un bon œil. »

J'explique que je fais du yoga et pourtant je ne parviens pas à atteindre cet état dans lequel les problèmes sont organisés et résolus.

« Nous parlons de vous ou d'un reportage pour le journal ? »

Des deux. Je baisse ma garde parce que je sais que je n'ai pas de secrets pour cet homme. J'en ai eu la certitude au moment où il m'a demandé de le regarder dans les yeux. J'explique que son souci de l'anonymat est absolument ridicule – beaucoup de gens savent qu'il reçoit chez lui, à Veyrier. Et beaucoup, entre autres des policiers chargés de la sécurité dans les prisons, recourent à ses services. C'est ce que m'a expliqué le type au journal.

« Votre problème, c'est la nuit », dit-il.

Oui, c'est ça mon problème. Pourquoi ?

« La nuit, simplement parce que c'est la nuit, peut réveiller en nous les frayeurs de l'enfance, la peur de la solitude, la terreur de l'inconnu. Cependant, si nous parvenons à vaincre ces fantômes, nous vaincrons facilement ceux qui apparaissent dans la journée. Si nous n'avons pas peur des ténèbres, c'est que nous sommes des compagnons de la lumière. »

Je me sens devant un instituteur en train de m'expliquer l'évidence. Est-ce que je pourrais aller chez lui pour qu'il fasse…

« … un rituel d'exorcisme ? »

Je n'avais pas pensé à ce mot, mais c'est exactement ce dont j'ai besoin.

« Ce n'est pas nécessaire. Je vois en vous beaucoup de ténèbres, mais aussi beaucoup de lumière. Et dans ce cas, je suis certain qu'à la fin la lumière vaincra. »

Je suis au bord des larmes, parce que l'homme entre de fait dans mon âme, sans que je puisse expliquer exactement comment.

« Tâchez de vous laisser porter par la nuit de temps en temps, de regarder les étoiles et de tenter de vous enivrer de la sensation d'infini. La nuit, avec tous ses sortilèges, est aussi un chemin vers l'illumination. De même qu'au fond du puits sombre il y a l'eau qui étanche la soif, la nuit, dont le mystère nous rapproche de Dieu, porte cachée dans ses ombres la flamme capable d'allumer nos âmes. »

Nous parlons pendant deux heures ou presque. Il insiste, je n'ai besoin de rien d'autre que de me laisser porter – et même mes plus grandes craintes sont infondées. J'explique mon désir de vengeance. Il écoute sans faire aucun commentaire ni juger aucun mot. À mesure que je parle, je me sens mieux.

Il suggère que nous sortions et que nous marchions dans le parc. À l'une de ses entrées se trouvent divers carrés blancs et noirs peints sur le sol, et d'immenses pièces d'échecs en plastique. Quelques personnes jouent, malgré le froid.

Il ne dit pratiquement plus rien – c'est moi qui continue à parler sans arrêt, tantôt remerciant, tantôt maudissant la vie que je mène. Nous nous arrêtons devant l'un des gigantesques plateaux d'échecs. Il paraît plus attentif au jeu qu'à mes propos. Je cesse de me lamenter et je commence aussi à suivre le jeu, bien que cela ne m'intéresse pas du tout.

« Allez jusqu'au bout », dit-il.

Allez jusqu'au bout ? Je trahis mon mari, je mets la cocaïne dans le sac de ma rivale et j'appelle la police ?

Il rit.

« Vous voyez ces joueurs ? Ils doivent toujours faire le mouvement suivant. Ils ne peuvent pas s'arrêter au milieu, parce que cela signifie accepter la défaite. Arrive un moment où elle est inévitable, mais au moins ils ont lutté jusqu'au bout. Nous avons déjà tout ce dont nous avons besoin. Il n'y a rien à améliorer. Penser que nous sommes bons ou mauvais, justes ou injustes, tout cela n'est que foutaise. Nous savons qu'aujourd'hui Genève est recouverte d'un nuage qui peut mettre des mois à se dissiper, mais tôt ou tard, il partira. Alors, allez de l'avant et laissez-vous porter. »

Pas un mot pour m'empêcher de faire ce que je ne dois pas faire ?

« Aucun. En faisant ce que vous ne devez pas, vous vous en rendrez compte vous-même. Comme je l'ai dit dans le restaurant, la lumière dans votre âme est plus grande que les ténèbres. Mais pour cela, vous devez aller jusqu'au bout du jeu. »

Je pense que jamais, de toute ma vie, je n'ai entendu un conseil aussi absurde. Je le remercie pour le temps qu'il m'a accordé, je lui demande si je lui dois quelque chose, et il dit que non.

*

De retour au journal, le rédacteur demande pourquoi j'ai tant tardé. J'explique que, s'agissant d'un thème pas

185

très orthodoxe, j'ai eu du mal à obtenir l'explication dont j'avais besoin.

« Et puisque ce n'est pas très orthodoxe, serions-nous en train d'encourager une pratique illicite ? »

Encourageons-nous une pratique illicite quand nous bombardons les jeunes d'incitations à la consommation exagérée ? Encourageons-nous les accidents quand nous parlons de nouvelles voitures qui peuvent atteindre 250 kilomètres à l'heure ? Encourageons-nous la dépression et les tendances suicidaires quand nous publions des articles sur des personnes qui ont réussi, sans bien expliquer comment elles sont arrivées là et en faisant que toutes les autres se convainquent qu'elles ne valent rien ?

Le rédacteur en chef ne veut pas trop discuter. Peut-être est-ce même intéressant pour le journal, dont le sujet principal du jour était « La Chaîne du Bonheur réussit à lever 8 millions de francs pour un pays asiatique ».

J'écris un papier de 600 mots – l'espace maximal qui m'a été octroyé – entièrement tiré de recherches sur Internet, parce que je n'ai pas réussi à profiter de la conversation avec le chaman, qui s'est transformée en consultation.

J acob !
Il vient de ressusciter et d'envoyer un message m'invitant à prendre un café – comme s'il n'y avait pas dans la vie d'autres choses intéressantes à faire. Où est le goûteur de vins sophistiqué ? Où est l'homme qui maintenant détient le plus grand aphrodisiaque au monde, le pouvoir ?

Surtout, où est l'amoureux de l'adolescence que j'ai connu à une époque où tout était possible pour nous deux ?

Il s'est marié, il a déménagé et il envoie un message m'invitant pour un café. Ne pouvait-il pas être plus créatif et proposer une course nudiste à Chamonix ? J'aurais peut-être été plus intéressée.

Je n'ai pas la moindre intention de répondre. J'ai été snobée, humiliée par son silence pendant des semaines. Il croit que je vais me précipiter seulement parce qu'il m'a fait l'honneur de m'inviter à faire quelque chose ?

Après le coucher, j'écoute (avec un casque) une des bandes que j'ai enregistrées avec le Cubain. Dans la partie où je faisais semblant de n'être qu'une journaliste

– et pas une femme qui a peur d'elle-même –, je demandais si la transe (ou méditation, son mot préféré) pouvait permettre à quelqu'un d'oublier une autre personne. J'ai abordé le sujet de telle sorte qu'il puisse comprendre « amour » ou « trauma par agression verbale », qui était justement ce dont nous parlions à ce moment-là.

« C'est un domaine très marécageux, a-t-il répondu. Oui, nous pouvons induire une amnésie relative, mais comme cette personne est associée à d'autres faits et événements, il serait pratiquement impossible de l'éliminer totalement. En outre, oublier n'est pas la bonne attitude. Ce qui est correct, c'est d'affronter la situation. »

J'écoute toute la bande, je tente de me distraire, je fais des promesses, j'ajoute des annotations dans l'agenda, mais rien ne donne de résultat. Avant de dormir, j'envoie un message à Jacob acceptant l'invitation.

Je ne peux pas me contrôler, c'est ça mon problème.

« Je ne vais pas dire que tu m'as manqué, parce que tu ne le croiras pas. Je ne vais pas dire que je n'ai pas répondu à tes messages parce que j'ai peur de retomber amoureux. »

Je ne croirais vraiment à rien de tout cela. Mais je le laisse continuer à expliquer l'inexplicable. Nous voilà dans un café sans rien de spécial à Collonges-sous-Salève, un village à la frontière française, à quinze minutes de mon travail. Les autres rares clients sont des routiers et des ouvriers d'une carrière située près de là.

Je suis la seule femme, excepté la barmaid, qui s'agite d'un côté à l'autre, excessivement maquillée et badinant avec les clients.

« Je vis un enfer depuis que tu es apparue dans ma vie. Depuis ce jour dans mon cabinet où tu es venue m'interviewer et que nous avons échangé des intimités. »

« Nous avons échangé des intimités », l'expression est un peu forte. Je lui ai fait une fellation. Lui n'a rien fait avec moi.

« Je ne peux pas dire que je suis malheureux, mais je suis de plus en plus solitaire, bien que personne ne le sache. Quand je suis avec des amis, l'ambiance et la boisson sont parfaites, la conversation est animée et je souris, puis sans aucune raison je n'arrive plus à prêter attention à ce qui se dit. Je prétexte un rendez-vous important et je m'en vais. Je sais ce qui me manque : toi. »

L'heure est venue de me venger : tu ne crois pas que tu as besoin d'une thérapie de couple ?

« Je crois. Mais il faudrait y aller avec Marianne, et je n'arrive pas à la convaincre. Pour elle, la philosophie explique tout. Elle a remarqué que j'étais différent, mais elle a attribué cela aux élections. »

Le Cubain avait raison de dire que nous devons mener certaines choses jusqu'au bout. À ce moment, Jacob vient de sauver sa femme d'une grave accusation pour trafic de drogues.

« Mes responsabilités ont trop augmenté et je ne m'y suis pas encore accoutumé. D'après elle, dans peu de temps je serai habitué. Et toi ? »

Et moi quoi ? Que veut-il exactement savoir ?

Mes efforts pour résister sont tombés par terre au moment où je l'ai vu assis tout seul dans un coin, un Campari au soda sur la table et un large sourire dès qu'il m'a vue entrer. Nous sommes de nouveau adolescents, mais cette fois nous avons le droit de boire de l'alcool sans enfreindre aucune loi. Je prends ses mains gelées dans les miennes – je ne sais si c'est de froid ou de peur.

Tout va bien, je réponds. Je suggère que la prochaine fois nous nous retrouvions plus tôt – l'horaire d'été est terminé et la nuit tombe plus rapidement. Il accepte et me donne un baiser discret sur les lèvres, s'inquiétant de ne pas attirer l'attention des hommes autour de nous.

« L'une des pires choses pour moi, ce sont les beaux jours de soleil cet automne. J'écarte le rideau de mon cabinet, je vois les gens dehors, certains marchent main dans la main sans avoir besoin de se soucier des conséquences. Et je ne peux pas montrer mon amour. »

Amour ? Le chaman cubain aurait-il eu pitié de moi et appelé à l'aide des esprits mystérieux ?

J'attendais tout de cette rencontre, sauf un homme capable d'ouvrir son âme comme il est en train de le faire. Mon cœur bat de plus en plus fort – de joie, de surprise. Je ne demanderai pas, ni à lui ni à moi pourquoi cela arrive.

« Attention, ce n'est pas de l'envie du bonheur d'autrui. Simplement je ne comprends pas pourquoi les autres peuvent être heureux et pas moi. »

Il règle l'addition en euros, nous traversons la frontière à pied et nous marchons vers nos voitures qui sont restées garées de l'autre côté de la rue – c'est-à-dire en Suisse.

Il n'y a plus de place pour des démonstrations d'affection. Nous nous séparons avec les trois bisous sur les joues et chacun repart vers son destin.

Comme cela s'est produit au club de golf, je ne peux pas conduire quand j'arrive à ma voiture. Je mets une capuche pour me protéger du froid et je commence à marcher dans ce petit village, sans but. Je passe devant un bureau de poste et un coiffeur. Je vois un bar ouvert, mais je préfère marcher pour prendre l'air. Je n'ai pas le moindre intérêt à comprendre ce qui arrive. Je veux seulement que cela arrive.

« J'écarte le rideau de mon cabinet, je vois les gens dehors, certains marchent main dans la main sans avoir besoin de se soucier des conséquences. Et je ne peux pas montrer mon amour », a-t-il dit.

Et quand je sentais que personne, absolument personne ne pouvait comprendre ce qui se passait en moi – ni chamans, ni psychanalystes, et pas même mon mari – tu es venu m'expliquer…

C'est la solitude, bien que je vive entourée par des êtres chers, qui se soucient de moi et désirent le meilleur pour moi, mais qui tentent peut-être de m'aider seulement parce qu'ils ressentent la même chose – la solitude – et que, dans le geste de solidarité, il est gravé dans le fer et le feu « je suis utile, même si je suis tout seul ».

Le cerveau a beau dire que tout va bien, l'âme est perdue, confuse, ne sachant pas très bien pourquoi elle est injuste avec la vie. Mais nous nous réveillons le matin et nous allons nous occuper de nos enfants, de nos maris, de nos amants, de nos chefs, de nos employés, de nos élèves, de ces dizaines de personnes qui remplissent de vie un jour normal.

Et nous avons toujours un sourire aux lèvres et un mot d'encouragement, parce qu'on ne peut pas expliquer aux autres la solitude, surtout quand on est toujours bien accompagné. Mais cette solitude existe et ronge ce qu'il y a de meilleur en nous, parce qu'il nous faut user de toute notre énergie pour paraître heureux, même si nous n'arrivons pas à nous tromper nous-mêmes. Pourtant, nous persistons à ne montrer que la rose qui s'ouvre tous les matins et à cacher en nous la tige pleine d'épines qui nous blesse et nous fait saigner.

Même si nous savons que tout le monde, à un certain moment, s'est senti totalement et absolument seul, il est humiliant de dire « je suis seul, j'ai besoin de compagnie, je dois tuer ce monstre dont tous croient que, comme les dragons des contes de fées, il est imaginaire, mais qui ne l'est pas ». J'attends qu'un chevalier pur et vertueux vienne avec sa gloire pour le tailler en pièces et le pousser définitivement dans l'abîme, mais le chevalier ne vient pas.

Et pourtant nous ne pouvons pas perdre espoir. Nous commençons à faire des choses inhabituelles, à oser plus que ce qui est juste et nécessaire. Les épines en nous sont plus grosses et plus dévastatrices et là encore nous ne pouvons pas renoncer en chemin. Comme si la vie était un immense jeu d'échecs, tous regardent pour voir le résultat. Nous faisons comme s'il n'était pas important de gagner ou de perdre, l'important c'est la compétition, nous souhaitons ardemment que nos vrais sentiments soient opaques et dissimulés, mais alors…

… Au lieu de rechercher la compagnie, nous nous isolons davantage, pour pouvoir lécher nos blessures en silence. Ou alors nous allons à des dîners et des déjeuners avec des gens qui n'ont rien à voir avec nos vies et passent leur temps à parler de choses qui n'ont pas la moindre importance. Il nous arrive de nous distraire un moment, de boire et de faire la fête, mais le dragon est toujours vivant. Et puis les personnes vraiment proches voient que quelque chose ne va pas et commencent à se sentir coupables de ne pas réussir à nous rendre heureux. Elles demandent quel est le problème. Nous répondons que tout va bien, mais ce n'est pas vrai…

Tout va très mal. Je vous en prie, laissez-moi en paix parce que je n'ai plus de larmes pour pleurer ou de cœur pour souffrir, je n'ai que l'insomnie, le vide, l'apathie et vous ressentez la même chose, vous pouvez vous poser la question. Mais les autres insistent et disent que c'est seulement une phase difficile, ou une dépression, parce qu'elles craignent de se servir du vrai et maudit mot : solitude.

Cependant, nous continuons à rechercher sans relâche la seule chose qui nous rendrait heureux : le chevalier à l'armure resplendissante qui tue le dragon, cueille la rose et arrache ses épines.

Beaucoup affirment que nous sommes injustes avec la vie. D'autres sont contents, parce qu'ils pensent que nous méritons vraiment cela : la solitude, le malheur, parce que nous avons tout, et eux non.

Mais un jour ceux qui sont aveugles commencent à voir. Ceux qui sont tristes sont consolés. Ceux qui souffrent sont hors de danger. Le chevalier arrive et nous délivre, et la vie retrouve sa justification…

Et pourtant, vous devez mentir et tromper, parce que, à ce stade, les circonstances sont différentes. Qui n'a jamais eu envie de tout larguer et de partir en quête de son rêve ? Le rêve est toujours risqué, il y a un prix à payer, et ce prix est la condamnation à la lapidation dans certains pays, dans d'autres, ce peut être l'ostracisme ou l'indifférence. Mais il y a toujours un prix à payer. Vous avez beau continuer à mentir et les gens faire semblant de continuer à vous croire, en secret ils sont jaloux, ils font des commentaires derrière votre dos, disant que vous êtes ce qu'il y a de pire, de plus menaçant. Vous n'êtes pas un homme adultère, que l'on tolère et très souvent on admire, mais une femme adultère, celle qui couche avec un autre, trompe son mari, son pauvre mari, toujours si compréhensif et amoureux...

Mais vous seule savez que ce mari n'a pas su tenir la solitude à distance. Parce qu'il manquait quelque chose que même vous ne savez pas expliquer, car vous l'aimez et vous ne voulez pas le perdre. Cependant, un chevalier resplendissant avec la promesse d'aventures dans des pays lointains est beaucoup plus fort que votre désir que tout reste en l'état, même si dans les faits les gens vous regardent et se disent entre eux que le mieux serait de vous attacher au cou une pierre meulière et de vous jeter dans la mer, parce que vous êtes un très mauvais exemple.

Et ce qui est pire, votre mari supporte sans un mot. Il ne se plaint pas et ne fait pas de scènes. Il comprend que cela va passer. Vous aussi vous savez que cela va passer, mais maintenant c'est plus fort que vous.

Et ainsi les choses se prolongent un mois, deux mois, un an... Tous supportant en silence.

Mais il ne s'agit pas de demander la permission. Vous regardez en arrière et vous voyez que vous aussi vous avez pensé comme ceux qui maintenant vous accusent. Vous aussi avez condamné ceux dont vous saviez qu'ils étaient adultères et avez imaginé que s'ils vivaient

195

ailleurs, le châtiment serait la lapidation. Jusqu'au jour où cela vous arrive. Alors, vous trouvez un million de justifications à votre comportement, disant que vous avez le droit d'être heureuse, ne serait-ce que pour peu de temps, parce que les chevaliers qui tuent les dragons n'existent que dans les histoires pour enfants. Les vrais dragons ne meurent jamais, mais vous avez le droit et l'obligation de vivre un conte de fées adulte au moins une fois dans votre vie.

Alors arrive le moment que vous tentiez d'éviter à tout prix, qui a été reporté si longtemps : le moment de prendre la décision de continuer ensemble ou de se séparer pour toujours.

Mais avec ce moment vient la peur de commettre une erreur, quelle que soit la décision que vous prenez. Et vous souhaitez ardemment que quelqu'un choisisse à votre place, qu'on vous chasse de votre maison ou de votre lit, car il est impossible de continuer ainsi. Après tout, nous ne sommes pas une personne, nous sommes deux ou plusieurs, complètement différentes les unes des autres. Et comme vous n'êtes jamais passée par là, vous ne savez pas où cela va vous mener. Le fait est que maintenant, vous vous trouvez face à cette situation qui fera souffrir une personne, ou deux, ou toutes...

... Mais surtout, qui va vous détruire vous, quel que soit votre choix.

La circulation est complètement paralysée. Justement aujourd'hui !

Genève, avec moins de 200 000 habitants, se comporte comme si elle était le centre du monde. Et il y a des gens qui le croient et viennent en avion jusqu'ici pour tenir ce qu'ils appellent des « réunions au sommet ». Ces rencontres se passent habituellement en banlieue et la circulation est rarement troublée. Au maximum, on voit des hélicoptères survoler la ville.

Je ne sais pas ce qu'il y a eu aujourd'hui, mais ils ont fermé une de nos artères principales. J'ai lu les journaux du jour, mais pas les pages sur la ville, qui ne rapportent que des nouvelles locales. Je sais que de grandes puissances mondiales ont envoyé leurs représentants pour discuter, « en territoire neutre », de la menace de prolifération des armes nucléaires. Quel rapport avec ma vie ?

Un grand. Je cours le risque d'arriver en retard. J'aurais dû recourir au transport public au lieu de prendre cette voiture idiote.

*

Tous les ans, on dépense en Europe approximativement 74 millions de francs suisses (environ 80 millions de dollars) pour passer des contrats avec des détectives privés dont la spécialité consiste à suivre, photographier, et donner aux gens des preuves qu'ils sont trahis par leurs conjoints. Tandis que le reste du continent est en crise et que les entreprises sont en faillite et licencient leurs employés, le marché de l'infidélité connaît une grande croissance. Et ce ne sont pas seulement les détectives qui font des profits. Des techniciens en informatique ont développé des applications pour les téléphones, comme « SOS Alibi ». Le fonctionnement est très simple : à l'heure déterminée, il envoie au partenaire un message d'amour directement de votre bureau. Ainsi, pendant que vous êtes entre les draps, à boire des coupes de champagne, une torpille arrive dans le mobile de votre partenaire, l'avisant que vous sortirez plus tard du travail à cause d'une réunion imprévue. Autre application, « Excuse Machine », offre une série de prétextes en français, en allemand et en italien – et vous pouvez choisir celui qui vous convient ce jour-là.

Cependant, outre les détectives et les techniciens en informatique, ceux qui sortent gagnants, ce sont les hôtels. Comme un Suisse sur sept a une liaison extra-conjugale (d'après les statistiques officielles), et étant donné le nombre de personnes mariées dans le pays, nous parlons de 450 000 individus à la recherche d'une chambre discrète où ils peuvent se rencontrer. Pour attirer la clientèle, le gérant d'un hôtel de luxe a déclaré un jour : « Nous avons un système qui permet que le débit sur la carte de crédit apparaisse comme un déjeuner dans un restaurant. » L'établissement est devenu le favori de ceux qui peuvent payer 600 francs suisses pour un après-midi. C'est justement là que je me dirige.

Après une demi-heure de stress, je laisse enfin la voiture au voiturier et je monte en courant dans la chambre. Grâce au service de messages électroniques, je sais exactement où je dois aller sans rien avoir à demander à la réception.

Du café à la frontière française à l'endroit où je me trouve maintenant, rien de plus n'a été nécessaire – des explications, des serments d'amour, pas même une autre rencontre – pour que nous ayons la certitude que c'était cela que nous voulions. Nous avions peur tous les deux de trop réfléchir et de renoncer, la décision a été prise très vite sans beaucoup de questions ni de réponses.

C e n'est plus l'automne. C'est de nouveau le printemps, j'ai encore 16 ans, il en a 15. Mystérieusement, j'ai retrouvé la virginité de l'âme (puisque celle du corps est perdue pour toujours). Nous nous embrassons. Mon Dieu, j'avais oublié ce que c'était, pensé-je. Je ne faisais que chercher ce que je voulais – quoi et comment faire, quand arrêter – et j'acceptais la même attitude de la part de mon mari. J'avais tout faux. Nous ne nous livrions plus complètement l'un à l'autre.

Peut-être va-t-il s'arrêter maintenant. Nous ne sommes jamais allés au-delà des baisers. Ils étaient longs et savoureux, échangés dans un coin caché de l'école. Mais ce dont j'avais envie, c'était que tous voient et me jalousent.

Il ne s'arrête pas. Sa langue a un goût amer, un mélange de cigarette et de vodka. J'ai honte et je suis tendue, je dois fumer une cigarette et boire une vodka pour que nous soyons à égalité ! pensé-je. Je le repousse avec délicatesse, je vais jusqu'au minibar et, d'un seul trait, je descends une petite bouteille de genièvre. L'alcool me brûle la gorge. Je demande une cigarette.

Il me la donne, non sans m'avoir rappelé qu'il est interdit de fumer dans la chambre. Quel plaisir de tout transgresser, y compris des règles stupides comme celle-là ! Je tire une bouffée et je me sens mal. Je ne sais pas si c'est à cause de l'eau-de-vie ou de la cigarette, mais, dans le doute, je vais à la salle de bains et je la jette dans la cuvette. Il me rejoint, m'attrape par-derrière, embrasse ma nuque et mes oreilles, colle son corps au mien et je sens son érection entre mes fesses.

Mes principes moraux, où sont-ils ? Comment sera ma tête quand je serai sortie d'ici et que je reprendrai ma vie normale ?

Il m'attire vers le lit. Je me tourne et j'embrasse de nouveau sa bouche et sa langue au goût de tabac, de salive et de vodka. Je mords ses lèvres et il touche mes seins. Il retire ma robe et la jette dans un coin. Une fraction de seconde, j'ai un peu honte de mon corps – je ne suis plus une petite fille comme ce fameux printemps à l'école. Nous sommes là debout. Les rideaux sont ouverts et le lac Léman sert de barrière naturelle entre nous et les habitants des immeubles sur la rive opposée.

Dans mon imagination, je préfère croire que quelqu'un nous voit et cela m'excite davantage, plus encore que ses baisers sur mes seins. Je suis la vagabonde, la prostituée qu'un cadre supérieur a contactée pour baiser dans un hôtel, capable de faire absolument n'importe quoi.

Mais cette sensation ne dure pas longtemps. Je retourne à mes 15 ans, quand je me masturbais plusieurs fois par jour en pensant à lui. J'attire sa tête contre ma poitrine et je lui demande de mordre le bout de mon sein, avec force, et je crie un peu de douleur et de plaisir.

Il est toujours habillé, et je suis complètement nue. Je fais descendre sa tête et je lui demande de lécher mon sexe. Mais à ce moment-là, il retire ses vêtements et vient sur moi. Ses mains cherchent quelque chose sur la table de nuit. Cela nous fait perdre l'équilibre et nous tombons par terre. Chose de débutant, oui – nous sommes des débutants et nous n'en avons pas honte.

Il trouve ce qu'il cherchait : un préservatif. Il me demande de le lui mettre avec ma bouche. Je m'exécute, inexpérimentée et un peu déconcertée. Je n'en comprends pas la nécessité. Je ne crois pas qu'il pense que je suis malade ou que je couche à droite et à gauche. Mais je respecte son désir. Je sens le goût désagréable du lubrifiant qui couvre le latex, mais je suis déterminée à apprendre à le faire. Je ne montre pas que c'est la première fois de ma vie que je me sers d'un d'un préservatif.

Quand je termine, il se retourne et me demande de m'appuyer au lit. Mon Dieu, cela arrive ! Je suis une femme heureuse, pensé-je.

Mais au lieu de pénétrer mon sexe, il commence à me posséder par-derrière. Cela me fait peur. Je lui demande ce qu'il est en train de faire, mais il ne répond pas, il prend seulement autre chose sur la table de nuit, et la passe sur mon anus. Je comprends que c'est de la vaseline ou quelque chose de semblable. Ensuite, il me demande de me masturber et, très lentement, entre.

Je suis ses instructions et de nouveau me sens comme une adolescente pour qui le sexe est un tabou et fait mal. Je ne peux plus me masturber, j'attrape seulement les draps et je me mords les lèvres pour ne pas crier de douleur.

« Dis que ça te fait mal. Dis que tu n'as jamais fait ça. Crie », ordonne-t-il.

Encore une fois je lui obéis. Presque tout est vrai – j'ai fait ça quatre ou cinq fois et ça ne m'a jamais plu.

L'intensité de ses mouvements augmente. Il gémit de plaisir. Moi, de douleur. Il me saisit par les cheveux comme si j'étais un animal, une cavale, et le galop s'accélère. Il sort de moi d'un seul coup, arrache le préservatif, me retourne et jouit sur mon visage.

Il tâche de contrôler ses gémissements, mais ils sont plus forts que son sang-froid. Bientôt il se couche sur moi. Je suis effrayée et en même temps fascinée par tout cela. Il va jusqu'à la salle de bains, jette le préservatif à la poubelle et revient.

Il s'allonge à côté de moi, allume une autre cigarette, utilise un verre de vodka comme cendrier, appuyé sur mon ventre. Nous passons beaucoup de temps à regarder le plafond, sans rien dire. Il me caresse. Il n'est plus l'homme violent d'il y a quelques minutes, mais le jeune homme romantique qui, à l'école, me parlait de galaxies et de son intérêt pour l'astrologie.

« Nous ne pouvons laisser aucune odeur. »

La phrase me fait revenir brutalement à la réalité. Apparemment ce n'est pas la première fois pour lui.

D'où le préservatif et les mesures pratiques pour que tout reste comme c'était avant que nous entrions dans la chambre. Silencieusement je l'insulte et je le hais, mais je le masque d'un sourire et je demande s'il a une astuce pour éliminer les odeurs.

Il dit qu'il suffit que je prenne un bain quand j'arriverai chez moi, avant d'étreindre mon mari. Il me conseille aussi de me débarrasser de la petite culotte, parce que la vaseline laissera des marques.

« S'il est à la maison, entre en courant et dis que tu meurs d'envie d'aller aux toilettes. »

J'ai envie de vomir. J'ai attendu tellement longtemps pour me comporter comme une tigresse et je viens d'être utilisée comme une jument. Mais la vie est ainsi : la réalité ne s'approche jamais de nos fantasmes romantiques de l'adolescence.

Parfait, je le ferai.

« J'aimerais bien te revoir. »

Voilà. Il a suffi de cette simple phrase pour transformer de nouveau en paradis ce qui paraissait un enfer, une erreur, un faux pas. Oui, moi aussi j'aimerais te revoir. J'étais nerveuse et timide, mais la prochaine fois ce sera mieux.

« En vérité, c'était formidable. »

Oui, c'était formidable, mais je m'en aperçois seulement maintenant. Nous savons cette histoire condamnée, mais à présent nous nous en fichons.

Je ne vais plus rien dire. Seulement profiter de ce moment à côté de lui, attendre qu'il termine sa cigarette, m'habiller et descendre avant lui.

Je sortirai par la porte par laquelle je suis entrée.

Je prendrai la même voiture et je conduirai jusqu'au lieu où je retourne chaque soir. J'entrerai en courant, je dirai que j'ai une indigestion et que je dois aller aux toilettes. Je prendrai un bain, éliminant le peu de lui qui est resté en moi.

Alors seulement j'embrasserai mon mari et mes enfants.

Nous n'étions pas deux personnes avec les mêmes intentions dans cette chambre d'hôtel. Je courais après une romance perdue ; lui était mû par l'instinct du chasseur.

Je cherchais le gamin de mon adolescence ; lui voulait la femme attirante et audacieuse qui était allée l'interviewer avant les élections.

J'ai cru que ma vie pourrait avoir un autre sens ; il a seulement pensé que l'après-midi le changerait des discussions ennuyeuses et sans fin au Conseil d'État de Genève.

Pour lui j'étais une simple distraction, malgré le danger. Pour moi ce fut une chose impardonnable, cruelle, une démonstration de narcissisme mêlée d'égoïsme.

Les hommes trahissent parce que c'est dans leurs gènes. La femme le fait parce qu'elle n'a pas la dignité suffisante, et outre qu'elle livre son corps, elle finit toujours par livrer aussi un peu de son cœur. Un véritable crime. Un vol. Pire que l'attaque d'une banque, parce que, si un jour elle est découverte (et elle l'est toujours), cela causera des dommages irréparables à la famille.

Pour les hommes, c'est seulement une « erreur stupide ». Pour les femmes, c'est un assassinat moral de tous ceux qui l'entourent de tendresse et qui la soutiennent comme mère et épouse.

Comme je suis couchée à côté de mon mari, j'imagine Jacob couché maintenant à côté de Marianne. Il a d'autres préoccupations en tête : les rencontres politiques de demain, les tâches à accomplir, l'agenda bourré de rendez-vous. Tandis que moi, l'idiote, je regarde le plafond et je me rappelle chaque seconde passée dans cet hôtel, revoyant sans arrêt le même film porno dont j'ai été la protagoniste.

Je me rappelle le moment où j'ai regardé par la fenêtre et désiré que quelqu'un assiste à tout cela avec des jumelles – se masturbant peut-être en me voyant soumise, humiliée, pénétrée par-derrière. Comme cette idée m'a excitée ! Cela m'a rendue folle et m'a fait découvrir un côté de moi que j'ignorais totalement.

J'ai 31 ans. Je ne suis pas une enfant et j'ai pensé qu'il n'y avait plus rien de nouveau me concernant. Mais si. Je suis un mystère pour moi, j'ai ouvert certaines écluses et je veux aller plus loin, expérimenter tout ce que je sais exister – masochisme, partouzes, fétichisme, tout.

Et je ne parviens pas à dire : je ne veux plus, je ne l'aime pas, tout cela a été un fantasme créé par ma solitude.

Peut-être qu'en fait je ne l'aime pas. Mais j'aime ce qu'il a éveillé en moi. Il m'a traitée sans aucun respect, il m'a laissée sans dignité, il n'était pas intimidé et a fait exactement ce qu'il voulait, alors que moi je cherchais, encore une fois, à faire plaisir à quelqu'un.

Mon esprit voyage jusqu'à un lieu secret et inconnu. Cette fois je suis la dominatrice. Je peux le revoir nu, mais maintenant c'est moi qui donne les ordres, je lui attache les mains et les pieds, je m'assois sur son visage et je l'oblige à baiser mon sexe jusqu'à ce que je n'en puisse plus de tant d'orgasmes. Ensuite, je le retourne et le pénètre avec mes doigts : d'abord un, puis deux, trois. Il gémit de douleur et de plaisir, pendant que je le masturbe avec ma main libre, sentant le liquide chaud couler sur mes doigts, que je porte à ma bouche et suce, un à un, pour alors les frotter sur son visage. Il en redemande. Je dis que ça suffit. C'est moi qui décide !

Avant de dormir, je me masturbe et j'ai deux orgasmes à la suite.

L a scène habituelle : mon mari lit les nouvelles du jour sur son iPad ; les enfants sont prêts pour l'école ; le soleil entre par la fenêtre ; et moi je feins d'être occupée, alors qu'en réalité je crève de peur que quelqu'un ne soupçonne quelque chose.

« Tu as l'air plus heureuse aujourd'hui. »

J'en ai l'air et je le suis, mais je ne devrais pas. L'expérience que j'ai eue hier a été un risque pour tout le monde, surtout pour moi. Ce commentaire cacherait-il un soupçon ? J'en doute. Il croit absolument tout ce que je lui dis. Ce n'est pas qu'il soit idiot – loin de là – mais il a confiance en moi.

Et cela m'agace encore plus. Je ne suis pas fiable.

Ou plutôt : oui, je le suis. J'ai été amenée à cet hôtel par des circonstances que j'ignore. Est-ce une bonne excuse ? Non. Elle est très mauvaise, parce que personne ne m'a obligée à y aller. Je peux toujours prétexter que je me sentais seule, que je ne recevais pas l'attention dont j'avais besoin, seulement de la compréhension et de la tolérance. Je peux me dire que j'ai besoin d'être davantage défiée, confrontée et questionnée sur ce que je fais. Je peux prétexter que cela arrive à tout le monde, ne serait-ce qu'en rêve.

Mais, au fond, ce qui s'est passé est très simple : j'ai couché avec un homme parce que j'avais une envie folle de le faire. Rien de plus. Aucune justification intellectuelle ou psychologique. Je voulais baiser. Point final.

Je connais des personnes qui se sont mariées pour la sécurité, le statut, l'argent. L'amour était en fin de liste. Mais moi je me suis mariée par amour.

Alors pourquoi ai-je fait ce que j'ai fait ?

Parce que je me sens seule. Et pourquoi ?

« C'est très bon de te voir heureuse », dit-il.

J'acquiesce. Je suis vraiment heureuse. La matinée d'automne est belle, la maison rangée, et je suis avec l'homme que j'aime.

Il se lève et me donne un baiser. Les enfants, même s'ils ne comprennent pas bien notre conversation, sourient.

« Moi aussi je suis avec la femme que j'aime. Mais pourquoi cela maintenant ? »

Et pourquoi pas ?

« C'est le matin. Je veux que tu me redises ça ce soir, quand nous serons ensemble au lit. »

Mon Dieu, qui suis-je ? Pourquoi dis-je ces choses ? Pour qu'il ne se méfie de rien ? Pourquoi est-ce que je ne me comporte pas comme tous les matins : une épouse efficace s'occupant du bien-être de la famille ? Quelles sont ces démonstrations d'affection ? Si je commence à me montrer trop gentille, il risquerait d'avoir des soupçons.

« Je ne pourrais pas vivre sans toi », dit-il en retournant à sa place à la table.

Je suis perdue. Mais curieusement, je ne me sens pas du tout coupable pour ce qui s'est passé hier.

Quand j'arrive au travail, le rédacteur en chef me félicite. Le sujet que j'ai suggéré a été publié ce matin.

« Beaucoup d'e-mails sont arrivés à la rédaction, pleins d'éloges pour l'histoire avec le mystérieux chaman. Les gens veulent savoir qui il est. S'il nous permet de divulguer son adresse, il aura du travail pour un bout de temps. »

Le chaman cubain ! S'il lit le journal, il verra qu'il ne m'a rien dit de tout ça. J'ai tout tiré de blogs sur le chamanisme. Apparemment, mes crises ne se limitent pas à des problèmes matrimoniaux : je commence à manquer de professionnalisme.

J'explique au rédacteur en chef le moment où le Cubain m'a regardée dans les yeux et m'a menacée si je révélais qui il était. Il dit que je ne dois pas croire à ce genre de choses et demande si je peux donner son adresse à une seule personne : son épouse.

« Elle est un peu stressée. »

Tout le monde est un peu stressé, y compris le chaman. Je ne promets rien, mais je vais lui parler.

Il me demande de téléphoner *maintenant*. Je le fais et je suis surprise de la réaction du Cubain. Il me remercie d'avoir été honnête et d'avoir gardé secrète son identité et il me félicite pour mes connaissances sur le sujet. Je remercie, parle de la répercussion du papier et demande si nous pouvons prendre un autre rendez-vous.

« Mais nous avons parlé deux heures ! La matière que vous avez doit être amplement suffisante ! »

Le journalisme ne fonctionne pas comme cela, j'explique. De ce qui a été publié, très peu a été extrait de ces deux heures. Pour l'essentiel, j'ai été obligée de faire des recherches. Maintenant je dois aborder le sujet d'une manière différente.

Mon chef reste à côté, écoutant ma partie de la conversation et gesticulant. Finalement, quand le Cubain est sur le point de raccrocher, je répète qu'il manque beaucoup de choses dans l'article. J'ai besoin d'explorer davantage le rôle de la femme dans cette quête « spirituelle » et l'épouse de mon patron aimerait le rencontrer. Il rit. Je ne briserai jamais l'accord que j'ai fait avec lui, mais j'insiste, tout le monde sait où il habite et quels jours il reçoit.

Je l'en prie, qu'il accepte ou qu'il refuse. S'il ne veut pas poursuivre la conversation, je rencontrerai quelqu'un d'autre. Il ne manque pas de gens se disant spécialistes dans le traitement de patients au bord de la crise de nerfs. La seule différence est sa méthode, mais il n'est pas l'unique guérisseur de l'esprit qui existe dans la ville. Beaucoup d'autres nous ont contactés ce matin, la plupart africains, voulant donner une visibilité à leur travail, gagner de l'argent et connaître des gens importants qui les protégeraient en cas de procédure d'expulsion.

Le Cubain résiste un certain temps, mais sa vanité et la peur de la concurrence ont enfin le dernier mot. Nous marquons un rendez-vous chez lui, à Veyrier. J'ai hâte de voir comment il vit – cela donnera plus de sel au sujet.

*

Nous sommes dans le petit salon transformé en cabinet de consultation chez lui, dans le village de Veyrier. Au mur il y a quelques schémas qui semblent importés de la culture indienne : la position des centres d'énergie, la plante des pieds avec ses méridiens. Sur un meuble se trouvent quelques cristaux.

Nous avons déjà eu une conversation très intéressante sur le rôle de la femme dans les rituels chamaniques. Il m'explique que, à la naissance, nous avons tous des moments de révélation, et c'est encore plus courant avec les femmes. Comme tout amateur peut le noter, les déesses de l'agriculture étaient toujours féminines, et les herbes médicinales ont été introduites par les mains des femmes dans les tribus qui habitaient les cavernes. Elles sont beaucoup plus sensibles au monde spirituel et émotionnel, et cela les rend sujettes à des crises que les médecins d'autrefois appelaient « hystérie » et qui sont connues aujourd'hui sous le nom de « bipolarité » – tendance à passer de l'enthousiasme absolu à une tristesse profonde plusieurs fois par jour. Pour le Cubain, les esprits sont beaucoup plus enclins à parler à des femmes qu'à des hommes, parce qu'elles comprennent mieux une langue qui ne s'exprime pas par des mots.

Je tente de recourir à ce que je crois être son langage : est-ce que, à cause d'une sensibilité exagérée, il ne serait pas possible que, disons, un esprit malin nous pousse à faire des choses que nous ne voulons pas ?

Il ne comprend pas ma question. Je la reformule. Si les femmes sont instables au point de passer de la joie à la tristesse…

« Ai-je usé du mot instable ? Non. Bien au contraire. Malgré leur sensibilité extrêmement aiguisée, elles sont plus persévérantes que les hommes. »

En amour, par exemple. Il est de mon avis. Je raconte tout ce qui m'est arrivé et je fonds en larmes. Il reste impassible. Mais son cœur n'est pas de pierre.

« Quand il s'agit d'adultère, méditer n'aide pas beaucoup ou pas du tout. Dans ce cas, la personne est heureuse de ce qui est en train de se passer. En même temps qu'elle conserve la sécurité, elle vit l'aventure. C'est la situation idéale. »

Qu'est-ce qui pousse à commettre l'adultère ?

« Ce n'est pas mon domaine. J'ai une vision très personnelle du sujet, mais cela ne doit pas être publié. »

Je vous en prie, aidez-moi.

Il allume un bâton d'encens, me demande de m'asseoir jambes croisées devant lui et s'installe dans la même position. L'homme rigide ressemble maintenant à un sage bienveillant, tentant de m'aider.

« Si les personnes mariées décident, quelle qu'en soit la raison, de chercher un troisième partenaire, cela ne

215

veut pas dire nécessairement que la relation du couple va mal. Je ne crois pas non plus que la motivation principale soit le sexe. Cela a plus à voir avec l'ennui, avec l'absence de passion pour la vie, avec le manque de défis. C'est une conjonction de facteurs. »

Et pourquoi cela arrive-t-il ?

« Parce que, dès que nous nous éloignons de Dieu, nous vivons une existence fragmentée. Nous tentons de trouver l'unité, mais nous ne connaissons pas le chemin du retour, alors nous sommes dans un état de constante insatisfaction. La société prohibe et crée des lois, mais cela ne résout pas le problème. »

Je me sens légère, comme si j'avais acquis un type de perception différent. Je peux voir dans ses yeux : il sait de quoi je parle parce qu'il est déjà passé par là.

« J'ai eu un patient qui, chaque fois qu'il rencontrait sa maîtresse, était impuissant. Pourtant, il adorait être à côté d'elle et elle aussi adorait être avec lui. »

Je ne me contrôle pas. Je lui demande si cet homme, c'est lui.

« Oui. Ma femme m'a quitté pour cela. Ce qui n'est pas un motif pour une décision aussi radicale. »

Et comment a-t-il réagi ?

« J'aurais pu invoquer une aide spirituelle, mais je l'aurais payé dans ma prochaine vie. Cependant, je devais comprendre pourquoi elle avait agi ainsi. Pour résister à la tentation de la faire revenir en usant de ce que je connais de magie, je me suis mis à étudier le sujet. »

Un peu à contrecœur, le Cubain prend un air professoral.

« Des chercheurs de l'université du Texas à Austin ont tenté de répondre à la question que beaucoup de gens se posent : pourquoi les hommes trahissent-ils plus que les femmes, même en sachant que ce comportement est autodestructeur et fera souffrir les personnes qu'ils aiment ? La conclusion a été qu'hommes et femmes ressentent exactement le même désir de trahir leur partenaire. Il se trouve que la femme se maîtrise davantage. »

Il regarde sa montre. Je le prie de continuer et je comprends qu'il est peut-être content de pouvoir ouvrir son âme.

« De brèves rencontres, avec pour seul objectif de satisfaire l'instinct sexuel et sans aucun engagement émotionnel de la part de l'homme, ont rendu possibles la préservation et la prolifération de l'espèce. Des femmes intelligentes ne devraient pas en vouloir aux hommes pour cela. Ils tentent de résister, mais ils y sont biologiquement moins aptes. Suis-je trop technique ? »

Non.

« Avez-vous remarqué que les êtres humains ont plus peur des araignées et des serpents que des automobiles, bien que les accidents de la circulation causent plus souvent la mort ? Tout cela parce que notre esprit est encore au temps des cavernes, quand les serpents et les araignées tuaient. Il se passe la même chose avec le besoin que ressent l'homme d'avoir plusieurs femmes. En ce temps-là, il allait à la chasse, et la nature lui a appris ceci : la préservation de l'espèce est une priorité ; vous devez engrosser le plus de femmes possible. »

Et les femmes ne pensaient-elles pas aussi à préserver l'espèce ?

« Évidemment qu'elles y pensaient. Mais, alors que pour l'homme cet engagement envers l'espèce dure au maximum onze minutes, pour la femme chaque enfant signifie au moins neuf mois de gestation. En plus de devoir s'occuper du petit, le nourrir et le protéger des dangers, des araignées et des serpents. Alors son instinct s'est développé sous une autre forme. L'affection et la maîtrise de soi sont devenues plus importantes. »

Il parle de lui. Il tente de justifier ce qu'il a fait. Je regarde autour de moi et je vois ces cartes indiennes, les cristaux, les encens. Au fond, nous sommes tous pareils. Nous commettons les mêmes erreurs et nous restons avec les mêmes questions sans réponses.

Le Cubain regarde sa montre encore une fois et dit que nous en avons terminé. Un autre client va arriver et il veut éviter que ses patients ne se croisent dans la salle d'attente. Il se lève et me conduit jusqu'à la porte.

« Je ne veux pas être grossier, mais, je vous en prie, ne venez plus me voir. Je vous ai déjà dit tout ce que j'avais à dire. »

C'est dans la Bible :

« Sur le soir, David se leva de son lit. Il alla se promener sur la terrasse de la maison du roi. Il aperçut alors une femme qui se baignait. La femme était belle. David envoya prendre des renseignements sur elle.

« Et l'on répondit que c'était Bethsabée, la femme d'Urie. Alors David envoya ses hommes pour la prendre. Elle vint chez lui et il coucha avec elle, puis elle rentra chez elle. Puis elle fit informer David qu'elle était enceinte. »

« Alors David ordonna qu'Urie, un guerrier qui lui était fidèle, soit envoyé en première ligne pour une mission périlleuse. Il mourut et Bethsabée alla vivre avec le roi dans son palais. »

David – le grand exemple, l'idole de générations, le guerrier intrépide – non seulement commit l'adultère, mais il fit assassiner son rival, se prévalant de sa loyauté et de sa bonne volonté.

Je n'ai pas besoin de justifications bibliques pour les adultères ni pour les assassinats. Mais je me rappelle cette histoire du temps de l'école – cette école où Jacob et moi nous nous embrassions au printemps.

Ces baisers ont dû attendre quinze ans pour se répéter et, quand enfin c'est arrivé, tout a été exactement comme je *ne* l'imaginais *pas*. C'est apparu sordide, égoïste, sinistre. Pourtant j'ai adoré et j'ai souhaité que cela se reproduise, le plus vite possible. En quinze jours, Jacob et moi nous sommes rencontrés quatre fois. La nervosité a peu à peu disparu. Nous avons eu autant de relations normales que d'autres moins conventionnelles. Je n'ai pas encore réussi à réaliser mon fantasme de l'attacher et de lui faire baiser mon sexe jusqu'à ce que je n'en puisse plus de plaisir, mais je suis en bonne voie.

Petit à petit, Marianne perd de l'importance dans mon histoire. J'étais de nouveau avec son mari hier et cela montre à quel point elle est insignifiante et absente de tout cela. Je ne veux plus que Mme König découvre notre aventure ni qu'elle pense divorcer, parce que ainsi j'aurai le plaisir d'un amant, sans devoir renoncer à tout ce que j'ai gagné péniblement et en maîtrisant mes sentiments : mes fils, mon mari, mon travail et cette maison.

Que ferai-je de la cocaïne qui est rangée ici et qui peut être trouvée à tout moment ? J'ai dépensé beaucoup d'argent pour ça. Je ne peux pas tenter de la revendre. Ce serait un pas vers la forteresse de Puplinge. J'ai juré de ne plus jamais en prendre. Je peux en faire cadeau à des gens dont je sais qu'ils l'aiment, mais ma réputation serait compromise ou, ce qui est pire, ils pourraient demander si je peux leur en trouver davantage.

La réalisation de mon rêve d'être au lit avec Jacob m'a menée au firmament puis m'a fait revenir à la réalité. J'ai découvert que, même si je pensais que c'était l'amour, ce que je ressens n'est qu'une passion, vouée à prendre fin à tout moment. Et je ne tiens pas du tout à l'entretenir : j'ai déjà obtenu l'aventure, le plaisir de la transgression, les nouvelles expériences sexuelles, la joie. Et tout ça sans un poil de remords. Je me fais un cadeau que je mérite après tant d'années de bonne conduite.

Je suis en paix avec moi-même. Ou plutôt, je l'étais jusqu'à présent.

Après tous ces jours à bien dormir, je sens que le dragon est remonté de l'abîme dans lequel il avait été jeté.

Quel est le problème, moi ou Noël qui approche ? C'est l'époque de l'année qui me déprime le plus – et je ne fais pas allusion à un désordre hormonal ou à l'absence de certains composants chimiques dans l'organisme. Je suis contente qu'à Genève la chose ne soit pas aussi scandaleuse que dans d'autres pays. Une fois j'ai passé les fêtes de fin d'année à New York. Partout il y avait des lumières, des ornements, des chorales de rue, des vitrines décorées, des rennes, des cloches, des arbres avec des boules de toutes les couleurs et de toutes les tailles, des sourires collés sur tous les visages… Et moi avec cette certitude absolue que je suis une aberration, la seule à me sentir totalement étrangère. Bien que je n'aie jamais pris de LSD, j'imagine qu'une triple dose serait nécessaire pour voir toutes ces couleurs.

Tout au plus voyons-nous par ici quelques allusions dans la rue principale, peut-être à cause des touristes. (Qu'ils achètent ! Qu'ils rapportent quelque chose de Suisse à leurs enfants !) Mais je n'y suis pas encore passée, alors cette sensation bizarre ne peut pas être due à Noël. Il n'y a dans les environs aucun Papa Noël suspendu à une cheminée, nous rappelant que nous devons être heureux tout le mois de décembre.

Je me retourne dans le lit, comme toujours. Mon mari dort, comme toujours. Nous faisons l'amour. C'est devenu plus fréquent, je ne sais si c'est pour dissimuler quelque chose ou parce que j'ai réveillé ma libido. Le fait est que je suis sexuellement plus enthousiaste avec lui. Il n'a pas posé de questions quand je suis rentrée tard, et ne s'est pas non plus montré jaloux. Sauf la première fois, quand j'ai dû aller directement à la salle de bains, suivant les instructions de Jacob pour éliminer les traces, les odeurs et les vêtements tachés. Maintenant j'emporte toujours une petite culotte en plus, je prends un bain à l'hôtel et je monte dans l'ascenseur avec un maquillage impeccable. Je ne manifeste plus de tension ou de soupçon. Deux fois j'ai rencontré des connaissances, je n'ai pas manqué de les saluer, et de laisser planer le doute : « Retrouve-t-elle quelqu'un ? » Cela fait du bien à l'ego et c'est absolument sûr. Après tout, s'ils sont dans l'ascenseur d'un hôtel alors qu'ils habitent en ville, ils sont aussi coupables que moi.

Je m'endors et je me réveille quelques minutes après. Victor Frankenstein a créé son monstre, Docteur Jekyll a laissé Mister Hyde venir à la surface. Cela m'effraie encore, mais je dois peut-être établir dès maintenant certaines règles de conduite.

J'ai un côté qui est honnête, gentil, affectueux, professionnel, capable de réagir avec froideur dans des moments compliqués, surtout pendant les interviews, quand certains des personnages se montrent agressifs ou tentent de fuir mes questions.

Mais je découvre un côté plus spontané, sauvage, impatient, qui ne se limite pas à la chambre d'hôtel où je retrouve Jacob et commence à troubler ma routine. Je m'irrite plus facilement quand le vendeur bavarde avec le client alors qu'il y a la queue. Je vais au supermarché par obligation et j'ai cessé de regarder les prix et les dates de validité. Quand on me dit quelque chose et que je ne suis pas d'accord, je m'efforce de répondre. Je discute politique. Je défends des films que tout le monde déteste et j'insulte ceux que tout le monde aime. J'adore surprendre les gens par des opinions absurdes et déplacées. Enfin, j'ai cessé d'être la femme discrète que j'ai toujours été.

Les gens ont commencé à le remarquer. « Tu es différente ! » déclarent-ils. C'est un pas vers « tu caches quelque chose », qui bientôt devient « si tu as besoin de te cacher, c'est que tu fais quelque chose que tu ne devrais pas ».

Il se peut que ce soit seulement de la paranoïa, bien sûr. Mais aujourd'hui je me sens deux personnes différentes.

Tout ce que David devait faire, c'était ordonner à ses hommes de lui amener cette femme. Il ne devait d'explications à personne. Cependant, quand le problème s'est présenté, il a envoyé le mari en première ligne. Dans mon cas, c'est différent. Les Suisses ont beau être discrets, il y a des moments où l'on n'arrive pas à les reconnaître.

Le premier, c'est en voiture. Si l'on attend une fraction de seconde pour démarrer quand le signal passe au vert, ils se mettent immédiatement à klaxonner. Si l'on change de file, bien que le clignotant soit allumé, on voit toujours une sale tête dans le rétroviseur.

Le second cas, c'est dans l'affaire périlleuse des changements, de maison, de travail ou de comportement. Ici tout est stable, tous se comportent de manière attendue. S'il vous plaît, n'essayez pas d'être différent et de vous réinventer d'une heure à l'autre, ou bien vous menacerez la société tout entière. Ce pays a du mal à atteindre son état d'« œuvre terminée », nous ne voulons pas retourner à la phase « réforme ».

M oi et toute ma famille nous nous trouvons à l'endroit où William, le frère de Victor Frankenstein, a été assassiné. Ici, pendant des siècles, il y avait un marécage. Après que, par la main implacable de Calvin, Genève devint une cité respectable, on y amenait les malades, qui mouraient généralement de faim et de soif, évitant ainsi que la ville ne soit contaminée par une quelconque épidémie.

Plainpalais est un endroit immense, le seul point au centre de la ville où il n'y a pratiquement pas de végétation. En hiver, le froid transperce les os. En été, le soleil nous fait suer à grosses gouttes. Une absurdité. Mais depuis quand les choses doivent-elles avoir de bonnes raisons d'exister ?

C'est samedi et il y a des baraques d'antiquaires répandues partout. Ce marché est devenu une attraction touristique et figure même dans les guides et les publicités pour les voyages comme un « bon programme ». Des pièces du XVIe siècle se mêlent à des magnétoscopes. Des sculptures antiques en bronze, venues de la lointaine Asie, sont exposées à côté d'horribles meubles des années 1980. L'endroit grouille de monde. Certains connaisseurs examinent patiemment une pièce et parlent très longuement avec les vendeurs. La plupart, touristes et curieux, trouvent des objets dont ils n'auront jamais besoin, mais, comme ils sont très bon marché, finissent par les acheter. Ils rentrent chez eux, s'en servent une fois et ensuite les rangent dans le garage, pensant : « Ça ne sert à rien, mais le prix était dérisoire. »

Je dois surveiller les enfants tout le temps, parce qu'ils veulent toucher à tout, des vases en cristal précieux aux jouets sophistiqués du début du XIXe siècle. Mais au moins ils découvrent qu'il existe une vie en dehors des jeux électroniques.

L'un d'eux me demande si nous pouvons acheter un clown en métal, avec la bouche et les membres articulés. Mon mari sait que l'intérêt pour le jouet va durer jusqu'à notre arrivée à la maison. Il dit qu'il est « vieux » et que nous pouvons en acheter un neuf sur le chemin du retour. Leur attention est aussitôt détournée vers des boîtes de petites pierres rondes, avec lesquelles les enfants d'autrefois jouaient dans la cour de leur maison.

Mes yeux se fixent sur un petit tableau : il y a une femme nue, allongée sur le lit, et un ange qui s'éloigne. Je demande au vendeur combien il coûte. Avant de me dire le prix (une broutille) il m'explique que c'est une reproduction, faite par un peintre local inconnu. Mon mari assiste à la scène sans rien dire et, avant que j'aie pu remercier pour l'information et aller plus loin, il a déjà payé pour le tableau.

Pourquoi a-t-il fait cela ?

« Il représente un mythe ancien. Quand nous rentrerons à la maison, je te raconterai l'histoire. »

Je sens un besoin immense de retomber amoureuse de lui. Je n'ai jamais cessé de l'aimer – je l'ai toujours aimé et je continuerai à l'aimer – mais notre vie commune est devenue très proche de la monotonie. L'amour peut résister à cela, mais pour la passion, c'est fatal.

Je vis un moment très compliqué. Je sais que ma relation avec Jacob n'a pas d'avenir et je me suis éloignée de l'homme avec qui j'ai construit ma vie.

Celui qui dit que « l'amour est suffisant » ment. Il ne l'est pas et ne l'a jamais été. Le grand problème est que les gens croient aux livres et aux films – un couple qui marche sur la plage main dans la main, contemple le coucher du soleil, fait l'amour passionnément tous les jours dans de beaux hôtels avec vue sur les Alpes. Moi et mon mari nous avons déjà fait tout cela, mais la magie ne dure qu'un ou deux ans, au maximum.

Ensuite vient le mariage. Le choix de la décoration de la maison, la conception de la chambre des enfants qui viendront, les baisers, les rêves, le toast au champagne dans la salle vide qui sera bientôt exactement telle que nous l'imaginons – chaque chose à sa place. Deux ans plus tard, le premier enfant est né, dans la maison il n'y a de place pour rien et, si nous y ajoutons quelque chose, nous courons le risque de faire comme si nous vivions pour impressionner les autres et passions notre vie à acheter et à nettoyer des antiquités (qui plus tard seront vendues pour une bouchée de pain par nos héritiers et finiront au marché aux puces de Plainpalais).

Après trois ans de mariage, chacun sait déjà exactement ce que l'autre veut et pense. Dans les fêtes ou les dîners, nous sommes obligés d'écouter des histoires que nous avons déjà entendues plusieurs fois, feignant toujours la surprise et, quelquefois, forcés de les confirmer. Le sexe passe de la passion à l'obligation et de ce fait est de plus en plus espacé. En peu de temps, il n'arrive qu'une fois par semaine – et encore. Les femmes se rencontrent et parlent du feu insatiable de leurs maris, ce qui n'est autre qu'un mensonge éhonté. Tout le monde le sait, mais personne ne veut rester à la traîne.

Alors arrive l'heure des liaisons extraconjugales. Les femmes font des commentaires – oui, elles commentent ! – au sujet de leurs amants et de leur feu insatiable. Il y a là une part de vérité parce que, dans la plupart des cas, cela se passe dans le monde enchanté de la masturbation – aussi réel que le monde de celles qui ont osé se risquer et se sont laissées séduire par le premier venu, indépendamment de ses qualités. Elles achètent des vêtements de luxe et feignent la pudeur, bien qu'elles présentent plus de sensualité qu'une gamine de 16 ans – à la différence près que la gamine connaît son pouvoir.

Finalement, le moment est arrivé de se résigner. Le mari passe des heures hors de la maison, pris par son travail, et la femme passe plus de temps qu'il n'en faut à s'occuper des enfants. Nous sommes dans cette phase et je suis disposée à tout faire pour changer la situation.

L'amour seul ne suffit pas. Je dois me passionner pour mon mari.

L'amour n'est pas seulement un sentiment ; c'est un art. Et comme tous les arts, l'inspiration ne lui suffit pas, il faut aussi beaucoup de travail.

*

Pourquoi l'ange s'éloigne-t-il et laisse-t-il la femme seule sur le lit ?

« Ce n'est pas un ange. C'est Éros, le dieu grec de l'amour. La jeune fille qui est au lit avec lui est Psyché. »

J'ouvre une bouteille de vin, je remplis nos verres. Il met le tableau au-dessus de la cheminée éteinte – une pièce de décoration dans les maisons qui comptent sur le chauffage central. Alors il commence :

« Il était une fois une jolie princesse, admirée de tous, mais que personne n'osait demander en mariage. Désespéré, le roi consulta le dieu Apollon. Ce dernier lui dit qu'il fallait que Psyché soit laissée seule, en vêtement de deuil, au sommet d'une montagne. Avant le lever du jour, un serpent viendrait à sa rencontre pour s'unir à elle. Le roi obéit. Mourant de peur et de froid, la princesse attendit toute la nuit l'arrivée de son mari. Finalement elle s'endormit. Au réveil, elle se retrouva dans un beau palais, couronnée reine. Toutes les nuits, le mari venait à sa rencontre et ils faisaient l'amour. Cependant il lui imposait une seule condition : Psyché pourrait avoir tout ce qu'elle désirait, mais elle devait avoir pleinement confiance en lui et ne pourrait jamais voir son visage. »

Quelle horreur, je pense, mais je n'ose pas l'interrompre.

« La jeune fille vécut heureuse très longtemps. Elle avait le confort, l'affection, la joie et elle était amoureuse de l'homme qui la visitait toutes les nuits. Cependant, elle avait quelquefois peur d'être mariée avec un horrible serpent. Un jour à l'aube, tandis que le mari dormait, elle alluma une lanterne. Alors elle vit Éros couché à côté d'elle, un homme d'une incroyable beauté. La lumière le réveilla. Voyant que la femme qu'il aimait n'était pas capable de respecter son seul désir, Éros disparut. Perdant tout espoir de voir son amour revenir, Psyché se soumit à une série d'épreuves qu'Aphrodite, mère d'Éros, lui imposa. Nul besoin de dire que la belle-mère mourait de jalousie de la beauté de sa belle-fille et fit tout pour saboter la réconciliation du couple. Dans une de ces épreuves, Psyché finit par ouvrir une boîte qui la fit tomber dans un profond sommeil. »

Je commence à m'énerver pour savoir comment l'histoire va finir.

« Éros aussi était amoureux et il regrettait de n'avoir pas été plus tolérant avec sa femme. Il parvint à entrer dans le château et à la réveiller de la pointe de sa flèche. "J'ai failli mourir à cause de ta curiosité, dit-il. Tu cherchais à trouver la sécurité dans la connaissance et tu as détruit notre relation." Mais en amour, rien n'est détruit pour toujours. Pénétrés de cette certitude, tous deux eurent recours à Zeus, le dieu des dieux, l'implorant que leur union ne soit jamais défaite. Zeus prit fait et cause pour les amants et usa de bons arguments et de menaces, jusqu'à ce qu'il obtienne le concours d'Aphrodite. À partir de ce jour-là, Psyché (notre part inconsciente, mais logique) et Éros (l'amour) restèrent ensemble à tout jamais. »

Je sers un autre verre de vin. J'appuie ma tête sur son épaule.

« Celui qui n'acceptera pas cela et cherchera toujours une explication aux magiques et mystérieuses relations humaines perdra ce que la vie a de meilleur. »

Aujourd'hui je me sens comme Psyché sur le rocher, qui a froid et peur. Mais si je suis capable de surmonter cette nuit et de me livrer au mystère et à la foi dans la vie, je me réveillerai dans un palais. Tout ce dont j'ai besoin, c'est de temps.

Enfin arrive le grand jour où les deux couples seront ensemble dans une fête – une réception offerte par un important présentateur de la TV locale. Nous en avons parlé hier dans la chambre d'hôtel, tandis que Jacob fumait sa cigarette habituelle avant de s'habiller et de sortir.

Je ne pouvais plus refuser l'invitation, parce que j'avais déjà confirmé ma présence. Lui aussi, et changer d'avis maintenant serait « très mauvais pour sa carrière ».

J'arrive avec mon mari au siège de la station et nous sommes informés que la fête a lieu au dernier étage. Mon téléphone sonne avant que nous entrions dans l'ascenseur, ce qui m'oblige à sortir de la file et à rester dans le hall, discutant avec mon chef, tandis que d'autres personnes arrivent, sourient à moi et à mon mari et approuvent discrètement de la tête. Apparemment, je connais presque tout le monde.

Mon chef dit que mes articles avec le Cubain – le deuxième a été publié hier, bien qu'il ait été écrit voilà plus d'un mois – ont beaucoup de succès. Je dois en écrire encore un pour terminer la série. J'explique que le Cubain ne veut plus me parler. Il demande que j'aille voir n'importe qui d'autre, du moment qu'il est « de la branche », parce qu'il n'y a rien de moins intéressant pour cela que les opinions conventionnelles (psychologues, sociologues, etc.). Je ne connais personne « de la branche » mais, comme je dois raccrocher, je m'engage à réfléchir au sujet.

Jacob et Mme König passent et nous saluent d'un geste de la tête. Mon chef était déjà sur le point de raccrocher quand j'ai décidé de poursuivre la conversation. Dieu me préserve de monter dans le même ascenseur qu'eux ! Et si nous mettions ensemble un berger et un pasteur protestant, je suggère. Ne serait-il pas intéressant d'enregistrer leur conversation sur la façon dont ils gèrent le stress ou l'ennui ? Le chef dit que c'est une excellente idée, mais le mieux serait de trouver quelqu'un « de la branche ». Certes, je vais tenter. Les portes sont déjà fermées et l'ascenseur est monté. Je peux raccrocher sans crainte.

J'explique à mon chef que je ne veux pas être la dernière à arriver à la réception. J'ai deux minutes de retard. Nous vivons en Suisse, où les montres marquent toujours l'heure exacte.

Certes, je me suis comportée d'une manière bizarre ces derniers mois, mais il y a quelque chose qui n'a pas changé : je déteste aller aux fêtes. Et je n'arrive pas à comprendre pourquoi les gens aiment ça.

Oui, les gens aiment ça. Même quand il s'agit d'un événement aussi professionnel que le cocktail d'aujourd'hui – voilà, un cocktail, pas une fête – ils s'habillent, se maquillent, disent à leurs amis, non sans un certain air d'ennui, que malheureusement ils seront occupés mardi à cause de la réception célébrant les dix ans de « *Pardonnez-moi* », présenté par le beau, intelligent et photogénique Darius Rochebin. Le monde qui « compte » sera là, et les autres devront se contenter des photos qui seront publiées dans le seul magazine people que toute la population de la Suisse française lit.

Aller dans des fêtes comme celle-là donne statut et visibilité. Quelquefois notre journal couvre des événements de ce genre et, le lendemain, nous recevons des appels téléphoniques de la part des assistants de personnes importantes, demandant si les photos sur lesquelles elles apparaissent seront publiées et disant qu'elles en seraient extrêmement reconnaissantes. La meilleure chose après l'invitation est de voir que votre présence a été remarquée comme elle le mérite. Et rien de mieux pour le prouver que d'apparaître dans le journal deux jours après, avec un costume fait spécialement pour l'occasion (bien que ce ne soit jamais avoué) et le même sourire que dans les autres fêtes et réceptions. Heureusement que je ne suis pas responsable de la rubrique mondaine ; dans mon état actuel de monstre de Victor Frankenstein, j'aurais déjà été licenciée.

Les portes de l'ascenseur s'ouvrent. Il y a deux ou trois photographes dans le hall. Nous nous rendons au salon principal, avec une vue à 360 degrés sur la ville. Il semble que l'éternel nuage a décidé de collaborer avec Darius et a soulevé un peu son manteau gris : nous voyons l'océan de lumières en bas.

Je ne veux pas rester très longtemps, dis-je à mon mari. Et je commence à parler de manière compulsive pour éloigner la tension.

« Nous partirons quand tu voudras », répond-il, me coupant la parole.

À ce moment, nous sommes très occupés à saluer une infinité de gens qui me traitent comme si j'étais une amie intime. Je rends la pareille, même si je ne connais pas leur nom. Si la conversation se prolonge, j'ai un truc infaillible : je présente mon mari et je ne dis rien. Il se présente et demande à l'autre personne son nom. J'écoute la réponse et je répète, haut et fort : « Chéri, tu ne te souviens pas d'Untel ? »

Quel cynisme !

Je termine les salutations, nous allons dans un coin, et je proteste : pourquoi les gens ont-ils cette manie de demander si nous nous souvenons d'eux ? Il n'y a rien de plus gênant. Tous se jugent assez importants pour que moi, qui rencontre des personnes nouvelles tous les jours à cause de ma profession, je les aie gravés au fer et au feu dans la mémoire.

« Sois plus tolérante. Ils s'amusent. »

Mon mari ne sait pas de quoi il parle. Les gens font seulement semblant de s'amuser, mais ce qu'ils recherchent c'est la visibilité, l'attention et – dans un cas ou un autre – rencontrer quelqu'un pour clore une affaire. Le destin de ces personnes qui se jugent très belles et puissantes quand elles franchissent le tapis rouge dépend de l'individu mal rémunéré de la rédaction : le maquettiste, qui reçoit les photos par e-mail et décide qui doit ou non apparaître dans notre petit monde, traditionnel et conventionnel. C'est lui qui place les images de ceux qui intéressent le journal, réservant un petit espace où entre la fameuse photo avec une vue générale de la fête (ou cocktail, ou dîner, ou réception). Là, parmi les têtes anonymes de personnes qui se jugent très importantes, avec un peu de chance, l'une ou l'autre peut être reconnue.

Darius monte sur l'estrade et commence à raconter ses expériences avec toutes les personnalités qu'il a interviewées durant les dix ans de son programme. Je parviens à me détendre et je vais vers une fenêtre avec mon mari. Mon radar intérieur a déjà détecté Jacob et Mme König. Je veux rester à distance et j'imagine que Jacob aussi.

« Tu as un problème ? »

Je le savais. Aujourd'hui tu es Docteur Jekyll ou Mister Hide ? Victor Frankenstein ou son monstre ?

Non, mon amour. J'évite l'homme avec qui j'ai couché hier. Je soupçonne que tous dans cette salle savent tout, que le mot « amants » est écrit sur nos fronts.

Je souris et je dis que, comme il ne le sait que trop, je n'ai plus l'âge d'aller à des fêtes. J'adorerais pouvoir être à la maison maintenant, à m'occuper de nos enfants plutôt que de les avoir confiés à une nounou. Je ne veux pas boire, je suis confuse avec tous ces gens qui me saluent et entament la conversation, tentant de faire semblant de m'intéresser à ce qu'ils racontent et répondre par une question pour pouvoir, enfin, mettre l'amuse-gueule dans ma bouche et finir de le mâcher sans paraître mal élevée.

Un écran géant est baissé et un clip commence montrant les principaux invités qui ont participé au programme. J'en ai rencontré certains au travail, mais la plupart sont des étrangers en voyage à Genève. Comme nous le savons, il y a toujours quelqu'un d'important à Genève, et se rendre à l'émission est obligatoire.

« Alors allons-nous-en. Il t'a déjà vue ici. Nous avons accompli notre devoir social. Louons un film et profitons du reste de la soirée ensemble. »

Non. Nous resterons un peu plus, parce que Jacob et Mme König sont ici. Cela peut paraître suspect de quitter la fête avant la fin de la cérémonie. Darius commence à appeler sur l'estrade certains des invités de son programme, et ils témoignent brièvement de l'expérience. Je meurs quasiment d'ennui. Les hommes non accompagnés commencent à regarder autour, cherchant discrètement des femmes seules. Les femmes, pour leur part, se regardent entre elles : comment sont-elles habillées, quel maquillage portent-elles, sont-elles accompagnées de leurs maris ou de leurs amants ?

Je regarde la ville dehors, perdue dans mon absence totale de pensées, attendant seulement que le temps passe pour que nous puissions sortir discrètement sans attirer les soupçons.

« Toi ! »

Moi ?

« Mon amour, il t'appelle ! »

Darius vient de m'inviter sur l'estrade et je n'ai pas entendu. Oui, je suis déjà allée dans son émission, avec l'ex-président de la Suisse, pour parler des droits de l'homme. Mais je ne suis pas aussi importante que cela.

Je ne l'imaginais même pas ; cela n'était pas prévu et je n'ai rien préparé.

Mais Darius fait un signe. Tout le monde me regarde en souriant. Je me dirige vers lui – déjà recomposée et secrètement heureuse parce que Marianne n'a pas été et ne sera pas appelée. Jacob non plus, parce que l'idée est que la soirée soit agréable, et non remplie de discours politiques.

Je monte sur la scène improvisée – en réalité c'est un escalier qui unit les deux espaces du salon en haut de la tour de la télévision –, je donne un baiser à Darius et je commence à raconter une chose absolument sans intérêt sur le jour où je suis allée au programme. Les hommes continuent à chasser et les femmes à se regarder les unes les autres. Les plus proches feignent de s'intéresser à ce que je dis. Je garde les yeux fixés sur mon mari ; tous ceux qui parlent en public choisissent quelqu'un pour leur servir de soutien.

Au milieu de mon discours improvisé, je vois quelque chose qui n'aurait pas dû se produire : Jacob et Marianne König sont à côté de lui. Tout cela est arrivé en moins de deux minutes, le temps que j'ai mis pour gagner l'estrade et commencer mon discours qui, à ce stade, fait que les garçons circulent et que la plupart des invités détournent les yeux de la scène à la recherche d'un spectacle plus attirant.

Je remercie le plus vite possible. Les invités applaudissent. Darius me donne un baiser. J'essaie d'aller là où se trouvent mon mari et le couple König, mais j'en suis empêchée par des personnes qui me félicitent pour des choses dont je n'ai pas parlé, affirment que j'ai été merveilleuse, sont enchantées par la série d'articles sur le chamanisme, me suggèrent des thèmes, me remettent des cartes de visite et s'offrent discrètement comme « sources » d'un sujet qui peut être « très intéressant » pour moi. Tout cela me prend une dizaine de minutes. Quand je suis près d'accomplir ma mission et que je m'approche de ma destination, là où je me trouvais avant l'arrivée des envahisseurs, tous les trois sont souriants. Ils me complimentent, disent que je suis formidable pour parler en public et je reçois la sentence :

« Je leur ai expliqué que tu étais fatiguée et que nos enfants étaient avec la nounou, mais Mme König a insisté pour que nous dînions ensemble.

– C'est cela. J'imagine que personne ici n'a dîné, n'est-ce pas ? » dit Marianne.

Jacob a un sourire artificiel collé sur le visage et il accepte, comme un agneau allant à l'abattoir.

En une fraction de seconde, deux cent mille excuses me passent par la tête. Mais pourquoi ? J'ai une bonne quantité de cocaïne prête à servir à tout moment, et rien de mieux que cette « occasion » pour savoir si je poursuis ou non mon plan.

En outre, je sens une curiosité morbide de voir comment sera ce dîner.

Avec plaisir, madame König.

*

Marianne choisit le restaurant de l'*Hôtel des Armures*, ce qui montre un certain manque d'originalité, parce que c'est là que tout le monde a coutume d'emmener les visiteurs étrangers. La fondue est excellente, les employés s'efforcent de parler toutes les langues possibles, il est situé au cœur de la vieille ville... *Mais*, pour qui habite Genève, définitivement ce n'est pas une nouveauté.

Nous arrivons après le couple König. Jacob est dehors, supportant le froid au nom de son addiction à la cigarette. Marianne est déjà entrée. Je suggère que mon mari entre aussi et lui tienne compagnie, tandis que j'attends que M. König finisse de fumer. Il dit que le contraire serait mieux, mais j'insiste – il ne serait pas de bon ton de laisser deux femmes seules à table, même pour quelques minutes.

« L'invitation m'a pris moi aussi au dépourvu », dit Jacob dès que mon mari entre.

Je tente d'agir comme s'il n'y avait aucun problème. Se sent-il coupable ? Préoccupé par une fin possible de son mariage malheureux (avec cette mégère faite de glace, aimerais-je ajouter) ?

« Il ne s'agit pas de ça. Il se trouve que... »

Nous sommes interrompus par la mégère. Un sourire diabolique aux lèvres, elle me complimente (de nouveau !) avec les trois bisous d'usage et *ordonne* à son mari d'éteindre sa cigarette pour que nous entrions tout de suite. Je lis entre les lignes : je vous soupçonne tous les deux, vous devez être en train de combiner quelque chose, mais voyez-vous, je suis plus rusée et intelligente que vous ne le pensez.

Nous commandons comme toujours : fondue et raclette. Mon mari dit qu'il en a assez de manger du fromage et choisit un plat différent : un saucisson qui fait aussi partie du menu que nous présentons aux visiteurs. Et du vin, mais Jacob ne le goutte pas, il fait tourner, déguste et hoche la tête – ce n'était qu'une manière idiote de m'impressionner le premier jour. Tandis que nous attendons les plats et échangeons des amabilités, nous venons vite à bout de la première bouteille, qui est aussitôt remplacée par la deuxième. Je demande à mon mari de ne plus boire, ou il nous faudrait laisser la voiture ici de nouveau, et nous sommes beaucoup plus loin que la fois précédente.

Les plats arrivent. Nous ouvrons la troisième bouteille de vin. Les amabilités continuent. Des questions sur la routine d'un membre du Conseil d'État de Genève, des félicitations pour mes deux articles sur le stress (« abordé de façon assez peu commune ») et d'autres encore : Est-il vrai que les prix dans l'immobilier vont s'effondrer puisque le secret bancaire disparaît et, avec lui, les milliers de banquiers qui maintenant déménagent pour Singapour ou Dubaï ? Où allons-nous passer les fêtes de fin d'année ?

J'attends que le taureau sorte dans l'arène. Mais il ne sort pas et je baisse la garde. Je bois un peu plus que je ne devrais, je commence à me sentir détendue, gaie, et justement à ce moment-là les portes du toril sont ouvertes.

« L'autre jour, je discutais avec des amis de ce sentiment idiot appelé jalousie, dit Marianne König. Vous, vous en pensez quoi ? »

Ce que nous pensons d'un sujet dont personne ne parle dans des dîners comme celui-là ? La mégère a su bien tourner sa phrase. Elle a dû passer toute la journée à y penser. Elle a appelé la jalousie un « sentiment idiot », avec l'intention de me rendre plus exposée et vulnérable.

« J'ai grandi en assistant à des scènes de jalousie terribles à la maison », dit mon mari.

Quoi ? Il parle de sa vie privée ? À une étrangère ?

« Alors je me suis promis que jamais de ma vie je ne permettrais que cela m'arrive si un jour je me mariais. Ç'a été difficile au début, parce que notre instinct est de tout contrôler, jusqu'à l'incontrôlable, comme l'amour et la fidélité. Mais j'ai réussi. Et ma femme, qui tous les jours rencontre des personnes différentes et arrive parfois à la maison plus tard que d'habitude, n'a jamais entendu une critique ou une insinuation de ma part. »

Je n'ai pas non plus entendu ce genre d'explication. Je ne savais pas qu'il avait grandi au milieu de scènes de jalousie. La mégère obtient que tous obéissent à ses ordres : allons dîner, éteins ta cigarette, parlez du sujet que j'ai choisi.

Il y a deux raisons à ce que mon mari vient de dire. La première c'est qu'il se méfie de l'invitation et qu'il tente de me protéger. La seconde : il est en train de me dire, devant tout le monde, combien je compte pour lui. Je tends la main et je touche la sienne. Je n'imaginais pas cela. J'ai pensé que tout simplement il ne s'intéressait pas à ce que je faisais.

« Et vous, Linda, vous n'êtes pas jalouse de votre mari ? »

Moi ?

Évidemment non. J'ai pleinement confiance en lui. Je pense que la jalousie est l'affaire de gens malades, manquant d'assurance, sans estime d'eux-mêmes, qui se sentent inférieurs et qui croient que n'importe qui peut menacer leur relation. Et vous ?

Marianne est prise à son propre piège.

« Je l'ai dit, je trouve ce sentiment idiot. »

Oui, elle l'a déjà dit. Mais si elle découvrait que son mari la trahit, que ferait-elle ?

Jacob est tout pâle. Il se maîtrise pour ne pas vider son verre immédiatement après ma question.

« Je crois que tous les jours il rencontre des personnes manquant d'assurance, qui doivent mourir d'ennui dans leurs propres mariages et sont destinées à une vie médiocre et répétitive. J'imagine qu'il y a des personnes comme cela dans votre travail, qui passeront directement de l'emploi de reporter à la retraite... »

Beaucoup, je réponds sans aucune émotion dans la voix. Je me sers un peu plus de fondue. Elle me regarde fixement dans les yeux, je *sais* qu'elle parle de moi, mais je ne veux pas que mon mari se méfie de quoi que ce soit. Je me fiche complètement d'elle et de Jacob, qui n'a sans doute pas supporté la pression et a tout avoué.

Mon calme me surprend. Peut-être est-ce le vin, ou le monstre réveillé qui s'amuse de tout cela. Peut-être est-ce le grand plaisir de pouvoir affronter cette femme qui croit tout savoir.

Continuez, je demande, tandis que je mêle le morceau de pain au fromage fondu.

« Comme vous le savez, ces femmes mal-aimées ne sont pas une menace pour moi. Contrairement à vous

245

deux, je n'ai pas une confiance totale en Jacob. Je sais qu'il m'a déjà trahie quelques fois, parce que la chair est faible… »

Jacob rit, nerveux, boit encore une gorgée de vin. La bouteille est terminée, Marianne fait signe au garçon, pour en demander une autre.

« … mais je tâche de voir ça comme faisant partie d'une relation normale. Si mon homme n'est pas désiré et harcelé par ces vagabondes, c'est qu'il doit être totalement inintéressant. Plutôt que de la jalousie, savez-vous ce que je sens ? Un désir fou. Très souvent je me déshabille, je m'approche de lui nue, j'écarte les jambes et je lui demande de me faire exactement ce qu'il a fait avec elles. Quelquefois je lui demande de me raconter comment c'était et cela me fait jouir plusieurs fois pendant notre rapport.

— Ce sont les fantasmes de Marianne, dit Jacob, pas très convaincant. Elle invente ces choses. L'autre jour, elle m'a demandé si j'aimerais aller dans un club échangiste à Lausanne. »

Bien sûr il ne plaisantait pas, mais tout le monde rit, elle y compris.

Je découvre horrifiée que Jacob adore être traité de « macho infidèle ». Mon mari semble très intéressé par la réponse de Marianne et il lui demande de parler un peu plus de ce désir qu'elle ressent en apprenant ses aventures extraconjugales. Il demande l'adresse du club échangiste et me fixe avec les yeux brillants. Il dit qu'il est temps que nous expérimentions des choses différentes. Je ne sais pas s'il tente de contrôler le climat quasi insupportable qui règne à la table ou si de fait il s'intéresse à de nouvelles expériences.

Marianne dit qu'elle n'a pas l'adresse, mais s'il lui donne son téléphone, elle lui enverra un message.

C'est l'heure d'entrer en action. Je dis que, en général, les personnes jalouses cherchent à montrer exactement le contraire en public. Elles adorent faire des insinuations pour voir si elles obtiennent quelque information au sujet du comportement de leur partenaire, mais elles sont naïves de croire qu'elles y parviendront. Moi, par exemple, je pourrais avoir une liaison avec votre mari et vous ne le sauriez jamais, parce que je ne suis pas assez idiote pour tomber dans ce piège.

Le ton de ma voix s'altère un peu. Mon mari me regarde, surpris de ma réponse.

« Mon amour, tu ne crois pas que tu vas un peu trop loin ? »

Non, je ne crois pas. Ce n'est pas moi qui ai commencé cette conversation et je ne sais pas où Mme König veut en venir. Mais depuis que nous sommes entrés ici, elle ne cesse pas d'insinuer des choses et j'en ai marre. D'ailleurs, tu n'as pas remarqué la façon dont elle me regardait tout le temps pendant qu'elle nous faisait parler d'un sujet qui n'intéresse personne à cette table, sauf elle ?

Marianne me regarde, épouvantée. Je pense qu'elle ne s'attendait pas à cette réaction, parce qu'elle a l'habitude de tout contrôler.

Je dis que j'ai connu beaucoup de gens d'une jalousie obsessionnelle, pas parce qu'ils pensent que leur mari ou leur épouse commet l'adultère, mais parce qu'ils ne sont pas tout le temps le centre des attentions, comme ils l'aimeraient. Jacob appelle le garçon et demande l'addition. Parfait. Après tout, ce sont eux qui nous ont invités et ils doivent supporter les frais.

Je regarde ma montre et je feins une grande surprise : l'heure que nous avons donnée à la nounou est passée ! Je me lève, je remercie pour le dîner et je vais jusqu'au portemanteau attraper ma veste. La conversation porte maintenant sur les enfants et les responsabilités qu'ils entraînent.

« Est-ce qu'elle a vraiment pensé que je parlais d'elle, entends-je Marianne demander à mon mari.

– Bien sûr que non. Il n'y aurait aucune raison. »

Nous sortons dans le froid sans parler. Je suis en colère, anxieuse et j'explique de façon compulsive que oui, elle parlait de moi, cette femme est tellement névrosée que le jour des élections, elle avait déjà fait plusieurs allusions. Elle veut toujours se montrer, elle doit mourir de jalousie à cause d'un idiot qui a l'obligation de bien se comporter et qu'elle contrôle d'une main de fer pour qu'il ait un avenir en politique, même si en réalité c'est elle qui aimerait être dans l'hémicycle, à dire ce qui est juste ou injuste.

Mon mari affirme que j'ai trop bu et qu'il vaut mieux que je me calme.

Nous passons devant la cathédrale. Une brume couvre de nouveau la ville et on se croirait dans un film d'horreur. J'imagine que Marianne m'attend au coin d'une rue avec un poignard comme au temps où Genève était une cité médiévale, constamment en lutte avec les Francs.

Ni le froid ni la marche ne me calment. Nous prenons la voiture et, en arrivant à la maison, je vais droit à la chambre et j'avale deux comprimés de Valium, pendant que mon mari paie la nounou et met les enfants au lit.

Je dors dix heures d'affilée. Le lendemain, quand je me lève pour la routine matinale, je commence à trouver que mon mari est un peu moins affectueux. C'est un changement quasi imperceptible, pourtant quelque chose hier l'a mis mal à l'aise. Je ne sais pas bien quoi faire, je n'ai jamais pris deux calmants à la fois. Je suis dans une espèce de léthargie qui ne ressemble en rien à celle que provoquaient la solitude et le malheur.

Je pars au travail et, automatiquement, je vérifie mon téléphone mobile. Il y a un message de Jacob. J'hésite à l'ouvrir, mais la curiosité est plus forte que la haine.

Il a été envoyé ce matin, très tôt.

« Tu as tout gâché. Elle n'imaginait même pas qu'il y ait quelque chose entre nous, mais maintenant elle en a la certitude. Tu es tombée dans un piège qu'elle n'a pas dressé. »

Je dois passer à ce minable supermarché et faire des courses pour la maison, comme une femme mal-aimée et frustrée. Marianne a raison : je ne suis que ça ; et un passe-temps sexuel pour le toutou stupide qui dort dans le même lit qu'elle. Je conduis dangereusement parce que je n'arrive pas à cesser de pleurer et les larmes m'empêchent de bien voir les autres voitures. J'entends des coups de klaxon et des protestations ; je tente d'aller moins vite, j'entends d'autres klaxons et d'autres protestations.

Si c'était une stupidité de laisser Marianne soupçonner quelque chose, il était encore plus stupide de mettre en danger tout ce que j'ai – mon mari, ma famille, mon travail.

Tandis que je conduis, sous l'effet retardé de deux calmants et les nerfs à fleur de peau, je comprends que maintenant je suis aussi en train de risquer ma vie. Je me gare dans une rue latérale et je pleure. Mes sanglots sont tellement bruyants que quelqu'un s'approche et me demande si j'ai besoin d'aide. Je dis que non et la personne s'éloigne. Mais la vérité c'est que j'ai besoin d'aide

– et de beaucoup. Je suis plongée à l'intérieur de moi, dans une mer de boue, et je n'arrive pas à nager.

Je crève de haine. J'imagine que Jacob s'est déjà remis du dîner d'hier et ne voudra plus jamais me voir. C'est ma faute, parce que j'ai voulu dépasser mes limites, croyant toujours que j'étais suspecte, que tout le monde se méfiait de ce que je faisais. C'est peut-être une bonne idée de l'appeler et de m'excuser, mais je sais qu'il ne me répondra pas. Peut-être serait-ce encore mieux d'appeler mon mari et de voir si tout va bien ? Je connais sa voix, je sais quand il est irrité et tendu, bien qu'il soit parfaitement maître de lui. Mais je ne veux pas savoir. J'ai très peur. J'ai la nausée, les mains crispées sur le volant et je m'autorise à pleurer aussi fort que je peux, à crier, à faire un scandale dans le seul endroit au monde où je suis en sécurité : ma voiture. La personne qui s'est approchée me regarde maintenant de loin, craignant que je ne fasse une bêtise. Non, je ne ferai rien. Je veux seulement pleurer. Ce n'est pas trop demander, si ?

Je sens que je me suis abusée. Je veux revenir en arrière, seulement c'est impossible. Je veux établir un plan pour récupérer le terrain perdu, mais je n'arrive pas à réfléchir. Je ne fais que pleurer, sentir la honte et la haine.

Comment ai-je pu être aussi ingénue ? Croire que Marianne me regardait et parlait de choses qu'elle savait déjà ? Parce que je me sentais coupable, criminelle. Je voulais l'humilier, la détruire devant son mari, pour qu'il ne me voie plus seulement comme une distraction. Je sais que je ne l'aime pas, mais il me rendait peu à peu la joie perdue et m'éloignait du puits de solitude

251

dans lequel je pensais avoir coulé jusqu'au cou. Et maintenant je comprends que ces jours s'en sont allés à tout jamais. Je dois revenir à la réalité, au supermarché, aux journées toujours semblables, à la sécurité de ma maison – auparavant tellement importante pour moi, mais qui s'est transformée en prison. Je dois rassembler les débris de moi qui sont restés. Peut-être avouer à mon mari tout ce qui s'est passé.

Je sais qu'il comprendra. C'est un homme bon, intelligent, qui a toujours mis la famille en première place. Mais s'il ne comprend pas ? S'il décide que ça suffit, que nous arrivons à la limite et qu'il est lassé de vivre avec une femme qui se plaignait de dépression et maintenant regrette d'avoir été abandonnée par son amant ? Les sanglots diminuent et je commence à penser. Bientôt le travail m'attend, et je ne peux pas passer toute la journée dans cette ruelle remplie de foyers de couples heureux, avec des décorations de Noël aux portes, des gens qui vont et viennent sans remarquer que je suis là, à voir mon univers s'écrouler sans pouvoir rien faire.

Je dois réfléchir. Il me faut établir une liste de priorités. Est-ce que dans les prochains jours, mois et années, je parviendrai à faire semblant d'être une femme dévouée, et non un animal blessé ? La discipline n'a jamais été mon fort, mais je ne peux pas me comporter comme une déséquilibrée.

Je sèche mes larmes et je regarde devant moi. Est-il temps de faire démarrer la voiture ? Pas encore. J'attends un peu plus. S'il existe une seule raison d'être heureuse de ce qui s'est passé, c'est que j'étais fatiguée de vivre dans le mensonge. Jusqu'à quel point mon mari ne se méfie-t-il pas ? Les hommes sentent-ils quand les femmes feignent l'orgasme ? C'est possible, mais je n'ai aucun moyen de le savoir.

Je sors de la voiture, je paie le stationnement pour plus longtemps que nécessaire, ainsi puis-je marcher sans but. Je téléphone au travail et donne un prétexte misérable : un des enfants a eu la diarrhée et je dois le conduire chez le médecin. Mon chef me croit, après tout, les Suisses ne mentent pas.

Mais moi je mens. J'ai menti tous les jours. J'ai perdu mon amour-propre et je ne sais plus où je mets les pieds. Les Suisses vivent dans le monde réel. Je vis dans un monde fantasmé. Les Suisses savent résoudre leurs problèmes. Incapable de résoudre les miens, j'ai créé une situation dans laquelle j'avais la famille idéale et l'amant parfait.

*

Je marche dans cette ville que j'aime, avec ses magasins qui – à l'exception des quartiers pour touristes – semblent restés identiques depuis les années 1950 et ne pas avoir la moindre intention de se moderniser. Il fait froid, mais grâce à Dieu il ne vente pas, ce qui rend la température supportable. Pour tenter de me distraire et de me calmer, je m'arrête dans une librairie, dans une boucherie et dans une boutique de vêtements. Chaque fois que je ressors dans la rue, je sens que la basse température contribue à éteindre le feu que je suis devenue.

Est-il possible d'apprendre à aimer l'homme qui convient ? Oui, bien sûr. Le problème est d'arriver à oublier l'homme qui ne convient pas, qui est entré sans demander la permission parce qu'il passait et a vu que la porte était ouverte.

Que voulais-je exactement avec Jacob ? Je savais depuis le début que notre relation était condamnée, même si je ne pouvais pas imaginer qu'elle finirait d'une manière aussi humiliante. Peut-être ne voulais-je que ce que j'ai eu : l'aventure et la joie. Ou peut-être voulais-je davantage – habiter avec lui, l'aider à progresser dans sa carrière, lui donner le soutien qu'il paraissait ne plus recevoir de son épouse, l'affection qu'il s'est plaint de ne pas avoir dans une de nos premières rencontres. L'arracher de chez lui comme on arrache une fleur du jardin d'autrui, et le planter dans mon terrain, même en sachant que les fleurs ne résistent pas à ce genre de traitement.

Je suis saisie d'une vague de jalousie, mais cette fois il n'y a pas de larmes à verser, seulement la rage. Je cesse de marcher et je m'assois sur le banc d'un arrêt de bus quelconque. Je regarde les gens qui arrivent et partent, tous très occupés dans leurs mondes tellement petits qu'ils tiennent sur l'écran d'un mobile, duquel ils ne décollent pas les yeux et les oreilles.

Les bus vont et viennent. Les gens descendent et marchent en se hâtant, peut-être à cause du froid. D'autres montent lentement, n'ayant pas envie d'arriver à la maison, au travail, à l'école. Mais personne ne manifeste colère ou enthousiasme, ils ne sont ni heureux ni tristes, ils sont seulement des âmes perdues accomplissant mécaniquement la mission que l'univers leur a destinée le jour de leur naissance.

Au bout d'un certain temps, j'arrive à me détendre un peu. J'ai identifié quelques pièces de mon casse-tête intérieur. L'une d'elles est justement la raison de cette haine qui vient et va, comme les bus de cet arrêt. Il se peut que j'aie perdu ce qui m'était le plus important dans la vie : ma famille. J'ai perdu la bataille de la quête du bonheur, et cela non seulement m'humilie, mais m'empêche de voir le chemin devant moi.

Et mon mari ? Je dois avoir une conversation franche avec lui ce soir, tout avouer. J'ai l'impression que cela me libérera, même si j'en subis les conséquences. Je suis lassée de mentir – à lui, à mon chef, à moi-même.

Seulement je ne veux pas y penser maintenant. Plus que toute autre chose, c'est la jalousie qui dévore mes pensées. Je ne peux pas me lever de cet arrêt de bus parce que j'ai découvert qu'il y avait des chaînes attachées à mon corps. Elles sont lourdes et difficiles à traîner.

Cela veut-il dire qu'elle aime entendre des histoires d'infidélité quand elle est au lit avec son mari, faisant les mêmes choses qu'il faisait avec moi ? Quand il a attrapé le préservatif sur la table de nuit, notre première fois, j'aurais dû conclure qu'il y avait d'autres femmes. Par la manière dont il m'a possédée, j'aurais dû savoir que je n'étais qu'une de plus. Très souvent je suis sortie de cet hôtel maudit avec cette sensation, me disant que je ne le reverrais pas – et consciente que c'était encore un de mes mensonges et que, s'il téléphonait, je serais toujours prête, le jour et à l'heure qu'il voudrait.

Oui, je savais tout ça. Et j'essayais de me convaincre que j'étais seulement en quête de sexe et d'aventure.

Mais ce n'était pas vrai. Aujourd'hui je comprends que, bien que j'aie refusé de l'admettre dans toutes mes nuits d'insomnie et mes jours vides, j'étais amoureuse, oui. Éperdument amoureuse.

Je ne sais pas quoi faire. J'imagine – en réalité, je suis certaine – que toutes les personnes mariées ont toujours une attirance secrète pour quelqu'un. C'est interdit, et flirter avec l'interdit est ce qui donne du sel à la vie. Mais rares sont ceux qui vont plus loin : un sur sept, comme disait l'article que j'ai lu dans le journal. Et je pense qu'un sur cent seulement est capable de se méprendre au point de se laisser emporter par le fantasme comme je l'ai fait. Pour la plupart, ce n'est autre qu'une passade, dont on sait dès le début qu'elle ne durera pas. Un peu d'émotion pour rendre le sexe plus érotique et entendre crier « je t'aime » au moment de l'orgasme. Rien de plus que cela.

Et si c'était mon mari qui s'était trouvé une maîtresse, comment réagirais-je ? Ce serait radical. Je dirais que la vie est injuste avec moi, que je ne vaux rien, que je vieillis, je ferais un scandale, je pleurerais sans arrêt de jalousie, qui en réalité serait de l'envie – il y arrive, et moi, non. Je sortirais en claquant la porte sur-le-champ, et j'irais avec les enfants chez mes parents. Deux ou trois mois plus tard, je regretterais, cherchant un prétexte pour revenir et imaginant qu'il désirerait la même chose. Après quatre mois, je serais effrayée par l'hypothèse d'avoir à tout recommencer. En cinq mois, j'aurais un moyen de demander à revenir, « pour le bien des enfants », mais il serait trop tard : il habiterait avec sa maîtresse, beaucoup plus jeune et pleine d'énergie, jolie, qui a commencé à redonner du piment à sa vie.

Le téléphone sonne. Mon chef demande comment va mon fils. Je dis que je suis à un arrêt de bus et que je n'entends pas parfaitement, mais il va bien, j'arriverai bientôt au journal.

Une personne effrayée ne voit jamais la réalité en face. Elle préfère se réfugier dans ses fantasmes. Je ne peux pas rester dans cet état plus d'une heure, je dois me recomposer. Le travail m'attend et cela m'aide peut-être.

Je quitte l'arrêt de bus et je commence à retourner vers ma voiture. Je regarde les feuilles mortes sur le sol. Je pense qu'à Paris elles auraient déjà été ramassées. Mais nous sommes à Genève, une ville beaucoup plus riche, et elles sont encore là. Un jour ces feuilles ont fait partie d'un arbre, qui maintenant s'est mis en veille et se prépare pour une saison de repos. L'arbre a-t-il par hasard de la considération pour ce manteau vert qui le couvrait, le nourrissait et lui permettait de respirer ? Non. A-t-il pensé aux insectes qui vivaient là et qui contribuaient à la pollinisation des fleurs, gardant la nature en vie ? Non. L'arbre ne pense qu'à lui : il se débarrasse de certaines choses, comme les feuilles et les insectes, quand c'est nécessaire.

Je suis une de ces feuilles sur le sol de la ville, qui a toujours cru qu'elle serait éternelle et est morte sans savoir exactement pourquoi ; qui a aimé le soleil et la lune et vu très longtemps ces bus qui passent, ces tramways bruyants, et que personne n'a jamais eu la délicatesse de prévenir que l'hiver existait. Elles en ont profité au maximum, et puis un jour, elles ont jauni et l'arbre leur a dit adieu.

Il n'a pas dit au revoir, mais adieu, sachant qu'elles ne reviendraient plus jamais. Il a demandé l'aide du vent pour les détacher de ses branches et les emporter bien loin. L'arbre sait qu'il ne pourra grandir que s'il parvient à se reposer. Et s'il grandit, il sera respecté. Et il pourra produire des fleurs encore plus belles.

*

Assez. La meilleure thérapie pour moi maintenant est le travail, parce que j'ai déjà pleuré toutes les larmes que j'avais et j'ai pensé à tout ce à quoi je devais penser. Pourtant je n'ai réussi à me délivrer de rien.

Je me mets en mode automatique, j'arrive à la rue où je me suis garée et je trouve un de ces agents en uniforme rouge et bleu en train de scanner la plaque de ma voiture avec une machine.

« Le véhicule est à vous ? »

Oui.

Il continue son travail. Je ne dis rien. La plaque scannée est déjà entrée dans le système, envoyée à la centrale, elle fera l'objet d'une procédure et produira une correspondance avec le sceau discret de la police dans la fenêtre en cellophane des enveloppes officielles. J'aurai trente jours pour payer les 100 francs suisses, mais je peux aussi contester l'amende et dépenser 500 francs en frais d'avocat.

« Vous avez dépassé de vingt minutes. La période maximale ici est d'une demi-heure. »

Je consens de la tête. Je constate qu'il est surpris – je ne l'implore pas d'arrêter, affirmant que je ne le ferai plus, et je ne me suis pas précipitée pour l'interrompre quand je l'ai vu là. Je n'ai eu aucune des réactions auxquelles il est habitué.

Il retire un ticket de la machine qui a scanné la plaque de ma voiture, comme si nous étions dans un supermarché. Il le range dans une enveloppe en plastique (pour le protéger des intempéries) et se dirige vers le pare-brise pour le coincer sous l'essuie-glace. Je presse le bouton sur la clé et les lumières clignotent, indiquant que la portière est ouverte.

Il se rend compte qu'il était sur le point de faire une bêtise, mais comme moi, il est en mode automatique. Le son des portières désentravées le réveille, alors il s'approche de moi et me tend l'amende.

Nous nous en sortons tous les deux contents. Lui parce qu'il n'a pas eu à subir des réclamations ; moi parce que j'ai reçu un peu de ce que je mérite : une punition.

J e ne sais – mais je le découvrirai bientôt – si mon mari exerce un suprême self-control ou si réellement il n'accorde pas la moindre importance à ce qui s'est passé.

J'arrive à la maison à l'heure, après encore un jour de travail durant lequel j'ai tiré au clair les choses les plus triviales du monde : entraînement de pilotes, excès de sapins de Noël sur le marché, introduction de commandes électroniques aux croisements de la voie ferrée. Cela m'a donné une joie immense, parce que je n'étais pas en condition physique ni psychologique pour penser beaucoup.

Je prépare le dîner comme si c'était encore une soirée de routine parmi les milliers que nous avons vécues ensemble. Nous passons un moment à regarder la télévision. Les enfants montent dans leur chambre, attirés par leurs tablettes et leurs jeux dans lesquels ils tuent des terroristes ou des militaires, cela dépend du jour.

Je mets les assiettes dans le lave-vaisselle. Mon mari va tenter de coucher nos enfants. Jusqu'à présent nous n'avons parlé que d'obligations. Je ne saurais dire s'il en a toujours été ainsi et que je ne l'ai jamais remarqué, ou s'il est particulièrement bizarre aujourd'hui. Je le découvrirai bientôt.

Pendant qu'il est en haut, j'allume la cheminée pour la première fois cette année ; contempler le feu me tranquillise. Je vais révéler quelque chose dont j'imagine qu'il le sait déjà, mais j'ai besoin de tous les alliés possibles. Alors, j'ouvre aussi une bouteille de vin. Je prépare un plateau de fromages. Je bois mon premier verre et je regarde fixement les flammes. Je ne me sens pas anxieuse et je n'ai pas peur. Assez de cette double vie. Quoi qu'il arrive aujourd'hui, ce sera mieux pour moi. Si notre mariage doit prendre fin, que ce soit ainsi : un jour d'automne, avant Noël, en regardant la cheminée et en conversant comme des personnes civilisées.

Il descend, voit la scène préparée et ne pose pas de question. Il s'installe seulement à côté de moi sur le sofa et regarde lui aussi le feu. Il boit son verre de vin et je me prépare à le remplir à nouveau, mais il fait un geste de la main, indiquant que c'est suffisant.

Je fais une remarque stupide : la température aujourd'hui est en dessous de zéro. Il acquiesce de la tête.

Apparemment, je devrai prendre l'initiative.

Je regrette vraiment ce qui s'est passé au dîner d'hier…

« Ce n'était pas ta faute. Cette femme est très bizarre. Je t'en prie, ne m'invite plus à ces rencontres. »

Sa voix paraît calme. Mais tout le monde apprend, même les enfants, qu'avant les pires tempêtes il y a un moment où le vent tombe et où tout donne l'impression d'être absolument normal.

Je reviens sur le sujet. Marianne manifestait de la jalousie en se cachant derrière le masque de la femme avancée et libérale.

« C'est vrai. La jalousie est ce sentiment qui nous dit : "Tu peux perdre tout ce que tu as fait tant d'efforts pour obtenir." Il nous rend aveugles à tout le reste, à ce que nous vivons avec joie, aux moments heureux et aux liens créés durant ces moments. Comment la haine peut-elle effacer toute l'histoire d'un couple ? »

Il prépare le terrain pour que je dise tout ce que j'ai à dire. Il poursuit :

« Tout le monde connaît ces jours où l'on se dit : "Bon, ma vie n'est pas exactement en accord avec mes attentes." Mais si la vie te demandait ce que tu as fait pour elle, quelle serait ta réponse ? »

Cette question est pour moi ?

« Non. Je me la pose à moi-même. Rien n'arrive sans effort. Il faut avoir la foi. Et, pour cela, nous devons faire tomber les barrières du préjugé, ce qui exige du courage. Pour avoir du courage, il faut maîtriser la peur. Et ainsi de suite. Faisons la paix avec nos jours. Nous ne pouvons pas oublier que la vie est de notre côté. Elle aussi veut être meilleure. Aidons-la ! »

Je me sers un autre verre de vin. Il remet du bois dans le feu. Quand aurai-je le courage d'avouer ?

Mais lui, il ne semble pas disposé à me laisser parler.

« Rêver n'est pas aussi simple qu'il y paraît. Au contraire. Cela peut être dangereux. Quand nous rêvons, nous mettons en marche des énergies puissantes et nous ne pouvons plus nous cacher le vrai sens de nos vies. Quand nous rêvons, nous faisons aussi le choix du prix à payer. »

Maintenant. Plus je tarde, plus je nous causerai de souffrance à tous les deux.

Je lève mon verre, je porte un toast et je dis qu'il y a une cause de grand malaise dans mon âme. Il répond que nous en avons déjà parlé au *Vallon*, quand j'ai ouvert mon cœur et parlé de ma crainte d'être déprimée. J'explique que ce n'est pas à cela que je fais allusion.

Il m'interrompt et poursuit son raisonnement :

« Courir après un rêve, cela a un prix. Cela peut exiger que nous abandonnions nos habitudes, cela peut nous faire traverser des difficultés, cela peut nous conduire à des déceptions, etc. Mais aussi élevé que soit le prix, ce n'est jamais aussi cher que le prix payé par celui qui n'a pas vécu. Parce que cette personne va un jour regarder en arrière et elle entendra son propre cœur dire : "J'ai gaspillé ma vie." »

Il ne me facilite pas les choses. Supposons que ce que j'ai à dire ne soit pas une sottise, que ce soit un fait réellement concret, vrai, menaçant ?

Il rit.

« J'ai contrôlé la jalousie que je ressens envers toi et j'en suis heureux. Sais-tu pourquoi ? Parce que je dois toujours me montrer digne de ton amour. Je dois lutter pour notre mariage, pour notre union, et cela n'a rien à voir avec nos enfants. Je t'aime. Je supporterais tout, absolument n'importe quoi, pour t'avoir toujours à mes côtés. Mais je ne peux pas t'empêcher de partir un jour. Donc si ce jour arrive, tu seras libre de t'en aller et de chercher ton bonheur. Mon amour pour toi est plus fort que tout et jamais je ne t'empêcherai d'être heureuse. »

Mes yeux se remplissent de larmes. Jusqu'à maintenant je ne sais toujours pas de quoi il parle. Si c'est seulement une conversation au sujet de la jalousie, ou s'il m'envoie un message.

« Je n'ai pas peur de la solitude, poursuit-il. J'ai peur de vivre en m'illusionnant, en regardant la réalité comme il me plairait qu'elle soit, et non comme elle est vraiment. »

Il me prend la main.

« Tu es une bénédiction dans ma vie. Il se peut que je ne sois pas le meilleur mari du monde, parce que je ne montre jamais mes sentiments. Et je sais que cela te manque. Je sais aussi que, pour cette raison, tu peux penser que tu n'es pas importante pour moi, tu peux te sentir mal assurée, des choses de ce genre. Mais il n'en est rien. Nous devons nous asseoir plus près de la cheminée et causer de n'importe quoi, sauf de jalousie. Parce que cela ne m'intéresse pas. Il serait peut-être bon que nous partions quelque part ensemble, rien que tous les deux ? Passer le Nouvel An dans une autre ville ou même dans un endroit que nous connaissons déjà ? »

Mais les enfants ?

« Je suis certain que leurs grands-parents seraient ravis de s'en occuper. »

Et il termine :

« Quand on aime, il faut être prêt à tout. Parce que l'amour est comme un kaléidoscope, du genre dont nous nous servions pour jouer quand nous étions petits. Il est en mouvement constant et ne se répète jamais.

Qui ne comprend pas cela est condamné à souffrir pour quelque chose qui n'existe que pour nous rendre heureux. Et sais-tu ce qui est pire ? Les gens comme cette femme, toujours inquiets de ce que les autres pensent de leur mariage. Pour moi, cela n'importe pas. Seul compte ce que tu penses. »

J'appuie ma tête sur son épaule. Tout ce que j'avais à dire a perdu son importance. Il sait ce qui se passe et parvient à affronter la situation d'une manière dont je ne serais jamais capable.

« C'est simple : du moment que vous n'agissez pas de façon illégale, il est permis de gagner de l'argent sur le marché financier. »

L'ex-magnat tâche de garder la posture de l'un des hommes les plus riches du monde. Mais sa fortune s'est évaporée en moins de un an, quand les grands financiers ont découvert qu'il vendait des rêves. Je m'efforce de manifester de l'intérêt pour ce qu'il dit. Après tout, c'est moi qui ai demandé à mon chef de laisser tomber définitivement la série d'articles sur la recherche de solutions pour le stress.

Cela fait une semaine que j'ai reçu le message de Jacob disant que j'avais tout abîmé. Une semaine depuis que j'ai erré en larmes dans la rue, moment qui me sera bientôt rappelé par une contravention. Une semaine depuis cette conversation avec mon mari.

« Nous devons toujours savoir comment vendre une idée. C'est en cela que consiste la réussite de n'importe qui : savoir vendre ce qu'il désire », continue l'ex-magnat.

Mon cher, malgré votre pompe, votre aura de sérieux et la suite dans cet hôtel de luxe, malgré la vue magnifique et les costumes impeccablement coupés par un tailleur londonien, ce sourire et ces cheveux soigneusement teints de manière à laisser quelques fils blancs pour donner l'impression de « naturel » ; malgré l'assurance avec laquelle vous parlez et vous déplacez, sur un point je m'y connais mieux que vous : réussir à vendre une idée, ce n'est pas tout. Il faut trouver celui qui l'achète. Cela vaut pour les affaires, pour la politique et pour l'amour.

J'imagine, mon ex-millionnaire, que vous comprenez ce dont je parle : vous avez des graphiques, des assistants, des présentations... mais ce que veulent les gens, c'est du résultat.

L'amour aussi veut des résultats, même si tout le monde dit que non, que l'acte d'aimer se justifie par lui-même. Est-ce ainsi ? Je pourrais être en train de me promener dans le Jardin anglais, avec ma veste en peau achetée quand mon mari s'est rendu en Russie, regardant l'automne, souriant vers le ciel et disant : « J'aime, et cela suffit. » Serait-ce vrai ?

Non, bien sûr. J'aime, mais en échange je veux quelque chose de concret – main dans la main, baisers, sexe ardent, un rêve à partager, la possibilité de créer une nouvelle famille, d'éduquer mes fils, de vieillir à côté de la personne aimée.

« Nous avons besoin d'un but très clair pour chaque pas que nous faisons », explique le personnage pathétique en face de moi, avec un sourire apparemment confiant.

À ce que je vois, je suis de nouveau au bord de la folie. Je finis par rapporter absolument tout ce que j'entends ou que je lis à ma situation affective, y compris cette interview ennuyeuse avec ce type emmerdant. J'y pense 24 heures sur 24 – en marchant dans la rue, en cuisinant, ou en perdant de précieux moments de mon existence à écouter des choses qui, au lieu de me distraire, me poussent davantage vers l'abîme dans lequel je suis en train de tomber.

« L'optimisme est contagieux… »

L'ex-magnat ne cesse de parler, certain qu'il parviendra à me convaincre, que je publierai ça dans le journal et qu'il commencera sa rédemption. C'est formidable d'interviewer des gens comme lui. Il suffit de leur poser une question, et ils parlent pendant une heure. À la différence de mes conversations avec le Cubain, cette fois je ne prête pas attention au moindre mot. Le magnétophone est allumé et après je réduirai ce monologue à six cents mots, l'équivalent de plus ou moins quatre minutes de conversation.

L'optimisme est contagieux, affirme-t-il.

Si c'était le cas, il suffirait d'aller jusqu'à la personne aimée avec un immense sourire, pleine de projets et d'idées, et de savoir comment les présenter. Cela fonctionne-t-il ? Non. Ce qui est contagieux, c'est la peur, la frayeur constante de ne jamais rencontrer quelqu'un qui nous accompagne jusqu'à la fin de nos jours. Et au nom de cette peur, nous sommes capables de faire n'importe quoi, d'accepter la mauvaise personne et de nous convaincre qu'elle est la bonne, l'unique, celle que Dieu a mise sur notre chemin. En très peu de temps, la recherche de sécurité se transforme en amour sincère, les choses sont moins amères et difficiles, et nos sentiments peuvent être mis dans une boîte et repoussés au fond d'une armoire dans notre tête, où elle restera cachée et invisible à tout jamais.

« Certains disent que je suis l'un des hommes qui a le plus de relations dans mon pays. Je connais d'autres entrepreneurs, des politiciens, des industriels. Ce qui arrive à mes entreprises est temporaire. Bientôt vous assisterez à mon retour. »

Moi aussi je suis une personne qui a des relations, je connais le même genre de gens que lui. Mais je ne veux pas préparer mon retour. Je veux seulement un dénouement civilisé pour une de ces « relations ».

Parce que les choses qui ne se terminent pas clairement laissent toujours une porte ouverte, une possibilité inexplorée, une chance que tout puisse redevenir comme avant. Non, je n'y suis pas habituée, bien que je connaisse beaucoup de gens qui adorent cette situation.

Que suis-je en train de faire ? Comparer l'économie à l'amour ? Essayer d'établir des relations entre le monde de la finance et le monde affectif ?

Cela fait une semaine que je n'ai pas de nouvelles de Jacob. Cela fait aussi une semaine que ma relation avec mon mari est redevenue normale, après cette nuit devant la cheminée. Serait-ce que nous sommes arrivés, tous les deux, à remettre sur pied notre mariage ?

Jusqu'au printemps de cette année, j'étais une personne normale. Un jour j'ai découvert que tout ce que j'avais pouvait disparaître d'une heure à l'autre, et au lieu de réagir comme une femme intelligente, j'ai paniqué. Cela m'a menée à l'inertie. L'apathie. L'incapacité de réagir et de bouger. Et après des nuits d'insomnie, des jours sans trouver aucun sel à la vie, j'ai fait exactement ce que je redoutais le plus : j'ai marché à contre-courant, défiant le danger. Je sais que je ne suis pas la seule, les gens ont cette tendance à l'autodestruction. Par hasard, ou parce que la vie voulait me mettre à l'épreuve, j'ai rencontré quelqu'un qui m'a prise par les cheveux – au propre comme au figuré –, m'a secouée, a écarté la poussière qui s'était accumulée et m'a fait respirer de nouveau.

Absolument faux. C'est le genre de bonheur que les toxicomanes doivent trouver quand ils se droguent. Tôt ou tard, l'effet passe, et le désespoir grandit encore.

L'ex-magnat commence à parler d'argent. Je ne lui ai rien demandé, mais il en parle. Il a un immense besoin de dire qu'il n'est pas pauvre, qu'il peut maintenir son style de vie pendant des décennies.

Je n'en peux plus de rester là. Je le remercie pour l'interview, j'éteins le magnétophone et je vais prendre ma veste.

« Vous êtes libre ce soir ? Nous pourrions prendre un verre et terminer cette conversation. »

Ce n'est pas la première fois que cela arrive. En réalité, c'est presque une règle avec moi. Je suis jolie et intelligente – même si Mme König ne l'admet pas – et j'ai déjà usé de mon charme pour obtenir que certaines personnes parlent de choses que normalement elles ne diraient pas à des journalistes, les prévenant toujours que je pourrais tout publier. Mais les hommes… Ah, les hommes ! Ils font leur possible et l'impossible pour cacher leurs fragilités, et n'importe quelle gamine de 18 ans parvient à les manipuler sans trop d'effort.

Je le remercie pour l'invitation et je dis que j'ai déjà un engagement pour ce soir. Je suis tentée de lui demander comment sa plus récente petite amie a réagi à la vague de nouvelles négatives à son sujet et à l'effondrement de son empire. Mais je peux l'imaginer et cela n'intéresse pas le journal.

*

Je sors, je traverse la rue et je vais jusqu'au Jardin anglais où, un moment plus tôt, j'imaginais marcher. Je vais chez un glacier traditionnel au coin de la rue du 31-Décembre. J'aime bien le nom de cette rue, car il me rappelle toujours que, tôt ou tard, une autre année va se terminer, et que je ferai de nouvelles grandes promesses pour la suivante.

Je demande une glace à la pistache et au chocolat. Je marche jusqu'au quai, je mange ma glace en regardant le symbole de Genève, le Jet d'eau qui se projette vers le ciel, créant un rideau de gouttelettes devant moi. Des touristes s'approchent et prennent des photos, qui sortiront mal éclairées. Ne serait-il pas plus facile d'acheter une carte postale ?

J'ai vu beaucoup de monuments dans le monde. Des hommes imposants dont les noms ont été oubliés, mais qui restent éternellement montés sur leurs beaux chevaux. Des femmes qui tendent leurs couronnes ou leurs épées vers le ciel, symbolisant des victoires que l'on ne connaît plus, même dans les livres scolaires. Des enfants solitaires et sans nom, sculptés dans la pierre, l'innocence perdue pour toujours durant les heures et les jours où ils ont été obligés de poser pour un artiste dont l'histoire a déjà effacé le nom.

À la fin, à de rares exceptions près, ce ne sont pas les statues qui sont la marque de la ville, mais les choses inattendues. Quand Eiffel a construit une tour en acier pour une exposition, il ne se doutait pas qu'elle deviendrait le symbole de Paris – malgré le Louvre, l'Arc de Triomphe, les imposants jardins. Une pomme représente New York. Un pont pas très fréquenté est le symbole de San Francisco. Un autre se trouve au-dessus du Tage, il est sur les cartes postales de Lisbonne. Barcelone a une cathédrale inachevée comme monument le plus emblématique.

Il en est ainsi de Genève. Justement à ce point le lac Léman rencontre le Rhône, provoquant un courant très puissant. Pour tirer profit de la force hydraulique (nous sommes les maîtres pour tirer profit des choses) une usine hydroélectrique a été construite, mais quand les ouvriers rentraient chez eux et fermaient les valves, la pression était très forte et les turbines finissaient par éclater.

Et puis un ingénieur eut l'idée de mettre sur place une fontaine, pour permettre l'écoulement de l'excès d'eau.

Avec le temps, l'ingénierie trouva une solution au problème et la fontaine devint inutile. Mais par une votation les habitants décidèrent de la garder. La ville possédait déjà beaucoup de fontaines et celle-là se trouvait au milieu d'un lac. Que faire pour la rendre visible ?

C'est ainsi que le monument mutant est né. De puissantes pompes ont été installées et de nos jours c'est un jet très fort, qui fait jaillir 500 litres d'eau par seconde, à 200 kilomètres à l'heure. On dit – et je l'ai vérifié – qu'il est visible d'un avion, à 10 000 mètres de hauteur. Il n'a pas de nom spécial ; il s'appelle « Jet d'eau », le symbole de la ville – malgré toutes les sculptures représentant des hommes à cheval, des femmes héroïques, des enfants solitaires.

Un jour j'ai demandé à Denise, une scientifique suisse, ce qu'elle pensait du Jet d'eau.

« Notre corps est presque entièrement fait d'eau, par laquelle passent les décharges électriques qui communiquent des informations. Une de ces informations est appelée amour et peut interférer dans tout l'organisme. L'amour change tout le temps. Je pense que le symbole de Genève est le plus beau monument à l'amour conçu par l'art humain, parce que lui non plus n'est jamais le même. »

J e prends mon mobile et je téléphone au cabinet de Jacob. Certes, je pourrais appeler directement sur son numéro personnel, mais je ne veux pas. Je parle avec son adjoint et je le préviens que je viens le voir.

L'adjoint me connaît. Il me prie de garder la ligne et il confirmera ensuite. Une minute plus tard, il revient et s'excuse, mais l'agenda est plein, peut-être au début de l'année qui vient ? Je dis que non, je dois le rencontrer tout de suite ; l'affaire est urgente.

« L'affaire est urgente » n'ouvre pas toujours beaucoup de portes, mais dans ce cas je suis certaine que j'ai de bonnes chances. Cette fois l'adjoint prend deux minutes. Il demande si cela peut être au début de la semaine prochaine. J'avertis que je serai là dans vingt minutes.

Jacob me demande de me rhabiller tout de suite
– après tout, son cabinet est un lieu public,
financé par l'argent de l'État et, si on le découvrait, il pourrait aller en prison. J'étudie avec attention
les murs couverts de panneaux en bois travaillé et les
belles fresques au plafond. Je reste allongée, complètement nue, sur le canapé en cuir déjà assez abîmé par
le temps.

Il est de plus en plus nerveux. Il est en costume cravate, regardant sa montre, angoissé. L'heure du déjeuner
est terminée. Son secrétaire particulier est déjà de
retour ; il a frappé discrètement à la porte, a entendu
en réponse « je suis en réunion » et n'a pas insisté.
Depuis lors quarante minutes sont passées – emportant
avec elles quelques audiences et rencontres qui ont dû
être déplacées.

Quand je suis arrivée, il m'a saluée et m'a indiqué,
d'une manière formelle, la chaise devant sa table. Je n'ai
pas eu besoin de mon intuition féminine pour sentir à
quel point il était effrayé. Quel est le motif de cette
rencontre ? Je ne comprends pas qu'il a un agenda très

chargé, parce que bientôt commenceront les vacances parlementaires et qu'il doit résoudre plusieurs affaires importantes ? N'ai-je pas lu le message qu'il m'a envoyé, disant que sa femme était maintenant convaincue qu'il y avait quelque chose entre nous ? Nous devons attendre quelque temps, laisser les choses refroidir, avant de nous revoir.

« Évidemment que j'ai tout nié. J'ai fait semblant d'être profondément choqué par ses insinuations. J'ai dit que ma dignité avait été offensée. Que j'en avais marre de cette méfiance et qu'elle pouvait interroger n'importe qui sur mon comportement. N'était-ce pas elle qui disait que la jalousie était un signe d'infériorité ? J'ai fait ce que j'ai pu et elle s'est limitée à répondre : "Cesse de faire l'imbécile. Je ne me plains de rien, je dis seulement que j'ai découvert pourquoi dernièrement tu étais si gentil et bien élevé. C'était…" »

Je ne l'ai pas laissé terminer sa phrase. Je me suis levée et je l'ai attrapé par le col. Il a cru que j'allais l'agresser. Mais au lieu de ça, je lui ai donné un long baiser. Jacob est resté sans réaction, car il avait imaginé que j'étais venue là pour faire un scandale. Mais j'ai continué à embrasser sa bouche, son cou, pendant que je dénouais le nœud de sa cravate.

Il m'a repoussée. Je l'ai giflé.

« Je dois seulement fermer d'abord la porte. Moi aussi tu me manquais. »

Il a traversé le bureau bien décoré, avec des meubles du XIXe siècle, il a tourné la clé et, quand il est revenu, j'étais déjà à moitié nue – en petite culotte.

Pendant que j'arrachais ses vêtements, il a commencé à sucer mes seins. J'ai gémi de plaisir, il a couvert ma bouche de sa main, mais j'ai rejeté la tête en arrière et j'ai continué à gémir tout bas.

Ma réputation aussi est en jeu, comme tu peux l'imaginer. Ne t'en fais pas.

C'est le seul moment où nous nous sommes arrêtés et où j'ai dit quelque chose. Ensuite je me suis mise à genoux et j'ai commencé à le sucer. De nouveau, il me tenait la tête, dictant le rythme – plus rapide, de plus en plus rapide. Mais je ne voulais pas qu'il jouisse dans ma bouche. Je l'ai repoussé et je suis allée vers le canapé en cuir, où je me suis couchée, jambes écartées. Il s'est accroupi et a commencé à lécher mon sexe. Quand j'ai eu le premier orgasme, je me suis mordu la main pour ne pas crier. La vague de plaisir semblait ne jamais finir et je continuais à me mordre la main.

Alors je l'ai appelé par son nom, je lui ai dit d'entrer en moi et de faire tout ce dont il avait envie. Il m'a pénétrée, m'a prise par les épaules et m'a secouée comme un sauvage. Il a repoussé mes jambes vers mes épaules pour pouvoir entrer plus profondément. Il a augmenté le rythme, mais je lui ai ordonné de ne pas jouir encore. J'avais besoin de plus et plus et plus.

Il m'a mise par terre, à quatre pattes comme un chien, il m'a frappée et m'a pénétrée de nouveau, tandis que je remuais la taille d'une façon incontrôlée. À ses gémissements étouffés, j'ai noté qu'il était sur le point de jouir, qu'il ne se maîtrisait plus. Je l'ai fait sortir de moi, je me suis retournée et je lui ai demandé d'entrer de nouveau, en me regardant dans les yeux, disant les cochonneries que nous adorions toujours nous dire quand nous faisions l'amour. J'ai dit les choses les plus basses qu'une femme puisse dire à un homme. Il m'appelait par mon nom tout bas, me demandant de dire que je l'aimais. Mais moi, je ne disais que des gros mots et j'exigeais qu'il me traite comme une prostituée, une moins que rien, qu'il se serve de moi comme d'une esclave, quelqu'un qui ne mérite pas le respect.

Mon corps était tout hérissé. Le plaisir venait par vagues. J'ai joui une autre fois, et encore une autre, tandis qu'il se contrôlait pour prolonger le plaisir au maximum. Nos corps se heurtaient violemment, provoquant des bruits sourds et cela ne le gênait plus que quelqu'un puisse les entendre derrière la porte.

Les yeux plongés dans les siens et entendant répéter mon nom à chaque mouvement, j'ai compris qu'il allait jouir, et il n'avait pas de préservatif. Encore une fois j'ai bougé, le faisant sortir de moi et je lui ai demandé d'éjaculer sur mon visage, dans ma bouche, et de dire qu'il m'aimait.

Jacob a fait exactement ce que je lui ordonnais, tandis que je me masturbais et jouissais en même temps que lui. Ensuite il m'a serrée contre lui, a appuyé sa tête sur mon épaule, a essuyé les coins de ma bouche avec ses mains, et a redit, plusieurs fois, qu'il m'aimait et que je lui avais beaucoup manqué.

Mais maintenant, il me demande de me rhabiller, et je ne bouge pas. Il est redevenu le petit garçon qui se conduit bien et que les électeurs admirent. Il sent qu'il y a quelque chose qui cloche, mais il ne sait pas dire quoi. Il commence à comprendre que je ne suis pas là seulement parce qu'il est un amant merveilleux.

« Tu veux quoi ? »

Mettre un point final. En terminer, même si cela me fend le cœur et me laisse émotionnellement en pièces. Le regarder dans les yeux et dire que c'est fini. Plus jamais.

La dernière semaine a été une souffrance quasi insupportable. J'ai pleuré des larmes que je n'avais pas et je me suis perdue dans des pensées dans lesquelles je me voyais emportée sur le campus de l'université où sa femme travaille, internée de force à l'asile qui s'y trouve. J'ai pensé que j'avais échoué en tout, sauf dans mon travail et comme mère. J'étais entre la vie et la mort à chaque minute, rêvant de ce que j'aurais pu vivre avec lui, si nous étions encore deux adolescents regardant ensemble vers l'avenir, comme si c'était la première fois. Mais un moment est venu où j'ai compris que j'étais arrivée à la limite du désespoir, je ne pouvais pas sombrer davantage, et quand je relevais les yeux, il y avait une seule main tendue : celle de mon mari.

Lui aussi a dû être méfiant, mais son amour a été plus fort. J'ai essayé d'être honnête, de tout lui raconter et de retirer ce poids de mes épaules, mais cela n'a pas été nécessaire. Il m'a fait voir que, indépendamment des choix que je ferais dans la vie, il serait toujours à mes côtés et que mon fardeau en était allégé.

J'ai compris que je me culpabilisais et me faisais payer pour des choses pour lesquelles il ne me condamnait pas et dont il ne me rendait pas coupable. Je me disais :

« Je ne suis pas digne de cet homme, il ne sait pas qui je suis. »

Mais il sait. C'est cela qui me permet de retrouver le respect de moi-même et de recouvrer mon amour-propre. Si un homme comme lui, qui n'aurait aucune difficulté à se trouver une compagne le lendemain de notre séparation, veut rester à mes côtés malgré tout, c'est que je vaux quelque chose ; j'ai beaucoup de valeur.

J'ai découvert que je pouvais dormir de nouveau à côté de lui sans me sentir sale et penser que je le trahissais. Je me suis sentie aimée et j'ai trouvé que je méritais cet amour.

Je me lève, je rassemble mes vêtements et je vais jusqu'à ses toilettes privatives. Il sait que c'est la dernière fois qu'il me voit nue.

Il y a un long processus de guérison devant nous, je continue en retournant au cabinet. J'imagine qu'il ressent la même chose, mais j'ai la certitude que tout ce que veut Marianne c'est que cette aventure se termine, pour qu'elle puisse de nouveau le serrer contre elle avec le même amour et la même assurance qu'autrefois.

« Oui, mais elle ne me dit rien. Elle a compris ce qui se passait et s'est fermée encore plus. Elle n'a jamais été affectueuse, et maintenant elle ressemble à un automate, se consacrant à son travail plus que jamais. C'est sa manière de fuir. »

Je rajuste ma jupe, je mets mes chaussures, je sors un paquet de mon sac et je le laisse sur sa table.

« Qu'est-ce que c'est ? »

De la cocaïne.

« Je ne savais pas que tu… »

Il n'a pas besoin de savoir, je pense. Il n'a pas besoin de savoir jusqu'où j'étais prête à aller pour lutter pour l'homme dont j'étais éperdument amoureuse. La passion est encore là, mais la flamme faiblit de jour en jour. Je sais qu'elle finira par s'éteindre complètement. Toute rupture est douloureuse et je peux sentir cette douleur dans chaque fibre de mon corps. C'est la dernière fois que nous nous voyons seul à seul. Nous nous reverrons dans des fêtes et des cocktails, dans des élections et des interviews collectives, mais jamais plus nous ne serons comme nous l'avons été aujourd'hui. Ç'a été formidable de faire l'amour de cette façon et de terminer comme nous avons commencé : totalement abandonnés l'un à l'autre. Je savais que c'était la dernière fois ; lui non, mais il ne pouvait rien dire.

« Que dois-je en faire ? »

Jette. Cela m'a coûté une petite fortune, mais jette. Ainsi tu me libéreras du vice.

Je n'explique pas de quel vice je parle exactement. Il a un nom : Jacob König.

Je vois son expression de surprise et je souris. Je prends congé avec trois bisous sur la joue et je sors.

Dans la salle d'attente, je me tourne vers son adjoint et lui fais un signe. Il détourne le regard, feint d'être concentré sur une pile de papiers et murmure seulement un mot d'adieu.

Quand je suis sur le trottoir, j'appelle mon mari et je lui dis que je préfère passer le réveillon à la maison, avec les enfants. S'il veut aller quelque part, que ce soit à Noël.

« Nous allons faire un tour avant le dîner ? »
J'acquiesce de la tête, mais je ne bouge pas.
Je regarde fixement le parc devant l'hôtel et, plus loin, la Jungfrau, perpétuellement enneigée, illuminée par le soleil de l'après-midi.

Le cerveau humain est fascinant : nous oublions une odeur avant de la sentir de nouveau, nous effaçons une voix de notre mémoire avant de l'entendre une nouvelle fois, et même les émotions qui paraissaient enterrées à tout jamais peuvent se réveiller quand nous retournons au même endroit.

Je fais un retour dans le temps, à l'époque où nous sommes venus à Interlaken pour la première fois. Nous étions descendus dans un hôtel bon marché, nous avions marché d'un lac à l'autre plusieurs fois, et c'était toujours comme si nous découvrions un nouveau chemin. Mon mari allait courir un marathon un peu spécial dont une grande partie du parcours se trouve dans les montagnes. J'étais fière de son esprit d'aventure, de sa volonté de conquérir l'impossible, d'exiger toujours plus de son corps.

Il n'était pas le seul fou à faire cela : il venait des gens de tous les coins du monde, les hôtels étaient bondés, et l'on fraternisait dans les nombreux bars et restaurants de la petite ville de 5 000 habitants. Je ne sais pas comment est Interlaken en automne, mais de ma fenêtre elle paraît plus vide, plus lointaine.

Cette fois, nous descendons dans le meilleur hôtel. Nous avons une belle suite. Sur la table se trouve la carte du directeur, qui nous salue et nous offre une bouteille de champagne, que nous vidons.

Il m'appelle. Je reviens à la réalité et nous descendons pour marcher un peu dans les rues avant la tombée de la nuit.

*

S'il me demande si je vais bien, je vais mentir, car je ne veux pas gâcher sa joie. Mais la vérité c'est que les blessures dans mon cœur ont du mal à cicatriser. Il me rappelle le banc où nous nous sommes assis pour prendre un café un matin et où nous avons été abordés par un couple de néo-hippies étrangers demandant de l'argent. Nous passons devant une église, les cloches sonnent, il m'embrasse et je lui rends son baiser, faisant tout pour cacher ce que je ressens.

Nous ne nous promenons pas main dans la main à cause du froid – les gants me font mal. Nous nous arrêtons dans un bar sympathique et nous buvons un peu. Nous allons jusqu'à la gare. Il achète le même souvenir que l'autre fois – un briquet avec le symbole de la ville. À l'époque, il fumait et courait des marathons.

Aujourd'hui il ne fume plus et il trouve que son souffle diminue de jour en jour. Il est toujours haletant quand nous marchons vite et, bien qu'il ait tenté de le cacher, j'ai noté qu'il était plus fatigué que la normale quand nous courions au bord du lac, à Nyon.

Mon téléphone vibre. Je mets une éternité à le trouver dans mon sac. Quand j'y arrive, la personne a raccroché. Sur l'écran, l'avis d'appel manqué montre que c'était mon amie, celle qui a eu une dépression et, grâce aux médicaments, est aujourd'hui de nouveau une personne heureuse.

« Si tu veux rentrer, cela ne me dérange pas. »

Je demande pourquoi je devrais rentrer. N'est-il pas heureux en ma compagnie ? Veut-il être interrompu par des personnes qui n'ont rien d'autre à faire que passer des heures au téléphone, dans des conversations absolument sans importance ?

Lui aussi se met en colère contre moi. C'est peut-être l'effet de la bouteille de champagne ajoutée aux deux verres d'eau-de-vie que nous venons de boire. Son irritation me calme et me met à l'aise : je marche à côté d'un être humain, avec des émotions et des sentiments.

Interlaken est étrange sans le marathon, je remarque. On dirait une ville fantôme.

« Ici il n'y a pas de pistes de ski. »

Il ne pourrait pas y en avoir. Nous sommes au milieu d'une vallée, avec de très hautes montagnes des deux côtés et les lacs aux extrémités.

Il commande deux autres verres de genièvre. Je suggère que nous changions de bar, mais il est décidé à

284

combattre le froid avec de l'alcool. Il y a longtemps que nous n'avons pas fait cela.

« Je sais que dix ans seulement ont passé, mais quand nous sommes venus ici pour la première fois, j'étais jeune. J'avais des ambitions, j'aimais les grands espaces, et je ne me laissais pas intimider par l'inconnu. Est-ce que j'ai beaucoup changé ? »

Tu n'as que 30 ans. Est-ce vieux ?

Il ne répond pas. Il avale l'alcool d'un seul trait et reste à regarder le vide. Il n'est plus le mari parfait et, aussi incroyable que cela paraisse, cela me réjouit.

Nous sortons du bar et nous retournons à l'hôtel. Sur le chemin il y a un beau et charmant restaurant, mais nous avons déjà réservé ailleurs. Il est encore très tôt – la plaque informe que le dîner n'est servi qu'à partir de dix-neuf heures.

« Allons boire un autre genièvre. »

Qui est cet homme à côté de moi ? Serait-ce qu'Interlaken a réveillé des souvenirs perdus et que la boîte de la terreur a été ouverte ?

Je ne dis rien. Et je commence à avoir peur.

Je lui demande si nous devons annuler notre réservation au restaurant italien et dîner ici.

« Peu importe. »

Peu importe ? Sent-il maintenant dans sa peau tout ce que j'ai traversé quand je me jugeais déprimée ?

Pour moi ce n'est pas « égal ». Je veux aller au restaurant où nous avons réservé. Celui où nous avons échangé des serments d'amour.

« Ce voyage a été une très mauvaise idée. Je préfère rentrer demain. J'avais la meilleure des intentions :

revivre l'aurore de notre amour. Mais est-ce possible ? Non, bien sûr. Nous sommes mûrs. Nous vivons maintenant une pression qui n'existait pas autrefois. Nous devons assurer l'éducation, la santé, l'alimentation. Nous cherchons à nous divertir les fins de semaine parce que c'est ce que tout le monde fait et, comme nous n'avons pas envie de sortir, nous pensons que nous avons un problème. »

Je n'ai jamais envie. Je préfère rester sans rien faire.

« Moi aussi. Mais nos enfants ? Ils veulent autre chose. Nous ne pouvons pas les laisser enfermés avec leurs ordinateurs. Ils sont trop jeunes pour cela. Alors nous nous forçons à les emmener quelque part, nous faisons les mêmes choses que ce que nos parents faisaient avec nous, et nos grands-parents avec nos parents. Une vie *normale*. Nous sommes une famille émotionnellement structurée. Si l'un de nous a besoin d'aide, l'autre est toujours prêt à faire le possible et l'impossible. »

Je comprends. Partir dans un endroit plein de souvenirs, par exemple.

Encore un verre de genièvre. Il reste un temps silencieux avant de répondre à ma remarque.

« C'est cela. Mais penses-tu que les souvenirs peuvent remplir le présent ? Bien au contraire : ils m'étouffent. Je découvre que je ne suis plus la même personne. Avant que j'arrive ici et que je boive cette bouteille de champagne, tout allait bien. Maintenant je me rends compte que je suis loin de vivre comme j'en rêvais quand j'ai visité Interlaken pour la première fois. »

Et à quoi rêvait-il ?

« C'était une bêtise. Pourtant c'était mon rêve. Et j'aurais pu le réaliser. »

Mais qu'est-ce que c'était ?

« Vendre tout ce que j'avais à l'époque, acheter un bateau et parcourir le monde avec toi. Mon père aurait été furieux que je ne marche pas dans ses pas, mais cela n'aurait pas eu la moindre importance. Nous nous serions arrêtés dans des ports, faisant des travaux sporadiques qui nous auraient rapporté suffisamment pour aller plus loin, et aussitôt que nous aurions rassemblé l'argent nécessaire, nous aurions levé l'ancre. Être avec des gens que nous n'avions jamais vus et découvrir des lieux qui ne figurent pas dans les guides touristiques. L'aventure. Mon seul désir c'était l'*a-ven-tu-re*. »

Il demande un autre verre de genièvre et le boit avec une rapidité inédite. Je cesse de boire, parce que j'ai déjà mal au cœur ; nous n'avons rien mangé jusqu'à maintenant. J'aimerais dire que, s'il avait réalisé son désir, j'aurais été la femme la plus heureuse du monde. Mais il vaut mieux que je me taise ou il va se sentir plus mal.

« Alors est venu le premier fils. »

Et alors ? Il doit y avoir des millions de couples avec enfants qui font exactement ce qu'il a suggéré.

Il réfléchit un peu.

« Je ne dirais pas des millions. Peut-être des milliers. »

Son regard change ; il ne montre plus d'agressivité, mais de la tristesse.

« Il y a des moments où nous nous arrêtons pour tout analyser : notre passé et notre présent. Ce que nous avons appris et les erreurs que nous avons commises.

287

J'ai toujours eu peur de ces moments. J'arrive à les surmonter, en affirmant que j'ai fait les meilleurs choix, mais qu'ils requièrent un peu de sacrifice de ma part. Rien de grave. »

Je suggère que nous marchions un peu. Ses yeux commencent à devenir bizarres, sans éclat.

Il donne un coup de poing sur la table. La femme du restaurant regarde effrayée et je demande un autre verre de genièvre pour moi. Elle refuse. C'est l'heure de fermer le bar parce que bientôt le dîner commence. Et elle apporte l'addition.

J'imagine que mon mari va réagir. Mais il sort seulement son portefeuille et jette un billet sur le comptoir.

Il me prend la main et nous sortons dans le froid.

« Je crains, si je pense trop à tout ce qui aurait pu être et n'a pas été, de tomber dans un trou noir... »

Je connais cette sensation. Nous en avons parlé au restaurant, quand je lui ai ouvert mon âme.

Il ne semble pas m'entendre.

« ... au fond, je vais trouver une voix qui me dira : rien de tout cela n'a de sens. L'univers existait il y a des milliards d'années, il existera encore après ta mort. Nous vivons dans une particule minuscule d'un gigantesque mystère, nous restons sans réponse à nos questionnements de l'enfance : y a-t-il de la vie sur une autre planète ? Si Dieu est bon, pourquoi permet-il la souffrance et la douleur des autres ? Ce genre de choses. Et ce qui est pire : le temps continue de passer. Très souvent, sans aucune raison apparente, je sens un immense effroi. Parfois, c'est quand je suis au travail, dans la voiture, quand je couche les enfants. Je les regarde affectueusement, et j'ai peur : que leur arrivera-t-il ? Ils vivent dans un pays qui nous offre sécurité et tranquillité, mais l'avenir ? »

Oui, je comprends ce qu'il dit. J'imagine que nous ne sommes pas les seuls à le penser.

« Alors je te vois préparer le petit déjeuner ou le dîner et parfois je pense que dans cinquante ans, ou même moins, l'un de nous dormira seul dans le lit, pleurant toutes les nuits parce que nous avons été heureux un jour. Les enfants seront loin, élevés. Celui qui aura survécu sera malade, ayant toujours besoin de l'aide d'autrui. »

Il se tait et nous continuons à marcher en silence. Nous passons devant un panneau annonçant une fête de réveillon. Il donne un violent coup de pied dedans. Deux ou trois passants nous regardent.

« Excuse-moi. Je ne voulais pas dire tout ça. Je t'ai amenée ici pour que tu te sentes mieux, sans les pressions que nous supportons tous les jours. C'est la faute de l'alcool. »

Je suis dans l'abîme.

Nous passons devant un groupe de filles et de garçons qui discutent avec animation au milieu de canettes de bière répandues dans tous les coins. Mon mari, en général sérieux et timide, s'approche et les invite à boire un peu plus.

Les jeunes le regardent, effrayés. Je présente des excuses, je laisse entendre que nous sommes tous les deux ivres et que la moindre goutte d'alcool en plus pourrait provoquer une catastrophe. Je le prends par le bras et nous continuons notre chemin.

Il y a combien de temps que je n'ai pas fait cela! C'était toujours lui le protecteur, celui qui aidait, qui résolvait les problèmes. Aujourd'hui c'est moi qui lui évite de déraper et de tomber. Son humeur a de nouveau changé, maintenant il chante une chanson que je n'ai jamais entendue – peut-être est-ce une chanson typique de la région.

Quand nous nous approchons de l'église, les cloches sonnent de nouveau.

C'est bon signe, dis-je.

« Écoute les cloches, elles parlent de Dieu. Mais est-ce que Dieu nous écoute ? Nous avons à peine passé la trentaine et nous ne trouvons déjà plus de piment à la vie. S'il n'y avait nos enfants, quel serait le sens de tout ça ? »

Je me prépare à dire quelque chose. Mais je n'ai pas de réponse. Nous arrivons au restaurant où nous avons échangé nos premiers serments d'amour et nous passons un dîner déprimant, à la lumière des bougies, dans une des villes les plus belles et les plus chères de Suisse.

Quand je m'éveille, il fait déjà jour dehors. J'ai dormi d'un sommeil sans rêves et je ne me suis pas réveillée en pleine nuit. Je regarde ma montre : neuf heures du matin.

Mon mari dort encore. Je vais à la salle de bains, je demande le petit déjeuner pour nous deux. J'enfile le peignoir et je vais à la fenêtre pour passer le temps, en attendant que le service d'étage arrive.

À ce moment, j'aperçois quelque chose : le ciel est plein de parapentes ! Les gens atterrissent dans le parc devant l'hôtel. Sans pratique, la plupart ont un moniteur derrière eux, qui les pilote.

Comment peuvent-ils faire une telle folie ? Sommes-nous arrivés au point où risquer notre vie est la seule chose qui nous libère de l'ennui ?

Un autre parapente se pose. Et encore un. Des amis filment tout, souriant joyeusement. J'imagine ce que doit être la vue de là-haut, parce que les montagnes qui nous entourent sont très, très hautes.

Bien que j'envie chacune de ces personnes, je n'aurais jamais le courage de sauter.

On sonne à la porte. Le garçon entre avec un plateau en argent, un vase contenant une rose, du café (pour mon mari), du thé (pour moi), des croissants, des toasts chauds, du pain de seigle, diverses confitures, des œufs, du jus d'orange, le journal local et tout ce qui peut nous rendre heureux.

Je le réveille d'un baiser. Je ne me rappelle pas la dernière fois que j'ai fait cela. Il sursaute mais sourit aussitôt. Nous nous asseyons à la table et savourons tous ces délices devant nous. Nous parlons un peu de la soûlerie d'hier.

« Je pense que j'en avais besoin. Mais ne prends pas mes commentaires trop au sérieux. Quand un ballon explose, il effraie tout le monde, mais ce n'est qu'un ballon qui explose. Inoffensif. »

J'ai envie de dire que je me suis sentie très bien en découvrant toutes ses faiblesses, mais je souris simplement et continue à manger mon croissant.

Lui aussi remarque les parapentes. Ses yeux brillent. Nous nous habillons et nous descendons pour profiter de la matinée.

Nous allons directement à la réception. Il dit que nous partirons aujourd'hui, il demande que l'on descende les valises et il règle la note.

Est-il certain ? Ne pouvons-nous rester jusqu'à demain matin ?

« Je suis certain. La soirée d'hier a suffi pour comprendre qu'il est impossible de remonter le temps. »

Nous gagnons la porte, traversant le long vestibule avec son plafond en verre. J'ai lu dans l'une des brochures qu'autrefois il y avait là une rue ; maintenant on

292

a réuni les deux édifices qui se trouvaient sur les trottoirs opposés. Apparemment, le tourisme prospère ici, bien qu'il n'y ait pas de pistes de ski.

Cependant, au lieu de franchir la porte, il tourne vers la gauche et s'adresse au concierge.

« Comment pouvons-nous sauter ? »

Pouvons-nous ? Moi, je n'ai pas la moindre intention de le faire.

Le concierge lui tend une brochure. Tout est là.

« Et comment arrivons-nous là-haut ? »

Le concierge explique que nous ne devons pas aller jusque-là. La route est très compliquée. Il suffit de marquer l'heure et ils viennent nous chercher à l'hôtel.

N'est-ce pas très dangereux ? Sauter dans le vide, entre deux chaînes de montagnes, sans l'avoir jamais fait ? Qui sont les responsables ? Le gouvernement contrôle-t-il les instructeurs et leurs équipements ?

« Madame, je travaille ici depuis dix ans. Je saute au moins une fois par an. Je n'ai jamais vu aucun accident. »

Il sourit. Il a dû répéter cette phrase des milliers de fois en dix ans.

« Nous y allons ? »

Quoi ? Pourquoi n'y va-t-il pas seul ?

« Je peux y aller seul, bien sûr. Tu m'attends ici en bas avec l'appareil photo. Mais j'ai besoin d'avoir cette expérience dans la vie. Je le veux. Cela m'a toujours fait peur. Hier nous parlions du moment où tout se normalise et où nous ne testons plus nos limites. Cette soirée a été très triste pour moi. »

Je sais. Il demande au concierge de marquer une heure.

« Ce matin ou cet après-midi, quand nous pourrons voir le coucher du soleil reflété dans la neige autour ? »

Maintenant, je réponds.

« Mais ce sera une personne ou deux ? »

Deux, si c'est maintenant. Si je n'ai pas l'occasion de penser à ce que je suis en train de faire. Si je n'ai pas le temps d'ouvrir la boîte d'où les démons sortiront pour m'effrayer – peur de l'altitude, de l'inconnu, de la mort, de la vie, des sensations limite. Maintenant ou jamais.

« Nous avons des options de vol de vingt minutes, une demi-heure et une heure. »

Y a-t-il des vols de dix minutes ?

Non.

« Ces messieurs dames veulent-ils sauter de 1 350 mètres ou de 1 800 mètres ? »

Je commence déjà à renoncer. Je n'avais pas besoin de toutes ces informations. Évidemment je veux le saut du plus bas possible.

« Mon amour, cela n'a pas de sens. Je suis certain qu'il ne va rien arriver, mais s'il arrive quelque chose, le danger est le même. Chuter de 21 mètres, l'équivalent du septième étage d'un immeuble, aurait les mêmes conséquences. »

Le concierge rit. Je ris pour cacher mes sentiments. Comme j'ai été naïve de croire que 500 misérables mètres feraient une différence.

Le concierge prend le téléphone et parle avec quelqu'un.

« Il n'y a de la place que pour les sauts de 1 350 mètres. »

Plus absurde que la peur que j'ai ressentie est le soulagement que j'éprouve maintenant. Ah, que c'est bon !

La voiture sera à la porte de l'hôtel dans dix minutes.

J e suis devant l'abîme avec mon mari et cinq ou six autres personnes, attendant mon tour. En montant jusqu'en haut, j'ai pensé à mes fils et à la possibilité qu'ils perdent leurs parents... Alors je me suis rendu compte que nous ne sauterions pas ensemble.

Nous portons des vêtements thermiques spéciaux et nous mettons des casques. Pourquoi le casque ? Pour que je glisse sur plus de mille mètres jusqu'au sol avec le crâne intact, si jamais je me cogne contre un rocher ?

« Le casque est obligatoire. »

Parfait. Je mets le casque – pareil à ceux des cyclistes qui circulent dans les rues de Genève. Rien de plus stupide, mais je ne vais pas discuter.

Je regarde devant : entre nous et l'abîme se trouve encore une inclinaison couverte de neige. Je peux interrompre le vol à la première seconde, on descend là et on remonte à pied. Je ne suis pas obligée d'aller jusqu'au bout.

Je n'ai jamais eu peur en avion. Les avions ont toujours fait partie de ma vie. Mais la question, c'est que nous ne réalisons pas, quand nous sommes dedans, que c'est exactement la même chose que sauter en parapente. La seule différence est que l'enveloppe de métal semble un bouclier et nous donne la sensation d'être protégés. Voilà tout.

Voilà tout ? Du moins, dans ma modeste compréhension des lois de l'aérodynamique, je l'imagine.

Je dois me convaincre. Il me faut un meilleur argument.

Le meilleur argument, c'est celui-ci : l'avion est fait de métal. Très lourd. Et il transporte des valises, des personnes, des équipements, des tonnes de combustible explosif. Le parapente, quant à lui, est léger, il descend avec le vent, obéit aux lois de la nature, comme une feuille qui tombe de l'arbre. C'est beaucoup plus sensé.

« Tu veux y aller en premier ? »

Oui. Parce que, s'il m'arrive quelque chose, tu sauras et tu prendras soin de nos enfants. En outre, tu te sentiras coupable pour le restant de tes jours d'avoir eu cette idée démente. Tu te souviendras de moi comme de la compagne de tous les instants, celle qui était toujours aux côtés de son mari dans la douleur et dans la joie, dans l'aventure et dans la routine.

« Nous sommes prêts, madame. »

Mais c'est vous le moniteur ? Vous n'êtes pas trop jeune pour ça ? J'aurais préféré aller avec votre chef, après tout c'est ma première fois.

« Je saute depuis que j'ai atteint l'âge autorisé, 16 ans. Je me suis jeté non seulement d'ici, mais de divers endroits du monde, depuis cinq ans. Ne vous inquiétez pas, madame. »

Son ton condescendant m'agace. Un peu de respect pour les plus vieux et leurs appréhensions. En outre, il doit dire ça à tout le monde.

« Souvenez-vous des instructions. Et, quand nous commencerons à courir, ne vous arrêtez plus. Laissez-moi m'occuper du reste. »

Des instructions. On dirait presque que nous sommes familiarisés avec tout ça, alors que le maximum qu'ils ont eu la patience de faire a été de nous expliquer que le risque consiste exactement à vouloir s'arrêter en plein milieu. Et que, quand nous arriverons au sol, nous devrons continuer à marcher jusqu'à ce que nous sentions que nos pieds sont fermement ancrés à la terre.

Mon rêve : les pieds sur terre. Je vais jusqu'à mon mari et je lui demande de sauter le dernier, ainsi il aura le temps de voir ce qui m'est arrivé.

« Vous voulez emporter l'appareil photo ? » demande le moniteur.

L'appareil peut être accroché à la pointe d'un bâton en aluminium de 60 centimètres approximativement. Non, je ne veux pas. Pour commencer, je ne fais pas cela pour le montrer aux autres. Ensuite, si je réussis à surmonter ma panique, je serai plus préoccupée de filmer que d'admirer le paysage. J'ai appris cela de mon père, quand j'étais encore adolescente : nous faisions une promenade dans le Cervin et je m'arrêtais à chaque instant pour prendre des photos. Et puis il s'est fâché : « Crois-tu que toute cette beauté imposante tient sur un petit carré de pellicule ? Grave les choses dans ton cœur. C'est plus important que d'essayer de montrer aux gens ce que tu es en train de vivre. »

Mon partenaire de vol, du haut de la sagesse de ses 21 ans, commence à attacher des cordes à mon corps, à l'aide de grands crampons en aluminium. Le siège est relié au parapente ; j'irai devant, lui derrière. On peut encore renoncer, mais ça ne me concerne plus. Je suis totalement sans réaction.

Nous nous mettons en position, tandis que le vétéran de 21 ans et le chef d'escadron échangent des avis sur le vent.

Lui aussi s'attache au siège. Je peux sentir sa respiration à l'arrière de ma tête. Je regarde derrière et ce que je vois ne me plaît pas : sur la neige blanche il y a une file de tissus de toutes les couleurs étendus sur le sol, avec des personnes qui y sont attachées. Au bout se trouve mon mari, lui aussi avec son casque de cycliste. J'imagine qu'il n'a pas eu le choix et qu'il doit sauter deux ou trois minutes après moi.

« Nous sommes prêts. Commencez à courir. »

Je ne bouge pas.

« Allons. Commencez à courir. »

J'explique que je ne veux pas tourner en rond en l'air. Nous allons descendre doucement. Cinq minutes de vol, c'est la bonne mesure pour moi.

« Vous me direz quand nous serons en vol. Mais, je vous en prie, il y a la queue. Nous devons sauter maintenant. »

Comme je n'ai plus de volonté propre, je suis les ordres. Je commence à courir en direction du vide.

« Plus vite. »

Je vais plus vite, les bottes thermiques donnant des coups de pied dans la neige de tous les côtés. En réalité, ce n'est pas moi qui cours, mais un automate qui obéit à des commandes vocales. Je commence à crier – pas de peur ou d'excitation, mais par instinct. Je suis redevenue la femme des cavernes dont parlait le Cubain. Nous avons peur des araignées, des insectes, et nous crions dans des situations comme celle-là. Nous crions toujours.

Soudain mes pieds décollent du sol, je me cramponne de toutes mes forces aux courroies qui me retiennent au siège et je cesse de crier. Le moniteur continue à courir quelques secondes et aussitôt après nous n'avançons plus en ligne droite.

C'est le vent qui contrôle nos vies.

*

La première minute, je n'ouvre pas les yeux – ainsi je n'ai pas la notion de l'altitude, des montagnes, du danger. J'essaie d'imaginer que je suis chez moi, dans la cuisine, racontant à mes enfants une histoire qui est arrivée au cours de notre voyage ; peut-être sur la ville, peut-être sur la chambre d'hôtel. Je ne peux pas dire que leur père a tellement bu qu'il est tombé par terre quand nous sommes rentrés nous coucher. Je ne peux pas dire que je me suis risquée à voler, parce qu'ils voudraient en faire autant. Ou pire : ils pourraient tenter de voler tout seuls, en se jetant du premier étage de notre maison.

Alors je me rends compte de ma stupidité : pourquoi ai-je les yeux fermés ? Personne ne m'a obligée à sauter.

« Je suis là depuis des années et je n'ai jamais vu un accident », a dit le concierge.

J'ouvre les yeux.

Et ce que je vois, ce que je sens, je ne pourrai jamais le décrire avec précision. En bas se trouve la vallée qui unit les deux lacs, avec la ville au milieu. Je vole, libre dans l'espace, sans aucun bruit – parce que nous allons au fil du vent, naviguant en cercles. Les montagnes qui nous entourent ne paraissent plus ni hautes ni menaçantes, mais sont comme des amies vêtues de blanc dans le soleil qui luit de tous les côtés.

Mes mains se détendent, je rejette les courroies et j'écarte les bras, comme si j'étais un oiseau. L'homme derrière moi a dû se rendre compte que je n'étais plus la même et, au lieu de continuer à descendre, il se met à monter, utilisant les invisibles courants d'air chaud présents dans ce qui auparavant semblait une atmosphère absolument homogène.

Devant nous un aigle navigue sur le même océan, usant de ses ailes sans effort pour contrôler son mystérieux vol. Où veut-il aller ? Est-il seulement en train de s'amuser, de jouir de la vie et de toute cette beauté autour de nous ?

On dirait que je communique avec l'aigle par télépathie. Le moniteur de vol le suit, il est notre guide. Il nous montre par où nous devons passer pour monter de plus en plus haut, vers le ciel – volant à tout jamais. Je sens la même chose que ce jour-là à Nyon, quand j'ai imaginé que je courais jusqu'à ce que mon corps n'en puisse plus.

Et l'aigle me dit : « Viens. Tu es le ciel et la terre ; le vent et les nuages ; la neige et les lacs. »

J'ai l'impression d'être dans le ventre de ma mère, totalement en sécurité et protégée, éprouvant des choses pour la première fois. Bientôt je vais naître, me transformer de nouveau en un être humain qui marche avec deux pieds sur la surface de la Terre. Mais pour le moment, je ne fais rien d'autre que me trouver dans ce ventre sans offrir aucune résistance, me laisser porter n'importe où.

Je suis libre.

Oui, je suis libre. Et l'aigle a raison, je suis les montagnes et les lacs. Je n'ai pas de passé, de présent ni de futur. Je connais ce que l'on appelle « éternité ».

Une fraction de seconde, je pense : est-ce que tous ceux qui sautent ont cette même sensation ? Mais quelle importance ? Je ne veux pas penser aux autres. Je flotte dans l'éternité. La nature me parle comme si j'étais sa fille bien aimée. La montagne me dit : tu as ma force. Les lacs me disent : tu as ma paix et mon calme. Le soleil conseille : brille comme moi, laisse-toi te dépasser. Écoute.

Alors je commence à entendre les voix qui tout ce temps en moi étaient étouffées par les pensées répétitives, par la solitude, par les terreurs nocturnes, la peur de changer et la peur que tout continue. Plus nous montons, plus je me sépare de moi.

Je suis dans un autre monde, où les choses s'emboîtent parfaitement. Loin de cette vie pleine de tâches à accomplir, de désirs impossibles, de souffrance et de plaisir. Je n'ai rien et je suis tout.

L'aigle commence à se diriger vers la vallée. Les bras écartés, j'imite le mouvement de ses ailes. Si quelqu'un pouvait me voir à ce moment, il ne saurait pas qui je suis, parce que je suis lumière, espace et temps. Je suis dans un autre monde.

Et l'aigle me dit : c'est ça l'éternité.

Dans l'éternité, nous n'existons pas ; nous sommes seulement un instrument de la Main qui a créé les montagnes, la neige, les lacs et le soleil. Je suis revenue dans le temps et dans l'espace vers le moment où tout est créé et où les étoiles marchent dans des directions opposées. Je veux servir cette Main.

Plusieurs idées apparaissent et disparaissent sans changer ce que je sens. Mon esprit a quitté mon corps et s'est mêlé à la nature. Ah, c'est dommage que l'aigle et moi arrivions au parc devant l'hôtel là en bas. Mais quelle importance a ce qui va se passer à l'avenir ? Je suis là, dans ce ventre maternel fait de rien et de tout.

Mon cœur remplit chaque coin de l'univers. Je tente de m'expliquer tout cela avec des mots, de trouver un moyen de me rappeler ce que je sens maintenant, mais aussitôt ces pensées disparaissent et le vide se remplit de nouveau.

Mon cœur !

Avant je voyais un univers gigantesque autour de moi ; et maintenant l'univers semble un petit point dans mon cœur, qui s'est dilaté infiniment, comme l'espace. Un instrument. Une bénédiction. Mon esprit s'efforce de garder le contrôle et d'expliquer au moins quelque chose de ce que je ressens, mais le pouvoir est plus fort.

Pouvoir. La sensation d'Éternité m'apporte la mystérieuse sensation de pouvoir. Je peux tout, y compris mettre fin à la souffrance du monde. Je vole et je converse avec les anges, entendant des voix et des révélations qui bientôt seront oubliées, mais qui en ce moment sont aussi réelles que l'aigle devant moi. Je ne serai jamais capable d'expliquer ce que je ressens, même pas à moi, mais quelle importance ? C'est le futur, et je n'y suis pas encore arrivée, je suis dans le présent.

L'esprit rationnel disparaît de nouveau et j'en suis reconnaissante. J'honore mon énorme cœur, plein de lumière et de pouvoir, qui peut contenir tout ce qui s'est déjà passé et qui se passera depuis aujourd'hui jusqu'à la fin des temps.

Pour la première fois j'entends un bruit : l'aboiement de chiens. Nous approchons du sol et la réalité commence à revenir. D'ici peu je foulerai la planète sur laquelle je vis, mais j'ai éprouvé toutes les planètes et tous les soleils avec mon cœur, qui était plus grand que tout.

Je veux rester dans cet état, mais la pensée revient. Je vois notre hôtel à droite. Les lacs sont déjà cachés par des forêts et de petites élévations.

Mon Dieu, ne puis-je rester ainsi pour toujours ?

Tu ne peux pas, dit l'aigle, qui nous a conduits jusqu'au parc où nous atterrirons dans quelques instants, et qui maintenant prend congé, parce qu'il a trouvé un nouveau courant d'air chaud, remonte sans le moindre effort, sans battre des ailes, contrôlant seulement le vent de ses plumes. Si tu restais ainsi pour toujours, tu ne pourrais pas vivre dans le monde, dit-il.

Et alors ? Je commence à converser avec l'aigle, mais je vois que je fais cela de manière rationnelle, tentant d'argumenter. Comment pourrais-je vivre dans le monde après avoir connu ce que j'ai connu dans l'Éternité ?

Trouve une solution, répond l'aigle, mais il est déjà quasi inaudible. Alors il s'éloigne – pour toujours – de ma vie.

Le moniteur murmure quelque chose – il me rappelle que je dois faire un bout de course au moment où mes pieds toucheront le sol.

Je vois l'herbe devant moi. Ce qui m'angoissait tellement avant – arriver sur la terre ferme – devient maintenant la fin de quelque chose.

De quoi exactement ?

Mes pieds touchent le sol. Je cours un peu et aussitôt le moniteur contrôle le parapente. Ensuite, il vient vers moi et desserre les liens. Il me regarde. Je fixe le ciel. Je ne vois que d'autres parapentes de toutes les couleurs, qui s'approchent de l'endroit où je me trouve.

Je me rends compte que je pleure.

« Vous allez bien ? »

Je comprends que, même si je refais le saut, je ne sentirai plus la même chose.

« Tout va bien ? »

Je balance la tête affirmativement. Je ne sais pas s'il comprend ce que j'ai vécu.

Oui, il comprend. Il dit que, une fois par an, il vole avec quelqu'un qui a la même réaction que moi.

« Quand je demande ce que c'est, on ne peut pas l'expliquer. Avec mes amis, il arrive la même chose :

certains semblent entrer en état de choc et ne se remettent que quand ils posent le pied sur la terre. »

C'est exactement l'opposé. Mais je ne suis pas disposée à expliquer quoi que ce soit.

Je le remercie pour ses mots de « réconfort ». J'aimerais dire que je ne veux pas que l'expérience que j'ai faite là-haut se termine. Mais je découvre que c'est déjà fini, et je n'ai aucune obligation de l'expliquer à qui que ce soit. Je m'éloigne et je vais m'asseoir sur un banc du parc, en attendant mon mari.

Je ne parviens pas à cesser de pleurer. Il atterrit, s'approche de moi avec un large sourire, dit que c'était une expérience fantastique. Je continue à pleurer. Il me serre contre lui, dit que c'est passé, qu'il n'aurait pas dû m'obliger à faire quelque chose que je ne voulais pas.

Ce n'est pas du tout ça, je réponds. Laisse-moi tranquille, s'il te plaît. D'ici peu je serai bien.

Quelqu'un de l'équipe de soutien vient chercher la combinaison thermique et les chaussures spéciales et nous remet nos vestes. Je fais tout comme une automate, mais chacun de mes gestes me renvoie à un monde différent, celui que nous appelons « réel » et dans lequel je ne voudrais me trouver en aucune façon.

Mais je n'ai pas le choix. La seule chose que je puisse faire c'est demander à mon mari de me laisser un peu seule. Il demande si nous ne devrions pas entrer dans l'hôtel, parce qu'il fait froid. Non, je suis bien là.

J'y reste une demi-heure, en pleurs. Des larmes de bénédiction, qui lavent mon âme. Enfin je me rends compte qu'il est temps de regagner définitivement le monde.

Je me lève, je vais à l'hôtel, nous prenons la voiture et mon mari conduit pour le retour à Genève. La radio est allumée – ainsi, aucun de nous n'est obligé de parler. Bientôt je commence à ressentir un mal de tête terrible, mais je sais ce que c'est : le sang s'est remis à couler dans des parties qui étaient bloquées par les événements qui se dissipent. Le moment de libération s'accompagne de douleur, mais il en a toujours été ainsi.

Il n'a pas besoin d'expliquer ce qu'il a dit hier. Je n'ai pas besoin d'expliquer ce que j'ai ressenti aujourd'hui.

Le monde est parfait.

Dans une heure seulement l'année se termine. La mairie s'est décidée pour une coupe significative dans les dépenses du traditionnel réveillon de Genève, de sorte que nous aurons moins de feux d'artifice. Tant mieux : j'ai vu des feux toute ma vie et ils n'éveillent plus chez moi la même émotion que quand j'étais enfant.

Je ne peux pas dire que j'ai la nostalgie de ces 365 jours. Il a beaucoup venté, la foudre est tombée, la mer a failli retourner mon bateau, mais à la fin j'ai réussi à traverser l'océan et je suis arrivée sur la terre ferme.

La terre ferme ? Non, aucune relation ne peut rechercher cela. Ce qui tue la relation entre deux personnes, c'est justement l'absence de défis, la sensation que plus rien n'est nouveau. Nous devons rester une surprise l'un pour l'autre.

Tout commence par une grande fête. Les amis viennent, le célébrant dit un tas de choses qu'il a répétées dans des centaines de mariages où il officiait, comme cette idée de construire une maison dans le roc, et non dans le sable, les invités nous jettent du riz. Nous jetons le bouquet, les femmes célibataires nous envient secrètement ; les mariées savent que nous sommes au début d'un chemin qui n'est pas ce qu'on lit dans les contes de fées.

Et alors, la réalité s'installe peu à peu, mais nous ne l'acceptons pas. Nous voulons que notre partenaire reste *exactement* cette personne que nous avons rencontrée devant l'autel et avec qui nous avons échangé des alliances. Comme si nous pouvions arrêter le temps.

Nous ne le pouvons pas. Nous ne le devons pas. La sagesse et l'expérience ne transforment pas l'homme. Le temps ne transforme pas l'homme. La seule chose qui nous transforme est l'amour. Pendant que j'étais en l'air, j'ai compris que mon amour pour la vie, pour l'univers, était plus puissant que tout.

Je me souviens du sermon qu'un jeune pasteur inconnu écrivit au XIXe siècle, analysant l'Épître de Paul aux Corinthiens et les différentes faces que révèle l'amour à mesure qu'il grandit. Il nous dit que beaucoup des textes parlant de spiritualité que nous voyons aujourd'hui ne s'adressent qu'à une part de l'homme.

Ils offrent la Paix, mais ne parlent pas de Vie.

Ils discutent de la Foi, mais oublient l'Amour.

Ils parlent de la Justice, mais ne mentionnent pas la Révélation, comme celle que j'ai eue en sautant de l'abîme à Interlaken et qui m'a fait sortir du trou noir que j'avais moi-même creusé dans mon âme.

Qu'il me soit toujours clair que seul l'Amour Véritable peut rivaliser avec tout autre amour de ce monde. Quand nous abandonnons tout, nous n'avons plus rien à perdre. Et alors disparaissent la peur, la jalousie, l'ennui et la routine, et ne reste que la lumière d'un vide qui ne nous fait pas peur, mais nous rapproche l'un de l'autre. Une lumière qui change toujours, et c'est ce qui la rend belle, pleine de surprises – pas toujours celles que nous attendions, mais celles avec lesquelles nous arrivons à vivre.

Aimer abondamment et vivre abondamment.

Aimer pour toujours et vivre pour toujours. La vie éternelle est attelée à l'Amour.

Pourquoi voulons-nous vivre pour toujours ? Parce que nous voulons vivre encore un jour avec la personne qui est à nos côtés. Parce que nous voulons continuer avec quelqu'un qui mérite notre amour, et qui saura nous aimer comme nous croyons le mériter.

Parce que vivre c'est aimer.

Même l'amour pour un animal de prédilection – un chien par exemple – peut donner une justification à la vie d'un être humain. S'il n'a plus ce lien d'amour avec la vie, toute raison de continuer à vivre disparaît aussi.

Cherchons d'abord l'Amour, et tout le reste nous sera accordé en plus.

Durant ces dix années de mariage, j'ai joui de presque tous les plaisirs qu'une femme peut avoir, et j'ai connu des souffrances que je ne méritais pas. Pourtant, quand je regarde mon passé, il ne reste que de rares moments – généralement très courts – où j'ai pu réaliser une pauvre imitation de ce que j'imagine être l'Amour Véritable : quand j'ai vu mes fils naître, quand je me suis assise main dans la main avec mon mari à regarder les Alpes ou l'immense Jet d'eau du lac Léman. Mais ce sont ces rares moments qui donnent une justification à mon existence, parce qu'ils me donnent la force d'aller de l'avant et égayent mes jours – que j'ai pourtant tenté de rendre tristes.

Je vais jusqu'à la fenêtre et je regarde la ville dehors. La neige qu'on avait promise n'est pas tombée. Cependant, je pense que ce réveillon est l'un des plus romantiques que j'aie connus, parce que j'étais en train de mourir et l'Amour m'a ressuscitée. L'amour, la seule chose qui va demeurer quand l'espèce humaine s'éteindra.

L'Amour. Mes yeux s'emplissent de larmes de joie. Personne ne peut s'obliger à aimer, ni ne peut obliger une autre personne. On ne peut que regarder l'Amour, se passionner pour lui, et l'imiter.

Il n'existe aucune autre manière de réussir à aimer et il n'y a aucun mystère là-dedans. Nous aimons les autres, nous nous aimons nous-mêmes, nous aimons nos ennemis, et ainsi jamais rien ne manquera dans nos vies. Je peux allumer la télévision et voir ce qui se passe dans le monde, parce que, si dans chacune de ces tragédies il y a un peu d'amour, nous marchons vers le salut. Parce que l'Amour engendre plus d'Amour.

Celui qui sait aimer aime la Vérité, se réjouit de la Vérité, ne la craint pas, parce que tôt ou tard elle rachète tout. Il cherche la Vérité avec un esprit clair, humble, sans préjugés ou intolérance – et il se satisfait de ce qu'il trouve.

Sincérité n'est peut-être pas le meilleur mot pour expliquer cette caractéristique de l'Amour, mais je n'arrive pas à en trouver un autre. Je ne parle pas de la sincérité qui humilie le prochain ; l'Amour Véritable consiste non pas à exposer aux autres ses faiblesses, mais à ne pas avoir peur de les montrer quand on a besoin d'aide et se réjouir en voyant que les choses sont meilleures que ne le disaient les autres.

Je pense avec affection à Jacob et à Marianne. Sans le vouloir, ils m'ont fait revenir vers mon mari et ma famille. J'espère qu'ils sont heureux en cette dernière nuit de l'année. Que tout cela les a aussi rapprochés.

Suis-je en train de justifier mon adultère ? Non. J'ai cherché la Vérité et je l'ai trouvée. J'espère qu'il en est ainsi pour tous ceux qui ont eu une expérience comme celle-là.

Savoir mieux aimer.

Cela doit être notre but dans le monde : apprendre à aimer.

La vie nous offre des milliers d'occasions d'aimer. Tout homme et toute femme, chaque jour de leur vie, ont toujours une bonne occasion de s'abandonner à l'Amour. La vie, ce n'est pas de longues vacances, mais un apprentissage constant.

Et la leçon la plus importante, c'est apprendre à aimer.

Aimer de mieux en mieux. Parce que disparaîtront les langues, les prophéties, les pays, la solide Confédération helvétique, Genève et la rue où j'habite, les lampadaires, la maison où je me trouve maintenant, les meubles du salon... et mon corps aussi disparaîtra.

Mais une chose restera à tout jamais marquée dans l'âme de l'Univers : mon amour. Malgré des erreurs, des décisions qui ont fait souffrir les autres, des moments où j'ai moi-même pensé qu'il n'existait pas.

Je quitte la fenêtre, j'appelle les enfants et mon mari. Je dis que – ainsi que le veut la tradition – nous devons monter sur le sofa devant la cheminée et, à minuit, poser le pied droit par terre.

« Mon amour, il neige ! »

Je cours de nouveau à la fenêtre, je regarde la lumière d'un lampadaire. Oui, il neige ! Comment ne l'avais-je pas remarqué avant ?

« Pouvons-nous sortir ? » demande l'un des enfants.

Pas encore. D'abord nous allons monter sur le sofa, manger douze grains de raisin et garder les pépins pour avoir la prospérité toute l'année, faire tout ce que nous avons appris de nos ancêtres.

Après nous sortons pour fêter la vie. Je suis certaine que la nouvelle année sera excellente.

Genève, 30 novembre 2013